新訳

ドリトル先生航海記

ヒュー・ロフティング
河合祥一郎＝訳

角川文庫
22053

The Voyages of Doctor Dolittle
by Hugh Lofting
1922

新訳　ドリトル先生航海記　目次

The Voyages of Doctor Dolittle

The Voyages of Doctor Dolittle

The Voyages of
Doctor Dolittle

この本に登場する人間と動物たち

ジョン・ドリトル先生 John Dolittle
動物と話せるお医者さんで、博物学者。世界中を旅する。

トミー・スタビンズ（ぼく） Thomas "Tommy" Stubbins
靴屋の息子。年は九歳半。びんぼうで学校に通えない。

ジップ Jip, the dog
とんでもなく鼻がきくオス犬。先生のおうちの番犬。

ポリネシア Polynesia, the parrot
物知りのおばあちゃんオウム。先生に、動物のことばを教えた。

ダブダブ Dab-Dab, the duck
おかあさんみたいに先生のお世話をするアヒル。

チーチー Chee-Chee, the monkey
アフリカから帰ってきたオスのサル。ドリトル先生の昔のお友だち。

ミランダ Miranda
ムラサキ極楽鳥のおねえさん。

ジャビズリ Jabizri
世にもめずらしい、ふしぎなカブトムシ。

バンポ王子 Prince Bumpo Kahbooboo
アフリカのジョリギンキ国の王子。オックスフォード大学に留学中。

ロング・アロー Long Arrow
クモザル島に消えた、なぞの大博物学者。

はじめのことば

以前私が書いた『ドリトル先生アフリカへ行く』は、先生のことをご存じだった人たちにお話をうかがって書いたもので、実際、お話の大半は、私が生まれるよりずっと前に起こったことでした。しかし、これから書くお話では、私はあの大先生の活躍を目の当たりにしたのみならず、私自身このお話に登場するのです。

このお話を書くお許しは、もう何年も前に先生からいただいていたのですが、そのころ先生も私も、世界を旅して博物学のノートをつけるのにいそがしくて、冒険のことをゆっくり書き記すひまなど、とてもありませんでした。

むろん今ではもう、私はすっかりおじいさんになって、物おぼえも悪くなりましたが、忘れたところや、記憶があいまいなところは、いつもオウムのポリネシアに聞くことにしています。

あのすばらしい鳥（もう二百五十歳近いです）は、私がこの本を書いているあいだ、机の上にすわって船乗りの歌を鼻歌でフンフンと歌っています。そして、ポリネシアに会ったことがある人ならだれもがご存じのとおり、ポリネシアの記憶は、世界一すばらしいのです。私にあやふやなところがあると、いつも、どんなふうに起こったかとか、だれがいたかなど、なにもかもくわしく教えてくれます。実際のところ、この本を書いたのは私ではなく、ポリネシアだと言ったほうがよい気さえします。

さあ、それではじめましょう。まずは、私が――いや、少年だったぼくが――どういうふうに先生とお会いしたかというところからお話しすることにしましょう。

第一部

第一章　靴屋の息子

ぼくの名前は、トミー・スタビンズ。「湿原のほとりのパドルビー」という町の靴屋ジェイコブ・スタビンズの息子です。年は九歳半。そのころパドルビーは、ほんの小さな町でした。町のまんなかを流れる河には、王さま橋という、とても古い石の橋がかかっていて、河のこちら側の市場と河のむこう側にある教会の墓地をつないでいました。

この河には、帆かけ船が海からどんどん入ってきて、橋のたもとで錨《いかり》をおろします。ぼくは、よくそこへ行って、船から船荷が岸におろされるのを見ていました。船乗りたちがロープをひっぱりながら歌うへんてこな歌も、いつのまにかおぼえてしまいました。岸の石垣にすわって、河の上で足をぶらぶらさせながら、自分も船乗りになったつもりで、いっしょに歌っていたのです。

それというのも、ぼくもかっこいい船に乗ってみたかったからです。パドルビー教会をあとにして、河をくだって、わびしい大湿原をこえて大海原へ出てみたかったからです。いっしょに世界へ飛び出して、アフリカ、インド、中国、ペルーといった外国で運だめしをしてみたかった！

河が町角を曲がって見えなくなっても、河を進む船の大きな茶色の帆は、町の家なみの上にそびえたって、ゆったりと動いていきました。まるでやさしい巨人たちが、音もたてずに家々のあいだを歩くみたいでした。あの船は、この王さま橋にまた帰ってきて錨をおろすまでに、どんなにふしぎなことを見てくることでしょう！　ぼくは、見知らぬ国々を夢見ながら、船がすっかり見えなくなるまで見送ってすわっていたのでした。

そのころ、パドルビーには、ぼくの親友が三人いました。ひとりはムール貝をとるジョーおじさんです。橋の下のほったて小屋に住んでいて、ものを作るのがすごくうまいんです。手先があんなに器用な人なんていません。ぼくが河で走らせるおもちゃの船をいつも直してくれたし、箱とたるの板で風車も作ってくれたし、古いかさを使って最高にいかしたたこも作ってくれました。

ジョーおじさんは、ときどきぼくを貝とりのボートに乗せてくれました。潮が引くと、ボートで河をくだって海ぎわまで出て、売るためにムール貝やロブスターをとるんです。冷たく、さびしい海辺の大湿原には、雁《がん》が飛び、あたりに生えているアッケシソウや背の高い草のなかには、ダイシャクシギやアカアシシギといった海鳥が暮らしていました。夕方、満潮になると、ボートで河をさかのぼって帰ってくるのですが、そんなときは、たそがれに王さま橋のともしびが、ぼうっと浮かびあがります。それを見ると、暖かい暖炉をかこんでお茶を飲む時間だなとわかるのです。

二人目の友だちは、ネコのエサ売りのマシュー・マグです。おかしなおじさんで、目つきが悪いのでおっかない感じがするけど、話してみると、とってもいい人だとわかります。マシューおじさんは、パドルビーの人をひとり残らず知っていました。犬やネコまでぜんぶ知っているんです。当時は、ネコのエサ売りというのは、よくある仕事でした。どんな日にも、くしにさした肉をいっぱい載せた木のおぼんを持って、「エェーサァー！　エサの肉！」と呼ばわりながら歩いている者がひとりはいたものです。人々は、飼っているネコや犬にエサをあげてもらっているかわりに、エサ売りにお金をはらって、ネコや犬に残飯や犬用ビスケットをやるかわりに、

マシューおじさんといっしょに町をまわるのは、ほんとにゆかいでした。おじさんが呼ばわるのが聞こえると、どの家でも、ネコや犬がたちまち庭の門にかけつけてくるのです。ぼくにエサやりをさせてくれることもあって、これはすごくおもしろかった。おじさんは、犬のことをよく知っていて、町をまわりながら、いろんな種類の犬の名前を教えてくれました。自分でも何匹か飼っていて、ホイペットという犬はとっても足が速くて、土曜日のドッグ・レースでは、その犬で賞金をかせいでいましたし、

テリアはネズミをつかまえるのがじょうずでした。おじさんは、ネコのエサを売るほかに、粉屋や農家を相手にネズミ退治の商売もしていました。

もうひとりの親友は、世捨て人のルークです。でも、この人のことは、あとで話すことにします。

ぼくは学校へ行きませんでした。うちがびんぼうで、学校へ行かせてもらえなかったのです。でも、ぼくは動物が大好きでしたから、鳥の卵をとったり、チョウチョを追いかけたり、川で魚つりをしたり、黒イチゴやキノコをさがして田舎道を歩いたり、貝とりのジョーおじさんが網を直すのを手伝ったりして、それなりにいそがしかったのです。

そう、あのころの生活は、ほんとに楽しかった――もちろん、そのときはそう思っていませんでしたけどね。ぼくは九歳半で、ほかの子と同じように、早く大きくなりたかった。なんの心配も気がねもないことがどれほどしあわせかなんて気づきもせずに。家を飛び出し、かっこいい船に乗って、河から霧深い湿原をぬけて海へと出て、世界で運だめしをする日が早く来ないかなあと、いつも思っていたのです。

第二章　えらい博物学者のうわさ

ある春の朝早く、ぼくが町の裏の丘をぶらついていたときのことです。岩の上にとまったタカが足でリスをつかまえていて、リスが必死にもがいているところへ出くわしました。ぼくがあんまりふいにあらわれたものだから、タカはびくっとして、かわいそうなリスを落として飛んでいってしまいました。拾いあげてみると、リスは足を二本ひどくけがしていました。そこで、ぼくはリスをだきかかえて、町へもどってきました。

橋のたもとまで来ると、ぼくは貝とりのジョーおじさんの小屋に入って、手当てをしてもらえないか聞いてみました。ジョーはメガネをかけて、じっと調べていましたが、首をふりました。

「こいつは足が一本、折れちまってるな」と、ジョーは言いました。「こっちの足は、ひどい切り傷だ。トム、おいらはボートなら直してやれるが、こわれたリスを修理してやる道具も知恵もない。こいつは外科医の仕事だ、それも腕のいい先生じゃなきゃだめだ。おいらの知るかぎり、こいつの命を救ってやれるのは、ひとりしかいない。ジョン・ドリトル先生だ。」

「ジョン・ドリトル先生ってだあれ？」と、ぼくはたずねました。「獣医さん？」

「いや、ただの獣医じゃない。ドリトル先生は、医者で博物学者だ。」

「はくぶつ学者ってなあに？」

「博物学者ってのは、」ジョーはメガネをはずすと、パイプにタバコをつめはじめました。「動物のことだけじゃなくて、チョウチョとか、植物とか、岩とか、そういうものをなんでも知っている人のことだ。ドリトル先生は、とてもえらい博物学者だ。動物好きのおまえさんが知らなかったとは、おどろきだな。先生は、貝についても、ものすごくくわしいんだぞ。貝とりのおいらが言うんだからまちがいない。静かな人で、無口だが、世界一の博物学者だっていううわさだ。」

「どこに住んでるの？」ぼくはたずねました。

「町はずれのオクスンソープ通りさ。どの家かはよく知らないが、あのへんの人なら、だれでも知ってるだろう。会いに行ってごらん。えらい先生だから。」

そこでぼくは、貝とりのジョーおじさんにお礼を言って、リスをだっこしてオクスンソープ通りへむかいました。

市場に出たところで、まず聞こえてきたのは、「エェーサァー！　エサの肉！」と呼ばわる声でした。

「マシュー・マグだ。」ぼくは思いました。「先生がどこに住んでいるか、きっと教えてくれる。マシューおじさんは町じゅうの人を知っているもの。」

ぼくは市場を走りぬけて、マシューおじさんに追いつきました。

「ねえ、マシューおじさん」と、ぼくは言いました。「ドリトル先生って知ってる？」

「ドリトル先生を知っているかだって！」と、マシューおじさんは言いました。「そりゃ、知ってるさ！　うちの女房を知っているくらい――いや、もっとかな、よく知ってるさ。えらい先生だ。とってもえらい人だ。」

「どこに住んでいるか、教えてくれる？」ぼくは、たのみました。「このリスを連れていきたいんだ。足が折れているんだよ。」

「よしきた。ちょうど先生のお宅のすぐそばを通るところだったんだ。ついておいで。教えてやろう。」

そこで、ぼくたちはいっしょに出かけました。

「ドリトル先生のことは、もう何年も前からよく知ってるよ。」マシューおじさんは、市場から歩きだしながら言いました。「でも、今はまちがいなく、お留守だね。船旅に出ていらっしゃるんだ。だけど、もういつお帰りになるかわからないから、家を教えといてやろう。そしたら、この次は、おまえさんひとりで訪ねに行けるだろ。」

　オクスンソープ通りまでの道すがら、マシューおじさんは、自分のえらい友だちのジョン・ドリトル医学博士のことをしゃべりどおしでした。あんまりしゃべりすぎて、「エェーサァー！」と呼ばわりながらエサをやるのも忘れてしまっていたので、ふと気づくと、たくさんの犬が、早くエサをくれないかと、ぞろぞろと、うしろからついてきているのでした。

「先生は、どこへ出かけたの？」マシューおじさんが犬にエサをやっているときに、ぼくはたずねました。

「そりゃ、わからんよ。だれにもわからん。いつお出かけになるのか、いつお帰りになるのかもわからん。先生の家にいるのは動物だけだからね。先生は、何度も大航海に出て、りっぱな発見をなさっている。このあいだ帰っていらしたときには、太平洋のアメリカ・インディアンの部族がふたつの島にわかれて暮らしているのを発見したとおっしゃっていたよ。いっぽうの島で男が暮らし、もういっぽうの島で女が暮らしているんだそうだ。なかなかしゃれたことをするじゃないか。一年に一度だけ会って――まあ、クリスマスのころだろうな――男たちが女の島へ来て、お祭りをするんだそうだ。ともかく、たいした人だよ、あの先生は。動物のこととなりゃあ、そりゃあ、先生ほどよく知っている人はいないからなぁ。」

「どうしてそんなに動物のことを知っているの？」ぼくはたずねました。

マシューおじさんは立ち止まると、身をかがめて、ぼくの耳にささやきました。

「先生は動物のことばを話すんだよ。」しわがれた、なぞめいた声でそう言ったのです。

「動物のことば？」ぼくは大声を出しました。

「そうさ」と、マシューおじさん。「どんな動物にも、なにかしらことばがある。おしゃべりなやつもいれば、そうじゃないのもいる。耳や口が不自由な人みたいに、身ぶり手ぶりで話すのもいる。ところが、先生は、どんなことばもわかっちまうのさ。動物のことばだろうと、鳥のことばだろうとね。でも、こいつは、先生とおれのないしょなんだ。人に話したら笑われるだけだからね。先生は、動物のことばを字に書くことだってできるんだぜ。そいつを、飼っている動物に読んで聞かせるんだ。もうすでにサル語で歴史書をお書きになったし、カナリア語で詩をお書きになったし、カササギが歌うおもしろ歌なんてのもお書きになった。ほんとさ。今は貝のことばを勉強するのにいそがしいそうだ。でも、たいへんだってさ——水のなかに顔をつっこんでいたから、ひどい風邪をひいちまったって。たいした先生だよ。」

「すごいねえ。お会いしたいな。お帰りになっているといいんだけど。」

「ほら、あれが先生のおうちだ。ごらん。あの曲がり角にある小さなうちだ。あの高いところにある家——石垣の上にこしかけているような家がそうだよ。」

そこはもう町はずれでした。マシューおじさんが指さした家は、ぽつんと一軒だけ建っている、かなり小さな家でした。まわりに広いお庭があるのですが、道よりもずっと高いところにあるため、上の玄関へ行くには、石垣についている階段をあがらなければなりません。石垣のあちこちから木の枝がはみだして、お庭にすてきなくだものの木がたくさん植わっていることがわかりました。でも、石垣が高くて、それだけしか見えません。

そこに着くと、マシューおじさんが玄関への石段をあがっていったので、ぼくもついてあがりました。お庭に入っていくのかなと思ったのですが、門には鍵《かぎ》がかかっていました。犬が家から走り出てきて、マシューおじさんが門の格子のすきまから入れてやった肉の切れはしやら、とうもろこしや麦かすのいっぱい入った紙ぶくろを口で受けとりました。この犬は、ふつうの犬のようにすぐ肉を食べはじめないで、ぜんぶ、なかへ持って入りました。変わった太い首輪をしていましたが、真鍮《しんちゅう》かなにかの金属でできている感じでした。それから、ぼくたちは石段をおりていきました。

「先生はまだお帰りじゃなかったな」と、マシューおじさんは言いました。「門がしまっていた。」

「あの犬にやった紙ぶくろには、なにが入っていたの?」ぼくはたずねました。

「ああ、あれは食べものだ。動物のエサだよ。先生の家は動物でいっぱいなんだ。先生がお留守のときには、おれがあの犬に食べものをやるのさ。するとあの犬が、ほかの動物たちに配ってやるんだよ。」

「変わった首輪をしてたけど、あれはなあに？」

「ありゃあ、純金の首輪だ。ずっと前に、あいつが先生と旅に出たときに、もらったもんだ。人の命を救ったお礼だよ。」

「あの犬は、先生のところに、どれぐらいいるの？」

「ずいぶんになるね。ジップは、すっかり年をとっちまった。だから、先生はもう、ジップを旅に連れていかずに、留守番をさせていらっしゃる。毎週月曜と木曜には、おれがこの門のところに食べものをもってきて、格子ごしに、やつにわたすことになっているんだよ。でも、やつは、先生がお留守のときは、だれも庭に入れない。よく知っているおれでさえも、だめなんだ。先生がお留守かどうかはすぐわかる。お帰りなら、門が絶対あいているからね。」

しかたなく、ぼくは自分のうちに帰って、わらをいっぱいしいた古い木箱のベッドにリスをねかせてやりました。そして、先生がお帰りになるまで、いっしょうけんめい看病しました。それから毎日、町のはずれの大きなお庭がある小さなおうちまで、門がしまっているか見にいきました。

ときどき、犬のジップが門のところまで、ぼくに会いに出てきてくれましたが、しっぽをふって、ぼくに会えてうれしそうなようすをするばかりで、なかには入れてくれませんでした。

第三章　先生のおうち

四月も終わりごろの、ある月曜の午後、おとうさんの言いつけで、おとうさんが直した靴を町はずれのお宅へ届けに行きました。たいへん気むずかしいベローズ大佐の靴でした。

ぼくは大佐のお宅を見つけて、玄関のベルを鳴らしました。大佐が、ドアからすごい赤ら顔をつき出して、「勝手口へまわれ。使用人は裏口を使え」と言うと、ぴしゃりとドアをしめました。

ぼくは、靴を花だんのなかにほうりこんでやろうかと思いましたが、おとうさんにしかられると思ってやめました。裏口にまわると、大佐のおくさんが出てきて、靴を受けとってくださいました。おどおどした小さな女の人で、パンでも作っていたのか、手が粉だらけでした。たぶん、どなりちらす大佐におびえていたのだと思います。大佐が家のなかで足をふみならして、ぼくがお客でもないのに玄関を使ったと、まだ文句を言っているのが聞こえました。おばさんは、声をひそめて、丸パンと牛乳はいかが、とすすめてくださいました。「いただきます」と、ぼくは言いました。パンを食べ、牛乳を飲むと、ぼくはお礼を言って出てきました。

そのとき、家に帰る前に、ドリトル先生がお帰りになっているかどうか見ていこうと思いたちました。実は、その日の朝も、すでに先生のおうちには行っていたのですが、もう一度だけ見ておこうと思ったのです。ぼくのリスは、ちっともよくなってくれないので、心配になっていました。

そこで、オクスンソープ通りの先生のおうちへ行ってみました。とちゅう、空がくもってきて、今にも雨が降りだしそうになりました。

門に着くと、やっぱりしまっていました。がっかりです。もう一週間も毎日ここに来ているというのに。いつものように犬のジップが門のところへ来て、しっぽをふってくれましたが、そのあとはそこにすわりこんで、ぼくがなかに入らないように、じっと見張りをしました。

先生がお帰りになる前にぼくのリスは死んでしまうのではないかと気がかりでした。ぼくは、しょんぼりとまわれ右をして、階段をおりて、道に出ると、自分のうちのほうへ歩きだしました。

もう夕飯どきだったでしょうか。もちろん時計なんか持っていませんでしたから、わかりません。ふと見ると、男の人が道をこちらへ歩いてきます。よく見れば、それは散歩中のベローズ大佐でした。おしゃれなオーバーコートに身をつつみ、マフラーをして、はでな色の手ぶくろをはめています。それほど寒い日でもないのに、ひどく着ぶくれした大佐は、まるで毛布にくるまったまくらでした。ぼくは大佐に、今何時か教えてくださいますかとたずねました。

大佐は立ち止まり、ぶつぶつ言いながら、ぼくをにらみつけたので、赤ら顔がますます赤くなりました。そのどなり声は、まるでサイダーのコルクがポンとはずれるみたいな声でした。

「おまえは、まさか」と、大佐は早口でまくしたてました。「おまえみたいな小僧に時間を教えるために、わしがこの服をぜんぶぬぐとでも思っているのか!」

そして、さらにぶつぶつ言いながら、足をふみならして通りを去っていきました。

ぼくは大佐のあとを見送りながら、大佐にわざわざ時計をとり出してもらうには、ぼくはどれぐらい年をとればいいのだろうと思いました。そのとき急に、雨がざあっと降ってきました。

あんなにはげしい雨には、あったことがありません。あたりは夜みたいに暗くなり、風がびゅうびゅう吹きはじめ、ぴかっといな光りがして、かみなりが鳴り、道のどぶはたちまち川のように流れました。近くに雨宿りするところもなかったので、ぼくは吹きつける風にむかって頭をかがめ、自分のうちのほうへ走りだしました。

あまり進まぬうちに、頭がやわらかいものにドスンとぶつかり、ぼくは歩道にぺたんとしりもちをつきました。なににぶつかったんだろうと顔をあげてみると、目のまえに、とてもやさしそうな顔をした、背の低い、太ったおじさんが、ぼくと同じようにしりもちをついていました。よれよれのシルクハットをかぶり、小さな黒いカバンを手にしています。

「ごめんなさい」と、ぼくは言いました。「頭をかがめていて、前を見ていませんでした。」

おどろいたことに、小さなおじさんは、たおされて腹をたてるどころか、笑いだしました。

「むかし、インドにいたころを思い出したよ」と、おじさんは言いました。「嵐のなかで、女の人にどしんとぶつかったんだ。その人は頭に糖みつの入った入れ物をのっけていたから、私の髪の毛はそのあと何週間も糖みつがぬけなくて、どこへ行ってもハエにたかられたもんだ。君、けがはしなかったかい？」

「ええ。だいじょうぶです。」

「悪いのは、おたがいさまだからね」と、おじさんは言いました。「私も頭をかがめていた――だが、まあ、こんなところですわりこんで話している場合じゃないね。君、ずぶぬれだろう。私はずぶぬれだ。どこまで行くんだい？」

「ぼくのうちは、町の反対側なんです。」ぼくがそう言いながら立ちあがると、おじさんも立ちあがりました。

「なんてこった。この歩道はびしょびしょだったね。しかも、ますます降りがはげしくなっている。私のうちに来て、かわかしなさい。ひどい嵐だが、じきにやむだろうから。」

おじさんに手をとられて、ぼくはいっしょに、今来た道をもどって走りだしました。走りながら、ぼくは、このおかしな小さなおじさんはだれなんだろう、どこに住んでいるんだろうと考えました。見ず知らずのぼくなんかを、家に連れていって、かわかしてやろうというのです。時間すら教えてくれなかった赤ら顔のおいぼれ大佐とは大ちがいです！

やがて、ぼくたちは立ち止まりました。

「さあ、着いたよ」と、おじさんが言いました。

どこだろうと見あげてみると、そこは、なんと、さっきまでぼくがいた、あの大きなお庭の小さなおうちへの石段のまん前でした！　ぼくの新しいお友だちは、さっと石段をかけあがり、ポケットから鍵《かぎ》のたばをとり出して門をあけています。

「まさか」と、ぼくは思いました。「この人があのえらいドリトル先生であるはずがない！」

先生のことをいろいろと聞かされていたので、先生はとても背が高くて、たくましくて、かっこいい人だと、ぼくは思っていたのです。このやさしそうな笑顔の、ちんちくりんのおかしなおじさんが先生だなんてどうしても信じられませんでした。でも、こうして目の前で、この人は階段をかけあがって、ぼくが何日も見つめていたまさにその門をあけているじゃありませんか！

犬のジップがかけだしてきて、うれしそうにほえながら、おじさんに何度もとびつきました。雨足がますます強まりました。

「おじさん、ドリトル先生なんですか？」お庭の短い道を小走りで通って家のなかへ入っていくとき、ぼくは大声でたずねました。

「ああ、私は、医者のドリトルだよ。」先生は、さっきの鍵のたばで玄関のドアをあけながら言いました。「お入り！　靴のどろを足ふきマットで落としたりしなくていいから。どろんこのまま入っちゃいなさい。雨のかからないように、早くなかへお入りなさい！」

ぼくがなかへ飛びこむと、先生とジップがあとから入ってきました。それから先生は、背後でドアをバタンといきおいよくしめました。

嵐のせいで外はずいぶん暗くなっていましたが、ドアをしめてしまうと、家のなかは夜みたいに真っ暗でした。すると、聞いたこともないような、みょうちきりんな音が聞こえてきました。ありとあらゆる種類の動物や鳥が、いっせいに、けたたましくギャアギャア、キーキーと鳴きだしたような音でした。なにかが階段から転げ落ちてきて、ろうかを急いで行きかっている音も聞こえました。暗闇のどこかで、アヒルがクヮクヮと鳴き、おんどりがコケコッコーと時をつくり、ハトがクークー、フクロウがホーホー、羊がメエ、ジップがワンワンと鳴きました。鳥のつばさがバタバタと、ぼくの顔の近くで風を起こしました。足には、しょっちゅうなにかがぶつかってきて、ぼくはたおれそうになりました。どうやら玄関ホールじゅうに動物があふれかえっているようでした。どしゃ降りの雨の轟音《ごうおん》とあわせて、耳をつんざくばかりの音です。ぼくが少しこわがっていると、先生がぼくの腕をとって、ぼくの耳もとでこうさけびました。

「だいじょうぶだ。こわがらなくてもいい。うちで飼っている動物たちだ。私が三か月も留守にしていたので、みんな私に会えてうれしがっているんだよ。今、明かりをつけるから、そこにじっとしておいで。まったく、なんて嵐だ！　あのかみなりの音を聞いてごらん！」

　そこで、ぼくは、暗闇のなかでじっとしていました。そのあいだ、いろんな動物たちが、すがたの見えぬまま、さわいでうごめいていました。なんだかへんてこな、おかしな感じでした。玄関の外からこのおうちをながめていたときは、ドリトル先生ってどんな人だろうとか、あのおもしろい小さなおうちのなかには、なにがあるんだろうと思っていましたが、まさかこんなだとは思ってもみませんでした。でも、どういうわけか、腕を先生にとられてからは、まごついてはいても、こわくなくなりました。なにもかもへんてこな夢のように思えました。

ほんとうに目がさめているのだろうかと思いはじめたとき、先生がまた声をかけてきました。

「やれやれ、マッチがびしょびしょで、火がつかないな。君はもってないかい？」

「いいえ、もっていません」と、ぼくは返事をしました。

「まあいい」と、先生。「ダブダブが、明かりをもってきてくれる。」

先生が舌打ちをするような、おかしな音をたてると、だれかがまた階段をバタバタとあがって、二階の部屋で動きまわっているような音がしました。

それからしばらく、なにも起こらないまま、じっと待つことになりました。

「明かり、まだでしょうか？」ぼくはたずねました。「ぼくの足の上に、なにか動物がすわっていて、つま先がしびれてきたんですが。」

「なに、もうすぐだよ」と、先生。「じきにもってきてくれる。」

そのとき、階段の上のおどり場に、初めて光がちらつくのが見えました。動物たちはふっと静まりました。

「先生はひとりぐらしをなさっているんだと思っていました。」ぼくは先生に言いました。

「そうだよ。明かりをもってきてくれたのは、ダブダブだ。」

だれが来たのかと階段を見あげても、おどり場のあたりはよく見えなかったのですが、その上のほうから、なんともへんてこな足音が聞こえてきました。まるで、だれかが片足でけんけんをしながら、一段ずつ飛びはねておりてくるような音でした。光がおりてきて、あたりが少しずつ明るくなるにつれ、壁には、ぴょんぴょこはねる、ふしぎな影がさしました。

「ああ――来てくれたね!」と、先生は言いました。「ありがとう、ダブダブ。」

ぼくは、これは絶対夢だと思いました。だって、けんけんしながら、パタンパタンと階段をおりてきて、おどり場の曲がり角からこちらへ首をつき出していたのは、真っ白なアヒルだったからです。しかも、その右足には、明かりのついたロウソクを持っていたのです!

第四章　パタパタ

とうとうあたりのようすが見えるようになると、玄関ホールはほんとうに動物でいっぱいだとわかりました。この付近に住んでいそうなありとあらゆる動物がそこにいるんじゃないかと思えました。ハト、白ネズミ、フクロウ、アナグマ、小さなカラス——。雨のお庭からちょうど今入ってきて、ぬれたピンク色の背中をロウソクの明かりにきらめかせながら、足ふきマットでていねいに足をふいている小ブタさえいます。

先生は、アヒルからロウソクを受けとると、ぼくのほうをむいて言いました。

「さてと、そのぬれた服をぬぎたまえ——ところで、君の名は？」

「トミー・スタビンズです。」

「ほほう、靴屋のジェイコブ・スタビンズさんのところの息子さんか？」

「はい。」

「すばらしいブーツを作る人だよ、君のおとうさんは。」先生は言いました。「これをごらん。」

先生は右足をもちあげて、自分がはいている大きなブーツを見せてくださいました。
「君のおとうさんが四年前にこのブーツを作ってくれて、それ以来ずっとはいているんだよ――実にみごとなブーツだ――さてと、いいかい、スタビンズ君。そのぬれた服を今すぐ着がえなければいかん。もっとロウソクをつけるまで待っていてくれたら、いっしょに二階に行って、かわいた服を見てみよう。君の服が台所の火でかわくまで、私のお古を着てもらわねばならんがね。」

すぐに家のあちこちにロウソクがつけられて、ぼくたちは二階へあがりました。寝室に入ると、先生は大きなタンスをあけて、古い服を二着とり出しました。ぼくたちはそれに着がえてから、ぬれた服を一階の台所へもっていって、大きなえんとつのついた暖炉に火をおこしました。

ぼくが借りた先生の上着は大きすぎたので、地下室からたきぎを運んでくるとき、ぼくはしょっちゅう上着のうしろのしっぽみたいに長いところをふんづけてばかりいました。でもすぐに、暖炉には大きな火がいきおいよく燃えあがり、ぼくたちはいすの背に、ぬれた服をかけました。

「さて、夕ごはんを作ろう」と、先生。「もちろん、夕ごはんを食べていくね、スタビンズ君？」

ぼくのことを、「トミー」でも「ぼうや」でもなく、「スタビンズ君」と呼んでくれるこのおかしな背の低いおじさんのことを、ぼくはもう好きになっていました。（ぼくは「ぼうや」って呼ばれるのが大きらいだったんです！）

このおじさんは、ぼくのことを、まるでもう一人前の大人であるかのようにあつかってくれたのです。夕ごはんを食べていらっしゃいと言ってくれたとき、ぼくはとてもうれしくて得意になりました。でも、おかあさんに帰りがおそくなると言っていなかったことをふと思い出したので、とてもざんねんだったけど、こう答えました。

「ありがとうございます。いただいていきたいのですが、帰らないと母が心配しますので。」

「ああ、だが、スタビンズ君、」先生は暖炉にもう一本たきぎを投げ入れながら言いました。「まだ服がかわいちゃいないよ。かわくまで待たなきゃならんだろう？　服が着られるようになるまでには、夕食も食べ終わっているよ——おや、私のかばんを見なかったかね？」

「まだ玄関ホールにあるんだと思います」と、ぼくは言いました。「見てきます。」

かばんは玄関の近くにありました。黒い革のかばんで、ずいぶん古そうでした。とめ金がひとつこわれていて、かばんのまんなかを、ひもでぐるぐる巻きにしてありました。

「ありがとう。」ぼくがかばんをもっていくと、先生はおっしゃいました。

「ご旅行は、そのかばんだけでお出かけになっていたんですか？」ぼくはたずねた。「そうだよ。」先生はひもをはずしながら、おっしゃいました。「たくさん荷物があってもしかたないからね。めんどうなだけだ。人生は短いから、荷物などにかかずらっているひまはない。それに荷物なんてものは実際、必要ないものだ――さてと、ソーセージをどこに入れたかな？」

先生は、かばんのなかを手さぐりしました。最初に出てきたのは新鮮なパン一きん。次に、ふしぎな金属のふたがついたガラスびんをとり出し、先生は、それをしげしげと光にかざしてから、テーブルの上におきました。なかには、見なれぬ小さな魚のようなものが泳いでいました。最後に先生は、ソーセージをどっさり取り出しました。

「さて、」と、先生。「あとは、フライパンさえあればいい。」

台所に行ってみると、なべやフライパンが壁にぶらさがっていました。フライパンをとってみると、なかはすっかりさびていました。

「おやおや、ごらんよ！」と、先生は言いました。「長いこと留守をして一番こまるのは、これだよ。動物たちは、がんばって家をとてもきれいにそうじしてくれるし、ダブダブは主婦としてまったく申し分ないのだが、もちろん動物にできないこともある。まあ、しかたない。すぐにきれいになる。スタビンズ君、流しの下にみがき粉があるだろう。とってくれないか？」

　数分後にはフライパンはすっかりぴかぴかになって、ソーセージが台所の火にかけられて、肉をいためるおいしそうなにおいが家じゅうにたちこめました。先生がいそがしく料理をなさっているあいだに、ぼくはもう一度、ガラスのびんのなかで泳いでいるおかしな小さな生き物を見にいきました。

「この動物はなんですか？」ぼくはたずねました。

「ああ、それはね」先生はふりかえっておっしゃいました。「パタパタだ。正式な名前はヒッポカンプス・ピッピトピトゥスだが、現地の人たちはただパタパタと呼んでいる。たぶん、こいつが泳ぎながらしっぽをふるようすから、そういう名がついたんだろうな。こいつをつかまえるために、今回の旅に出ていたんだよ。今、私は、けんめいに貝のことばを習おうとしているんだ。貝にもことばがある。そいつはたしかだ。私はサメのことばを少し話せるし、イルカ語も話せる。しかし、今特に知りたいのは、貝語なのだ。」

「どうしてですか？」ぼくはたずねた。

「貝の仲間は、人間が知るかぎり世界最古の生き物だからね。何千年もむかしの貝が化石になって岩のなかに残っていたりする。だから、貝のことばが話せるようになりさえすれば、大むかしの世界についてかなりわかるようになるはずだろう？」

「ほかの動物じゃだめなんですか？」

「だめではないが、」先生はソーセージをフォークでつつきながら言いました。「少し前にアフリカのサルたちが親切に教えてくれたむかしの話は、せいぜい一千年前の話だ。やはり、世界最古の歴史は、貝から教えてもらうしかない――貝以外はむりだ。ずっとむかしに生きていた動物は、貝以外はほとんど絶滅しているからね。」

「もう貝のことばは、学ばれたんですか？」ぼくはたずねた。

「いや、習いはじめたばかりだ。それでこの特別な種類のヨウジウオがほしかったんだ。なぜなら、これは、半分は貝で、半分は魚だからね。こいつを求めて、わざわざ東地中海まで行ってきたんだよ。ただ、こいつはあんまり役に立ちそうもない。正直言うと、こいつには、かなりがっかりした。あんまり頭がよさそうには見えないだろ？」

「ええ。」

「さあ。ソーセージが、いい感じに焼きあがった。おいで――お皿を近くで持っていてくれたまえ。君の分をもりつけよう。」

それから、ぼくたちは台所のテーブルについて、たっぷり食事をしました。すばらしい台所でした。そのあともこの台所で何度も食事をすることになりましたが、世界一豪華な食堂などよりも、ここで食べるほうが好きでした。こぢんまりと居心地がよくて、あったかいのです。食べるのにも便利な場所でした。火からおろしてすぐ、あつあつのままテーブルにおいて食べられましたし、スープを飲みながら、トーストがこげないように、暖炉の囲《かこ》いごしに気をつけていられました。それに、テーブルにお塩をもってくるのを忘れていても、立ちあがってべつの部屋へ取りにいくこともなく、うしろにある戸だなの大きな木箱にひょいと手をのばせばよいのです。

暖炉ときたら、こんな大きな暖炉は見たことがありません。なかがお部屋みたいに広くて、丸太が燃えているときでさえ、暖炉の内側へ入れたのです。入って両側にある広いベンチにすわって、食後の栗を焼くこともできました。テーブルのほうにすわっていても、やかんの音を聞いたり、お話をしたり、火の明かりで絵本を読んだりできました。すてきな台所でした。安心できて、気がきいていて、親しみやすくて、どっしりしていて——先生みたいでした。

ぼくたちがむしゃむしゃ食べていると、ふいにドアがあいて、アヒルのダブダブと犬のジップが入ってきました。シーツやまくらカバーをくわえて、きれいなタイルのしいてある床の上を引きずっています。ぼくがびっくりしているのを見て、先生は説明してくださいました。

「私のために、寝具を暖炉の前で干そうとしてくれているんだ。ダブダブは、完璧《かんぺき》な主婦だからね。なにひとつ見落としがない。むかしは、私のために家事をしてくれる妹がいたんだが(ああ、サラ! いまごろどうしているかなあ。もう何年も会っていない)、でもダブダブほどは気がきかなかった。ソーセージのおかわりは、どうだい?」

先生はふりかえって、犬とアヒルに、ふしぎなことばや身ぶりをして、なにかおっしゃいました。二匹は、とてもよくわかったようすでした。

「先生は、リスのことばも話せますか？」ぼくは、たずねました。

「ああ、話せるよ。実にたやすいことばだ。君だって、さほど苦労しないで話せるようになるよ。でも、どうして？」

「ぼくのうちに具合の悪いリスがいるんです。タカにつかまっていたのを助けてやったんです。でも、足にひどいけがをして、できたら先生に診ていただきたいんです。あした、連れてきてもいいですか？」

「うむ、足がひどく折れているのだとしたら、今晩診たほうがいいな。手おくれになってはどうにもならん。いっしょに君のうちへ行って、診てみよう。」

火に干していた服にさわってみると、ぼくのはすっかりかわいていました。服を二階の寝室へもっていって着がえをして、おりてきてみると、先生は、薬や包帯のいっぱいつまった小さな黒い診察かばんを手にして、すっかり出かける用意ができて、ぼくを待ってくださっていました。

「行こう」と、先生はおっしゃいました。「雨はもうあがった。」

外はまた明るくなっていて、空は、夕やけで真っ赤にそまっていました。門を出て、通りへおりていくと、お庭からツグミの歌声が聞こえてきました。

第五章　ポリネシア

「先生のお宅みたいなおもしろいお宅、ぼく、初めてです。」先生と町のほうへ歩きだしながら、ぼくは言いました。「またあした、遊びにきてもいいでしょうか？」

「もちろんだとも。いつでもおいで。あすは、庭と動物園を見せてあげよう。」

「ええっ、動物園があるんですか？」ぼくはたずねました。

「ああ。大きな動物は、家には入らないからね。庭の動物園で飼っているんだ。たいした数はいないけれど、それなりにおもしろいよ。」

「すてきでしょうね。いろんな動物のことばを話せるなんて。ぼくにもできると思いますか？」

「できるさ……練習すればね。かなり根気強くないといけないが。ほんとはポリネシアに手ほどきを受けるのが一番なんだが。私に最初に教えてくれたのもポリネシアだった。」

「ポリネシアって、だれですか？」ぼくはたずねました。

「ポリネシアは、私が飼っていた西アフリカのオウムだよ。今はもういないが。」先生は悲しそうにおっしゃいました。

「どうして？　死んじゃったんですか？」

「いやいや、まだ生きているよ。生きているはずだ。だが、アフリカに着いたとき、あれはふるさとに帰れてうれしそうだった。うれし泣きしていたからなあ。私がここにもどる段になって、いっしょに帰るとは言ってくれたものの、あの太陽の国からあいつを引きはなすのは、しのびなくてね。アフリカにおいてきたんだ――ああ、あれがいないと、ひどくさみしいもんだ。お別れのとき、あれはまた泣いた。でも、私は正しいことをしたと思う。あれは私の親友だ。私に動物のことばを学んで動物の医者になれと最初に言ってくれたんだ。今ごろアフリカでしあわせにやっているかなあ。あのおかしな、なつかしい、まじめくさった顔をまた見られるかなあ――ああ、なつかしいポリネシア！　たいした鳥だよ――いやはや！」

ちょうどそのとき、ぼくたちの背後で、だれかが走ってくる音がしました。ふりかえって見ると、犬のジップが全速力でやってきます。とても興奮しているようすで、ぼくたちのところまで来ると、先生にむかって独特のほえかたでワンワン、キャインキャインと言いはじめました。すると、先生はすっかり興奮して、犬にむかって話したり、おかしな身ぶりをしたりしはじめました。とうとう、ぼくのほうをふりむいたその顔は、うれしさでかがやいていました。

「ポリネシアが帰ってきた！」先生はさけびました。「なんと、ジップが言うには、ポリネシアがたった今、家に着いたそうだ。いやはや！　五年ぶりだ。ちょいと失礼。」

先生は、家にもどろうとするかのようにむきを変えました。ところが、オウムのポリネシアはもうこちらに飛んできていたのです。先生は、新しいおもちゃを手に入れた子どものように手を打ちました。道ばたにいたスズメのむれがぺちゃくちゃしゃべりながらバタバタと塀の上へ飛びのくなか、体が灰色で尾が深紅のオウムが、通りをすべるように低く滑空してきました。

そのまま鳥は先生の肩にとまると、ただちに、ぼくにはわからないことばで、立て板に水を流すようにしゃべりだしました。言いたいことが山のようにあったようです。もう先生は、ぼくのことも、ぼくのリスのことも、ジップのことも、なにもかもそっちのけにしました。ついに、どうやら鳥がぼくについてたずねてくれたらしく、先生は、はっとわれに返りました。

「これは失敬、スタビンズ君！　このなつかしい友だちの話を聞くのについ夢中になってしまったよ。君のリスを診に行かなくっちゃね。――ポリネシア、こちらはトミー・スタビンズ君だ。」

先生の肩にとまったオウムは、ぼくにむかって重々しくうなずいてみせると、おどろいたことに、はっきりとした人間のことばでこう言いました。

「はじめまして。あんたが生まれた夜のことをおぼえてますよ。ひどく寒い冬でした。あかんぼうのあんたは、ひどくぶさいくでしたね。」

「スタビンズ君は、動物のことばを習いたがっているんだ。それで、スタビンズ君と私は、ちょうど君の話をしていたところなんだよ。オウムのポリネシアがことばを教えてくれたという話をね。そこへジップが走ってきて、君が着いたと教えてくれたんだ。」

「そりゃまあ、」と、オウムはぼくのほうをむいて言いました。「先生がことばをおぼえるようにしむけたのはあたしかもしれないけど、まずあたしが人間のことばを話してるときに、そのことばの意味を先生が教えてくださらなかったら、あたしにゃとてもそんなことはできませんでしたよ。なにしろ、たいていのオウムは人間みたいに話すけど、なにを話してるか理解してるやつなんて、まずいませんからね。オウムがことばを話すのは――まあ、話せるとかっこいいし、話すとクラッカーをもらえるからですね。」

このころには、ぼくたちはもうむきを変えて、ぼくのうちのほうへ歩いていました。ジップが前を走り、ポリネシアは先生の肩にとまったままです。鳥はひっきりなしにおしゃべりをつづけ、たいていはアフリカのことを話していました。でも、ぼくにわかるように、今度は人間のことばを話してくれていました。

「バンポ王子はどうしている？」先生はたずねました。

「ああ、よくぞ聞いてくださいました」と、ポリネシア。「お伝えするのを忘れるところでした。びっくりですよ――バンポはイギリスにいるんです！」

「イギリスに！ まさか！」先生はさけびました。「いったいぜんたい、なんだってここに？」

「バンポのおとうさんの王さまが、バンポを留学に出したのです。なんでも――えっと、ブルフォードとかいうところに――勉強しに行きなさいって。」

「ブルフォードだって！ ブルフォード！」先生はぶつぶつとおっしゃいました。

「そんなところ、聞いたこともないな。ああ、オックスフォードのことか。」

「そうそう、オックスフォードでした」と、ポリネシア。「ブルもオックスも牡牛《おうし》のことだから、まちがえました。そう、オックスフォードに行ったんです。」

「いやはや」と、先生。「バンポ君がオックスフォード大学に留学とは――いやはや！」

「バンポがジョリギンキ国を出るには、ひともんちゃくありましてね。バンポは、ここに来るのを死ぬほどこわがっていたんですよ。なにしろ、あの国から外に出た人なんていなかったんですから。白人に食われちまうんじゃないかと思ったんですね。まったく、あの連中ときたら――なんにも知らないんだから！ ほんと！ でも、王さまが行けと命じたんです。今や、黒人の王さまは王子をオックスフォードに留学させる時代になったと言いましてね。それが新しいやりかただから、行きなさいって。バンポは、六人のおくさんを連れていきたがりましたが、王さまはそれも許しませんでした。かわいそうなバンポは、泣きながら出発しましたよ。宮殿のみんなも泣いていました。あんな大さわぎ、聞いたことないですよ。」

「あのあと、また、眠り姫をさがしに出かけたのかな？」先生はたずねました。

「ええ、そうです」と、ポリネシア。「先生がお発《た》ちになった翌日に、バンポは出かけました。出かけてよかったですよ。だって、バンポが先生を逃がしたとわかって、王さまはかんかんに怒りましたからね。」

「で、眠り姫は？　見つかったのかい？」

「まあ、眠り姫だとバンポが言っている人を連れ帰ってきましたよ。ぐーすか、眠ってばかりいる女ですけどね。髪は赤くて、見たこともないくらいでかい足をしているんです。でも、バンポはひどく気に入っていて、ついに盛大なお祝いをして結婚しました。お祭りは七日間つづきました。一番目のおくさんになって、今じゃ、バンパ皇太子妃として知られていますよ。バンパァと最後を強く発音するんです。」

「それで、バンポ君は白いままでいられたのかね？」

「三か月ばかりね」と、ポリネシア。「それから、だんだんもとの顔色にもどりました。よかったですよ。水着なんか着た日にゃ、顔だけ白くて、ほかは黒いんだもん、目立っちゃって。」

「それで、チーチーはどうしている？　チーチーというのは、」と、先生は、ぼくに説明をしてくださいました。「何年も前に飼っていたサルだよ。やっぱりアフリカにおいてきたんだ。」

「いやあ、」と、ポリネシアはしぶい顔をしました。「チーチーは、あんまりしあわせじゃありませんね。この数年、よく会っていたんですが、先生のことや、先生のおうちやお庭のことをたいへん恋しがっています。おかしなことですが、あたしも同じでした。あのときは、なつかしいふるさとに帰れて大よろこびしていましたのにね。実際、アフリカってすばらしい国なんです――だれがなんと言おうと。ですから、これから、すごく楽しくなるって思っていました。ところが、どういうわけかわかりませんが……数週間もすると、あきてきちゃったんです。どうにも落ちつけなくなってしまいました。まあ、要するに、かいつまんで申しますとね、ある晩、あたしゃここにもどって先生に会おうって決心したんです。そこであたしは、なつかしいチーチーを見つけだし、そう話しました。チーチーは『君の言うとおりだ、ぼくもそう感じてた』と言います。先生と暮らしたあとでは、アフリカはあまりにも静かすぎるって言っていました。先生が例のご本からあたしたちに読んで聞かせてくださったお話とか――冬の夜に台所の火をかこんでみんなでしたおしゃべりとかをなつかしがっていました。アフリカの動物たちはみんな親切だし、よくしてくれるんですが、みんなどこか間がぬけている感じがするんですね。チーチーも、それには気がついていたって言っていました。連中がばかなわけじゃなくて、あたしたちが連中とちがってしまったんだと思います。あたしが発つとき、かわいそうなチーチーは泣きくずれていました。たったひとりの友だちがいなくなってしまうようだって言うんです。アフリカには何百万ものチーチーの親戚《しんせき》がいるっていうのに。あたしにつばさがあって、好きなときに先生のところへ飛んでいけるのに、チーチーはそのあとを追いかけられないのは不公平だって言っていました。でもね、言っておきますが、あれがいつかここにやってきても、あたしゃおどろきませんよ。頭がいいですからね、チーチーは。」

そんなことを言っているうちに、ぼくのうちに着きました。おとうさんの店はしまっていて、シャッターがおりていましたが、おかあさんが戸口に立って、通りを見やっていました。

「こんばんは、スタビンズのおくさん」と、先生はおっしゃいました。「息子さんの帰りがおそくなってしまってもうしわけない。私が夕ごはんを食べていきなさいと言ったものですからね。この子も私もすっかりびしょぬれになってしまって、服をかわかさなければならなかったのです。さっきの嵐のなかで息子さんとぶつかって、私がうちで雨宿りをしていくようにと引き止めたんですよ。」

「ちょうど心配になってきたところでしたの」と、おかあさんが言いました。「ありがとうございます、息子のめんどうをそんなに見てくださって、家まで送ってくださって。」

「いえいえ、どういたしまして。とてもおもしろいおしゃべりをしましたよ。」

「あの、失礼ですが、どちらさまでしょうか？」おかあさんは、先生の肩にとまっている灰色のオウムを見つめながら言いました。

「ああ、私はジョン・ドリトルです。ご主人は、私のことをおぼえていらっしゃると思いますよ。四年ほど前に、私にとてもすばらしいブーツを作ってくださいましたから。ほんとうにみごとな靴です。」先生は、とても満足げに自分の足もとを見つめながらおっしゃいました。

「おかあさん、先生は、ぼくのリスを治しにきてくださったんだ。動物のことならなんでも知っていらっしゃるの。」

「いやいや。なんでもじゃないよ、スタビンズ君。なんでもってわけにはいかない。」

「わざわざこの子のペットを診に、遠いところをいらしてくださいまして、ありがとうございます」と、おかあさん。「トムはいつも森や野原からめずらしい生き物を連れて帰るんですのよ。」

「そうですか？　すると、ゆくゆくは博物学者になるかもしれませんね。ひょっとすると。」

「お入りになりませんか？」と、おかあさん。「春の大そうじをまだ終えておりませんので、ちらかしておりますが。でも、客間には、暖かい火が燃えております。」

「かたじけない！　これはまた、すてきなお住まいですな！」

そして、大きなブーツを、それはそれはていねいに足ふきマットでごしごしとこすって、どろやほこりを落としてから、えらい先生はぼくのうちにお入りになったのです。

第六章　けがをしたリス

うちのなかでは、暖炉のそばで、おとうさんが熱心にフルートの練習をしていました。仕事が終わると、おとうさんはいつも夕方に練習をするのです。

先生は、すぐにフルートや、ピッコロや、バスーンといった楽器の話を、おとうさんにしはじめました。すると、おとうさんが言いました。

「きっと先生はフルートをお吹きになるんでしょう。一曲吹いてくださいませんか？」

「いやぁ、もうずいぶん長いこと、フルートにさわっておりませんからなあ。でも、吹いてみましょう。では、お貸しいただけますかな？」

それから先生は、おとうさんからフルートを受けとると、吹くこと、吹くこと、ずっと吹きつづけました。すばらしい音色でした。おかあさんもおとうさんも、教会に行ったときみたいに、天井をじっと見つめたまま、像みたいにじっと身じろぎしません。ハーモニカぐらいしか吹いたことがないぼくでさえ、すっかり悲しくなり、ぞくぞくっと寒くなり、教会の音楽を聞いたときのように、もっといい子だったらよかったのにと思うほどでした。

「まあ、ほんとに、おじょうずですのね！」

ついに先生が演奏を終えると、おかあさんがため息をつきました。

「先生は、すばらしい音楽家でいらっしゃるんですね」と、おとうさん。「みごとな演奏でした。なにかほかに吹いていていただけませんか？」

「ええ、いいですよ。ああ、でも、いけない。リスのことをすっかり忘れていた。」

「ご案内します」と、ぼくは言いました。「二階のぼくの部屋にいるんです。」

そこで、ぼくは、うちのてっぺんにあるぼくの寝室へ先生をご案内し、わらのつまった木箱に入ったリスを見せました。

リスは、ぼくがどんなにおちつかせようとしても、ぼくのことをとてもこわがっていたようなのに、先生が部屋に入ってきたとたんに、ぴんと姿勢をのばして、話しはじめました。先生も同じような感じで返事をし、先生がリスの足を調べるためにもちあげたときは、リスはこわがるどころか、かなりうれしそうに見えました。

先生が、マッチ棒を小刀でけずって「そえ木」なるものを作って、リスの足に結わえつけるあいだ、ぼくはロウソクで照らしていました。

「これで、すぐに足はよくなる」と、先生は診察かばんをしめながらおっしゃいました。「だが、まだ少なくとも二週間は、走りまわらせてはいけないよ。屋外において、夜冷えるときは、かわいた枯れ葉をかけてやりなさい。リス君は、ここではひとりぼっちでさびしいし、おくさんと子どもたちのことが心配だと言っている。君のことを信用できる男だとうけあっておいた。うちの庭にいるリスにたのんで、このリス君の家族がどうしているか調べてもらって、教えにきてもらおう。どうあっても、元気が出るようにしてやっておくれよ。リスというのは、生まれつき、とても陽気で活発な動物だからね、なにもせずにじっと横になっているのは、つらいんだ。なあに、心配はいらん。じきに治るよ。」

それから、客間にもどると、おかあさんとおとうさんは、十時すぎまで、先生にフルートを吹いていただきました。

うちの両親ときたら、先生のことを一目見たときから、もう大好きになってしまって、こうして家におまねきしてフルートを吹いていただけたことを、とてもじまんに思っていました。(うちは、ほんとにひどいびんぼうでしたから。)先生がそののちどんなにえらい人になるかなんて夢にも思わなかったのです。もちろん、今となってはドリトル先生とそのご著書のことは世界じゅうに知れわたっているわけで、ぼくのおとうさんがパドルビーの町で靴屋をしていた小さな家に今行ってみれば、古めかしい玄関の上にこんな石の表札がかかっています。

「かの有名な博物学者ジョン・ドリトル博士、一八三九年に当家にてフルートを奏す。」

むかしむかしのあの夜のことを、ぼくはよく思い出します。目をつむって念じると、まぶたの裏に、あのころの客間のようすがそっくりそのまま見えてくるのです。ちんちくりんのおかしな男が、うしろがしっぽのように長い礼服を着て、暖炉の前でいつまでもフルートを吹いています。そのやさしそうなまるいお顔。その両側で息をつめ、目をとじて、じっと聞きほれているおかあさんとおとうさん。先生の足もとのじゅうたんにジップといっしょにしゃがみこんだぼくは、とろとろと燃えるまきを見つめています。暖炉のかざりだな《マントルピース》にとまったポリネシアは、くたびれたシルクハットのとなりで、音楽に合わせて重々しく首を左右にふっています。そんな光景が、手にとるように、まざまざと目に浮かんでくるのです。

玄関で先生をお見送りしてから、家族が客間にもどって、そのあとおそくまで先生のことを話していたこともよくおぼえています。おふとんに入ったあと（あんなにおそくまで起きていたのは生まれて初めてでした）、ぼくが見た夢は、先生とふしぎなかしこい動物たちの一団が、夜どおし、フルートや、バイオリンや、たいこを演奏する夢でした。

第七章　貝のおしゃべり

前の晩にあんなに夜ふかしをしたにもかかわらず、あくる朝、ぼくはずいぶん早く起きました。ぼくが飛び起きて、大急ぎで服を着ているころ、朝一番のスズメたちが、屋根裏の窓から見える屋根がわらの上で、眠そうにチチチと鳴きはじめました。

早く、あの大きなお庭のある小さなおうちにもどって、先生にお会いして、先生の動物園が見たくて見たくて、待ちきれなかったのです。生まれて初めて、ぼくは、朝ごはんのことをすっかり忘れました。そして、おとうさんやおかあさんを起こさないように、ぬき足さし足しのび足で階段をおりて、玄関をあけると、人っ子ひとりいない静かな朝の道へ飛び出しました。

先生のおうちの門のところまで来てから、よそのうちに遊びにくるには早すぎる時間ではないかと、はたと気がつきました。先生がもう起きていらっしゃるか心配になったのです。お庭をのぞいてみても、だれもいません。ぼくは静かに門をあけて、庭へ入ってみました。

垣根のあいだの道を進もうとして左をむいたとき、すぐそばで声がしました。

「おはよう。ずいぶん早起きだね！」

見ると、イボタノキの垣根の上に、あの灰色のオウム、ポリネシアがとまっていました。

「おはよう。ぼく、早すぎたね。先生は、まだお休みかな？」

「なに言ってんの」と、ポリネシアは言いました。「一時間半前から起きておいでだよ。うちのなかのどこかにいらっしゃるよ。玄関はあいているから、おして入っておいきなさい。先生はきっと台所で朝ごはんを作っていらっしゃるか、研究室で勉強なさっているよ。さあ、ずいっとお入りよ。あたしゃ、朝日がのぼるのを見ようと待っているんだけどね、誓ってもいいけど、朝日のやつ、のぼるのを忘れているよ。こりゃあひどい天気だわ。アフリカだったら、朝のこの時間には、あたり一面、日光でぎらぎらかがやいているんだけどね。ほら、あのキャベツ畑の上をころがるような霧をごらんよ。見ただけでリウマチになりそうだね。ひどい天気だ——最悪！　まったく、なんだってカエル以外のものでもイギリスにいられるんだろうねえ。まあ、あたしのばか話につきあわなくていいわよ。さっさと行って先生を見つけなさい。」

「ありがとう。じゃあ、さがしに行ってくる。」

玄関をあけると、ベーコンを焼くにおいがしたので、台所へ行ってみました。そこでは、火にかかったやかんが、かんかんにふっとうしていて、炉の上にベーコンと卵の入ったお皿がおいてありました。ベーコンは熱でからからになっているようでしたから、ぼくはお皿を火から少し遠ざけて、先生をさがしに家のなかをどんどん歩いていきました。

ついに研究室で先生を見つけました。そのころは、そこが研究室と呼ばれる部屋だということを知りませんでしたが、とにかくおもしろい部屋で、望遠鏡やら、顕微鏡やら、ぼくにはぜんぜんわからないけど、わかったらいいなあと思うものがいろいろありました。壁には、動物の絵、魚の絵、ふしぎな植物の絵がかかっており、鳥の卵や貝殻のコレクションがガラス箱のなかに入っていました。

先生は部屋着を着て、大きなテーブルのところに立っていらっしゃいました。最初は、顔を洗っていらっしゃるのかと思いました。水がいっぱい入った四角いガラスの水槽に右耳をつっこんで、左手で左耳をおさえていらしたからです。ぼくが入っていくと、先生は身を起こしました。

「おはよう、スタビンズ君」と、先生はおっしゃいました。「いい天気になりそうだね。パタパタに耳をかたむけていたのだが、こいつには、がっかりしたよ――まったく。」

「どうしてですか？」と、ぼくは言いました。「それにもことばがあるって発見なさったんじゃなかったんですか？」

「ああ、そうだよ。ことばはある。だが、ずいぶん貧弱なことばでね――『はい』とか『いいえ』とか、『暑い』とか『寒い』といった数語しかないんだ。それしか言えない。まったくがっかりだ。なにしろ、こいつは魚貝類のふたつのちがった種族に属しているんだ。大いに役に立ってくれるかと思っていたのに――やれやれ！」

「たった二、三語ぐらいしかないということは、あまり考えたりしないってことですか？」

「まあ、そういうことだ。たぶん生きかたのせいだろうね。なにしろ、このパタパタというのは今では珍種だ。仲間がおらず、ひとりっきりで生きている。海のおく深い、だれもいないところで、ぽつねんとひとりで泳いでいる。だから、あんまり話さんでもいいのだろう。」

「もっと大きな貝とかだったら、しゃべるんじゃないでしょうか？　だって、これ、すごく小さいじゃありませんか？」

「そう、そのとおりだ。おしゃべりな貝もきっといるだろうが、大きな貝というのは――きわめて大きなものは――つかまえにくい。海のおく底にしかいないし、あまり泳がずに、たいていは海底をはって進んでいるから、網にもかからない。海の底へ行く方法がわかったらいいのだがねえ。それができたら、もっといろいろわかるのだが。いや、朝ごはんのことをきれいに忘れていた。君は、もう朝ごはんをすませたかい、スタビンズ君？」

　すっかり忘れていましたと言うと、すぐに先生はぼくを台所へ連れていってくださいました。

「そうなんだよ。」先生は、やかんからティーポットにお湯をそそぎながらおっしゃいました。「もし人間が海底まで行って、しばらくそこに住めたら、すばらしい――思いもよらぬことを発見できるだろう。」

「でも、人間って海底に行きますよね？」ぼくはたずねた。「海にもぐる人とか？」

「ああ、たしかにね。もぐる人はいる。私だって潜水服を着てもぐったことはある。だが、いやはや！　人間のもぐる海なんて浅いのさ。ほんとうに深いところまでは行けない。私がやってみたいのは、ずっと深いところ――何キロも深くの――底の底にまで行くことだ。いや、なに、きっといつかできるようになるだろう。さ、お茶のおかわりをあげよう。」

第八章　よく気がつくほうかい？

ちょうどそのとき、ポリネシアが部屋に入ってきて、鳥のことばで先生になにか言いました。もちろん、ぼくにはちんぷんかんぷんでしたが、先生はすぐにナイフとフォークをおいて、部屋を出ていってしまいました。

「まったく、ひどい話さ。」先生がドアをしめるとすぐ、オウムが言いました。「先生がお帰りになるやいなや、このあたりの動物という動物が聞きつけて、病気のネコやら、ダニにかまれたウサギだのが何キロも先からおしかけて、先生に診てくださいってたのむんだからね。今も裏口の外に、でかいデブの野ウサギが、ぎゃあぎゃあ泣いているあかんぼうを連れてきている。どうか先生に会わせてください、あかんぼうがひきつけを起こしそうなんです、だってさ。おおかた、ばかな子どもが、またベラドンナの毒の実でも食べたんだろう。動物っていうのは、ほんとに気がきかない――特に母親がね。子どもを連れてやってきては、食事中の先生を呼びつけたり、夜の夜中に先生をたたき起こしたりする。よくもまあ、先生はがまんできるもんだよ、信じられないね。かわいそうに、少しもお休みになるときがない！

　あたしゃ、なんども言ったんだよ、ちゃんと動物用の診察時間をもうけるべきですってね。ところが、先生ときたら、やさしすぎて思いやりがありすぎるから、動物にどこか悪いところがあると決して追いはらったりしない。急患はすぐに診なければいけないって言うのさ。」

「どうして動物たちは、ほかの先生のところへは行かないの？」ぼくはたずねた。

「ちょいと、なんてことを言うんだい！」

　オウムは、ばかにしたように頭をつんとあげながら、大声をあげました。

「ほかに動物の先生なんて、いやしないよ――ほんものの先生はね。そりゃまあ、獣医とか言っている連中は、いることはいるけど。でもね、いいかい？　ああいうのは、ぜんぜんだめ。だってね、動物のことばがわからないんだよ。なのに、どうやって動物を診るってのよ？　考えてもごらんなさいな。あんたとか、あんたのおとうさんが、お医者さんにかかったとき、その先生がこっちの言うことをひとこともわからなかったら、どうする？　それどころか、よくなるにはどうしたらいいかってことを、わかることばで教えてくれやしないのよ！　話にもなりゃしない！　あんな獣医ども！　ただのアホよ。ほんと！　先生のベーコンを火のそばによせといてちょうだいな。おもどりになるまで、さめないように。」

「ぼくも、動物のことばを話せるようになるかなあ？」ぼくは、お皿を炉の上におきながらたずねました。

「そりゃあまあ、場合によるね」と、ポリネシア。「あんた、勉強は得意かい？」

「わかんない」と答えて、ぼくはひどく恥ずかしく思いました。「だって、ぼく、学校に行ったことがないんだもの。うちがびんぼうだから、学校に行けないんだ。」

「まあ、たいして損はしてないよ。学校に通ういたずらぼうずなんて、ろくなのはいないから。でも、ちょいとお聞き。あんた、よく気がつくほうかい？　いろんなことをよく見ているかな？　たとえば、二羽のオスのムクドリがリンゴの木にとまっているのを、たった一回じっと見ただけで、次の日にその二羽をまた見たら、どっちがどっちだかわかるかい？」

「どうかなあ。やったことないから、わかんない。」

「それこそ、まさしく」と、ポリネシアは、左足でテーブルのはしからパンくずをポンとはたき落としながら言いました。「まさしく、観察力というものさ——鳥とか、けものの、細かなところに気がつくこと。歩きかた、頭の動かしかた、羽ばたき、くんくんかぎまわるようす、鼻先のひげをひくつかせたり、しっぽをひょいひょいと動かしたりするようすとかね。動物のことばを学びたいなら、そういった細かな点をぜんぶ気にとめなきゃだめ。だって、ほら、たいていの動物は舌を使って話したりしやしないでしょ。息とか、しっぽとか、足とかを使って話すのさ。それというのも、むかし、ライオンやトラがもっとたくさんいたころには、みんな、聞かれたらこわいと思って音をたてないようにしていたからね。鳥は、もちろん気にしなかった。つばさがあって飛んで逃げられたからね。でも、それこそ、おぼえておくべき第一歩だよ。いろいろと気がつくということは、動物のことばを学ぶうえで、とても重要なことなんだよ。」

「なんだかむずかしそうだね。」

「根気がなけりゃだめだよ。かたことが言えるようになるまで、ずいぶん時間がかかるよ。でも、あんたがここにしょっちゅう遊びにくるなら、あたしが少し教えてあげよう。なあに、いったんコツがわかれば、おどろくほど進むもんさ。あんたがことばを話せるようになったら、大助かりだよ。だって、そしたら、先生の仕事を手伝えるでしょ――つまり、包帯を巻いたりお薬をあげたりといったようなかんたんな仕事ならね。そうそう、そいつは、われながらいい思いつきだ。先生に助手ができて、先生が少しはお休みをおとりになれるようになったら、こりゃ、すてきだわ。今の先生の働きかたといったら、もう見ちゃいられないもの。あんた、きっと大いに先生のお役に立てるよ――あんたが動物好きならね。」

「ああ、やってみたい！」ぼくはさけんだ。「先生はぼくにお手伝いをさせてくださるかな？」

「あたりきしゃりきよ」と、ポリネシア。「あんたが医者の仕事を少しはわかるようになったらね。あたしから先生に言ってあげる――しぃ！　先生がいらっしゃる。急いで――ベーコンをテーブルにもどしてちょうだい。」

第九章　夢のお庭

朝ごはんがすむと、先生はぼくを連れ出して、お庭を見せてくださいました。おうちもおもしろいけど、お庭は百倍もおもしろいものでした。これまで見たどんなお庭よりも、わくわくして夢中になれるところでした。

最初、どれぐらい広いのかわかりませんでした。どこまで行ってもきりがないように見えたのです。ついに、全体がわかったつもりになっても、垣根ごしにひょいとのぞいたり、角を曲がったり、数段上のほうを見あげたりすると、そこには、まさかこんなところにこんなものが！といったような新しいものがありました。

およそお庭にありそうなものはぜんぶ、このお庭にそろっていました。広い広い芝生には、コケで緑色になった、彫刻のある石のベンチがありました。あちこちにあるシダレヤナギは、風にそよいで、その羽根のような枝の先でベルベットのような草をなでていました。しき石をならべた古い道の両側には、イチイをかりこんだ背の高い生け垣があって、どこか古い町の路地を思わせました。生け垣のところどころに戸があって、戸の上には、生きた木を刈りこんで、花びんだの、クジャクだの、半月だのといった形が作られていました。すてきな大理石の池には、金色の鯉《こい》が泳ぎ、青いスイレンがあり、大きな緑色のカエルがいました。さんさんと降りそそぐ日の光を浴びた家庭菜園のモモの木には、もも色や黄色の熟した実がたわわに実り、そばの背の高いれんがの塀が見えなくなるほどでした。

大人四人が入れるほど大きなほら穴があいた、すばらしく大きなナラの木もありました。東屋《あずまや》もたくさんあって、木でできたのもあれば、石でできたのもあり、本がいっぱいならんでいて読書ができるのもありました。庭の角に、岩やシダにまぎれて外かまどがあって、先生は、外で食事をしようという気分になったときに、そこでよくレバーやベーコンを焼いてくださいました。寝いすもありましたから、きっと小夜鳴《ナイチン》き鳥《ゲール》がとびきりの美声で歌う夏の暖かい夜などには、先生はそこでお眠りになったのでしょう。寝いすには車輪がついていたので、ナイチンゲールがどの木で鳴こうと、その下へ寝いすを動かせました。

でも、ぼくが一番すごいと思ったのは、大きなニレの木のてっぺんの高い枝にかけられた、ちっちゃな、ちっちゃな木の家でした。長いなわばしごがたれさがっていて、それを使って入るのです。先生は、そこから望遠鏡で月や星をながめるのだと教えてくださいました。

何日も何日もかけて冒険をしたり、散歩したりできるようなお庭でした。いつもなにかしら新しい発見があるし、いつもなつかしい場所を見つけてうれしくなるのです。先生のお庭を初めて見たときは、すっかり夢中になってしまって、ずっとそこに住みたいと思ったほどです——もう、よそに行きたくないと思いました。塀の内側には、なにもかもそろっていましたから、うれしくて楽しくて、心がおだやかになるのです。「夢のお庭」でした。

お庭に入ってすぐに気がついたのは、ずいぶんたくさんの鳥がいるということでした。どの木にも鳥の巣がいくつかあるようでした。そのほか、たくさんの野生の動物も住んでいたようです。オコジョ、陸ガメ、ヤマネはずいぶんたくさんいて、わがもの顔に歩きまわっていました。いろいろな色や大きさのガマガエルも、自分のなわばりだといわんばかりに、芝生の上を飛びまわっていました。（パドルビーではめずらしい）緑色のトカゲが石の上で日なたぼっこをして、ぼくたちを見て目をぱちくりさせていました。ヘビだっていました。

「こわがらなくていいよ。」大きな黒いヘビが、ぼくたちのまん前をにょろにょろと横切ったとき、ぼくがびくっとすると、先生がおっしゃいました。「このヘビたちは毒がないからね。庭にいるいろんな害虫をやっつけるのに、大いに役に立ってくれているんだ。夕方にはこの子たちにフルートを吹いてやると、とても気に入ってくれてね。しっぽでまっすぐに立って、そりゃあもう大よろこびするよ。ヘビの音楽好きっていうのは、おもしろいものだ。」

「どうして動物たちはみんなここに住みに来るんですか？　こんなにたくさん生き物がいるお庭を見たことがありません。」

「そりゃあ、自分の好きな食べ物があるからだろう。しかも、だれにもじゃまされないし、いやなやつもいない。それに、もちろん、みんな私のことを知っているからね。自分か子どもが病気になっても、医者の庭に住んでいれば便利だ。ほら、あの日時計にとまって、下にいるクロウタドリをののしっているスズメがいるだろう？　あれなどは、もう何年も毎夏ここに来ている。ロンドンからやってきているんだ。このあたりの田舎のスズメたちは、あれがロンドンなまりでピーチクやらかすのを笑いものにしている。ほんとにおもしろい鳥だよ――とても勇敢だが、ひどく生意気でもある。なにをおいても議論が大好きなんだが、最後には乱暴な口をきいて終わりにしてしまう。生粋の都会鳥だね。ロンドンでは、聖《セント》ポール大聖堂あたりに住んでいる。私らはあいつのことをチープサイドと呼んでいる。ロンドンの大通りの名前だよ。」

「ほかの鳥は、みんなこのあたりから集まってきているんですか？」

「だいたいはね。ただ、ふつうならイギリスに決して来ないようなめずらしい鳥も、毎年遊びにきてくれる。たとえば、あのキンギョソウの上でホバリングをしている

――つまり、とまっているように浮かんでいる――小さなきれいな鳥は、ノドアカハチドリという鳥だが、アメリカから来ている。厳密に言うと、こんな気候のところにいるはずじゃない鳥だ。すずしすぎるからね。夜は台所で寝てもらっている。

それから、毎年八月の最後の週あたりには、ムラサキ極楽鳥がはるばるブラジルから遊びにきてくれる。えらくおしゃれなおねえさんだ。もちろん、今はまだ来ていないがね。ほかにも何羽か外国の鳥が、たいていは南国から、夏のあいだ、顔を見せにきてくれるよ。でも、さあ、おいで。動物園を見せてあげよう。」

第十章　ドリトル動物園

お庭にまだ見ていないところがあるなんて信じられませんでした。ところが、先生はぼくの腕をとると、せまい小道を進み、何度も角を曲がって、ぐるぐる歩いたすえに、高い石の壁の前にやってきました。先生は、壁についた小さな扉をおしあけました。

なかには、もうひとつ、お庭がありました。動物を入れるおりがあると思っていたのですが、そんなものは見あたりませんでした。そのかわりに、お庭じゅうのあちらこちらに、小さな石の家が建っており、どの家にも窓とドアがひとつずつついていました。ぼくたちがお庭に入っていくと、家々のドアがぱっとあいて、動物たちが、明らかにエサをもらえることを期待して、かけよってきました。

「ドアに鍵《かぎ》はついていないんですか?」ぼくは先生にたずねました。

「あるよ。どのドアにも鍵はある。だが、私の動物園では、鍵は内側からかかり、外からはあけられない。鍵がついているのは、ほかの動物にいやなことをされたときとか、ここに来た人間からのがれたいとき、いつでもなかに飛びこんで鍵をかけられるようにするためだ。ここにいる動物たちは、ここにいたいからいるのであって、ここにとじこめられているのではないのだよ。」

「みんな、楽しそうにしていて、きれいにしていますね。動物の名前を少し教えてくださいませんか？」

「いいとも。まず、あそこのれんがの下に鼻をつっこんでいる、よろいみたいなものを背中にしょったおかしなやつがいるだろう。あれは南アメリカから来たアルマジロだ。それに話しかけている小さなのは、ウッドチャックというカナダのリスだ。どちらも、あの壁の下の穴に住んでいる。池でふざけている小さな二匹は、ロシアのミンクのつがいだ。おっと、そうだ、お昼前に、あの夫婦のために町からニシンを買ってこなくちゃ。今日は店が早くしまる日だからな。今、家から出てきた動物は、南アフリカの小型レイヨウだよ。さて、あのしげみの反対側へ行ってみよう。そうしたら、もっといるよ。」

「あそこにいるのはシカですか？」

「シカだって！　どこだね？」

「あそこです。」ぼくは指さした。「花だんのふちの草を食べています。二頭います。」

「ああ、あれか。」先生は、にっこりしておっしゃいました。「あれは二頭じゃない。

頭がふたつある一頭なんだよ。世界広しといえども、頭がふたつある動物はこいつだけだ。ボクコチキミアチという名前だ。私がアフリカから連れてきたのだよ。とても人になれていてね、私の動物園で、いわば夜警のようなことをやってもらっている。都合のいいことに、一度にいっぽうの頭しか眠らないから、反対側の頭は夜どおし起きているのだよ。」

「ライオンやトラは、いないんですか？」先生といっしょに歩きながら、ぼくはたずねました。

「いない。こんなところにとじこめておけないし――かりに飼うことができるとしても、私は飼わない。スタビンズ君、私の思いどおりにできるなら、世界じゅうで、おりに入れられたライオンやトラはぜんぶ逃がしてやりたいよ。ライオンやトラは、おりになじまないし、おりの生活に満足しないし、おちつきもしない。遠いふるさとのことをいつも考えてしまうんだ。目を見ればわかる――生まれ故郷の広大な平原を夢見ている。シカのにおいを追って狩りをする方法を初めて母親から教わった、あの深く暗いジャングルを夢見ているんだ。ところが、おりなどにとじこめられて、なんの楽しみがある？」

先生は足を止めて、真っ赤になって怒って、おっしゃいました。

「ライオンやトラたちの世界にあるのは、すばらしきアフリカの日の出だ。たそがれどきにヤシの葉をゆらしてささやくそよ風だ。もつれたつるが織りなす緑の影。大きな星々が夜空にきらめく、すずしい砂漠の夜。一日きつい狩りをしたあとに浴びる滝のしぶき――そういったものがうばわれて、かわりにいったいなにをあたえられていると思う？　なんと、鉄格子のはまった、からっぽのおりだ。そこに一日に一度、死んだ動物のきたならしい肉がつっこまれる。そして、大勢のばかどもがやってきて、ぽかんと口をあけてながめるんだ！　いや、スタビンズ君、ライオンやトラといったりっぱな狩人は、決して、決して、動物園にいるべきではないんだ。」

先生は、おそろしくまじめになっていました――どこか悲しそうでもありました。しかし、急にもとのようすにもどり、いつもの陽気そうなほほ笑みを浮かべて、ぼくの腕をとりました。

「でも、まだチョウチョの家を見せていなかったね。それから、水族館も。きたまえ。チョウチョの家はなかなかすごいんだよ。」

ぼくたちはまた歩きだして、やがて、垣根でかこまれた場所へ出ました。そこには、細い針金をかごのように編んだ大きな小屋がいくつかありました。小屋のなかには、ありとあらゆる種類の美しい花々が日光を浴びてさきみだれ、その上をチョウチョが飛びまわっていました。

先生は、小屋のすみに、穴だらけの小さな箱がずらりとならんでいるのを指さしました。

「あれは、卵をかえす箱――ふ化箱だ。あそこにいろんな毛虫を入れておくと、チョウチョやガになって、エサを食べにこの花だんに飛んでくるわけだ。」

「チョウチョにも、ことばがあるのでしょうか？」ぼくはたずねました。

「ああ、あるだろうね。カブトムシにもあるだろう。だが、虫のことばは、まだ学べていない。私はこのところ、貝のことばを勉強するのにいそがしいからね。でも、虫のことばも学ぶつもりだよ。」

そのとき、ポリネシアがぼくたちのところへ来て、言いました。

「先生、裏口のところにモルモットが二匹、きています。飼い主の男の子が、まちがったエサしかくれなかったから、逃げてきたんだそうです。先生のところにおいてくれないかと申しております。」

「よしよし。」先生は言いました。「動物園へ行く道を教えておやり。門のそばの左側の家をやりなさい――黒ギツネが住んでいた家だ。規則がどうなっているか教えて、きちんとした食事を出してやりなさい。――さて、スタビンズ君、水族館へ行ってみよう。まずは、貝のいる、海水の入った大きなガラスの水槽を見てくれたまえ。」

第十一章　ぼくの先生、ポリネシア

　さて、このあと、ぼくが新しくお友だちになった先生のおうちに行かない日なんて、めったにありませんでした。実は、ほとんど毎日、一日じゅう、おじゃましていたんです。だから、ある日おかあさんが「ベッドをもっていってむこうで暮らしたらどう？」なんて、冗談を言ったほどです。

　しばらくすると、ぼくはエサをやったり、動物園に新しい家や塀を作ったり、やってきた病気の動物を助けてやったり、あれやこれやのこまごましたことをして、ずいぶんお役に立てるようになりました。そうしたことをするのはとても楽しかった（ほんとうのところ、新しい世界に生きているような気分でした）けれど、ぼくがこれほどしょっちゅう来なくなってしまったら、先生はきっとおこまりになるのではないかと思いました。

　そのあいだ、ぼくがどこへ行こうとポリネシアがついてきてくれて、鳥のことばや動物のしぐさの意味の読みとりかたを教えてくれました。最初、ぼくにはとうていむりなのではないかと思いました。それほどむずかしそうだったのです。でも、この年寄りのオウムは、たいへんしんぼう強く教えてくれました——ときどき、かなりいらいらしているのがわかりましたけれど。

やがて、ぼくは、鳥のふしぎなピーチクパーチクができるようになり、犬のおかしな身ぶりの意味がわかるようになりました。おふとんに入ってからは、壁板の裏にいるネズミの声に耳をかたむける練習をしましたし、屋根の上のネコや、パドルビー市場のハトを観察したりもしました。

そんなことをしていると、あっという間に日々がすぎていきます——人生が楽しいときは、そういうものです。数日すぎたと思えば、数週間すぎており、数週間は数か月になり、まもなく先生のお庭のバラが花びらをちらして、広い緑の芝生の上には黄色い葉っぱが落ちました。もう夏が終わろうとしていたのです。

ある日、ポリネシアとぼくは図書室でおしゃべりをしていました。図書室は、りっぱな暖炉がある、すてきな細長い部屋で、壁という壁に、天井から床まで、本がぎっしりならんでいました。物語、庭造りの本、医学書、旅行書などなど……どれも大好きでしたが、特に世界じゅうの国の地図が載っている先生の巨大な地図帳はみごとでした。

その日の午後、ポリネシアは、ドリトル先生ご本人が書かれた動物書を見せてくれていました。

「うわあ！」と、ぼくは言いました。「ずいぶんたくさんの本があるんだね。この部屋ぐるりと本ばかりだ。すごいなあ！　ぼくも読めたらいいのに！　ものすごくおもしろいんだろうね。君は読めるの、ポリネシア？」

「少しだけね。ページをめくるときは気をつけてちょうだいよ。やぶかないように。いや、時間がなくて、文字を読むのはあんまりね。その文字はK、これはBだね。」

「この絵の下にはなんて書いてあるの？」ぼくはたずねました。

「どれどれ。」オウムは、つづりを読みました。「B―A―B―O―O―N。つまり、ヒヒ。読むというのは、文字さえわかれば、それほどむずかしかないよ。」

「ポリネシア。とても大事なことを教えてもらいたいんだけれど。」

「なんだい、ぼうや？」ポリネシアは右のつばさの羽根をつくろいながら言いました。ポリネシアはときどき、ぼくを見下したようにものを言います。でも、ぼくはポリネシアなら気にしません。なにしろ、このオウムは二百歳近かったんですもの。ぼくは、たったの十歳でした。

「あのね。ここにこんなにしょっちゅう、ごはんをいただきにきちゃいけないんじゃないかっておかあさんが言うんだ。だから、君に聞いてみたかったの。もし、ぼくが先生のために、もっともっとたくさん仕事をするなら、そしたらぼく、ここに住んで

もいいんじゃないかな？　ふつうの庭師とか職人さんみたいにお給金をもらうんじゃなくて、働くかわりにここで食事をさせてもらって、泊めてもらうってのはどうだろう？」

「つまり、先生の正式な助手になろうっていうわけかい？」

「うん、たぶん、そういうことだと思う。君だって、ぼくが大いに先生のお役に立てるって言ってたでしょ。」

「そうだねえ」と、ポリネシアはしばらく考えて、「いいんじゃないかい。でも、君は大きくなったら、博物学者になりたいのかい？」

「うん。決めたんだ。ほかのどんなものよりも博物学者になりたい。」

「よしきた！　先生に相談しに行ってみようじゃないか。となりの部屋にいらっしゃる。研究室にね。そおっとドアをあけてごらん。お仕事中なら、おじゃまをしてはいけないかもしれない。」

　ぼくは静かにドアをあけて、なかをのぞきました。最初に見えたのは、巨大な黒い猟犬でした。暖炉の前のじゅうたんのまんなかにすわって、両耳をそばだてて、先生が手紙をその犬に読み聞かせているのを聞いていました。

「先生はなにをなさっているの？」ぼくは、ポリネシアにささやき声でたずねました。

「なに、あの犬が、自分の女主人から手紙をもらったから、先生のところへもってきて読んでもらっている――それだけのことよ。あの犬は、町の反対側に住んでいるミニー・ドゥーリーという、髪をおさげにした、おかしな女の子の犬でね。ミニーとその弟は、夏のあいだ、海辺へ行ってしまったから、この年寄りの猟犬は、子どもたちがいなくてさみしくってたまらない。そこへ、子どもたちが手紙をよこしてくれた。もちろん、人間のことばでだ。だけど、この犬には読めないから、こうして先生のところへもってきて、先生がそれを犬のことばに訳してあげているってわけさ。ミニーが帰ってくるって書いてあるんじゃないかしら。あの犬のうれしがりようからするとね。ほら、ごらんよ、あんなにはしゃいで！」

たしかに、犬は、とつぜん、うれしくてたまらなくなったようでした。先生が手紙を読み終わると、犬は声をかぎりにさけびだし、しっぽをはげしくふって、研究室じゅうをとびまわりました。それから手紙を口にくわえると、鼻息もあらく、なにやら言いながら部屋を飛び出していきました。

「馬車をむかえに行ったのよ」と、ポリネシアがささやきました。「あんな子どもたちに、あの犬がなんでこれほど身をささげるのか、理解できないね。ミニーって子を見てみるがいいよ！　あんな生意気な女の子いないってぐらい生意気なんだよ。目つきも悪いしね。」

第十二章　ぼくの名案

それから、先生は顔をあげて、ドアのところにいるぼくたちのほうをごらんになりました。

「やあ――お入り、スタビンズ君。話があるのかね？　入って、おかけなさい。」

「先生、ぼく、大きくなったら博物学者になりたいんです――先生みたいな。」

「おやおや、そうかい？」先生はぶつぶつと言いました。「ふむ！　……えへん！　……なんと！　……まさか！　……いやはや！　君は、そのぅ……おかあさんや、おとうさんには話したのかね？」

「いいえ、まだです。先生から話していただけないでしょうか。先生のほうがじょうずに話してくださるでしょう。ぼく、先生のお手伝いをしたいんです。助手にしていただけたらと思うんです。ゆうべ、母が、ぼくがこんなにしょっちゅうここへ来て、ごはんをいただいているのはよくないって言いました。それで、ずっといろいろ考えていたんですけど、なにか取り決めのようなことを結んだらどうでしょう。ここでごはんをいただいて、泊めていただくかわりに、ぼく、ここで働けないでしょうか？」

「しかし、スタビンズ君」と、先生は笑いました。「一年じゅう、三度のごはんを食べに、いつだってここに来てくれていいんだよ。君がいてくれたほうが、私はうれしい。それに、今だって、いろいろやってくれているじゃないか。君がやってくれていることに、お給金をはらわなきゃならんと思っていたところだ。だが、君が考えていた取り決めとは、どのようなものかね？」

「えっと、つまりですね。もしできたら、うちの両親のところにいらしていただいて、ぼくがこの家に住みこみで働くなら、先生がぼくに読み書きを教えると言ってくださらないかしらということなんです。母は、ぼくに読み書きを習わせたくて、ひどく気をもんでいますし、それに読み書きができなかったら、ちゃんとした博物学者にはなれないでしょう？」

「いや、それはどうかな。読み書きができるのは、たしかにいいことだがね。だが、博物学者といったって、いろいろだ。たとえば、最近うわさになっているチャールズ・ダーウィンという若い男がいるが、こいつはケンブリッジ大学の卒業生で、読み書きがたいへんよくできる。それに大博物学者キュビエは、むかしは教師をしていた。ところがだよ、一番えらい博物学者は、自分の名前も書けないし、ＡＢＣも読めないんだ。」

「だれですか？」ぼくはたずねた。

「なぞの人物だ」と、先生。「とてもなぞめいた人だ。名前はロング・アロー。ゴールデン・アローの息子だ。アメリカ・インディアンだよ。」

「お会いになったことがあるんですか？」

「いや、会ったことはない。会ったことのある白人は、だれもいない。おそらくダーウィン氏などは、ロング・アローの存在すら知らないんじゃないかな。アローがいっしょに暮らす相手は、動物か、いろいろな部族のアメリカ・インディアンだけだ。たいてい、ペルーの山おくにいて、ひとつのところにじっとしていない。部族から部族へわたり歩いているんだ。」

「どうしてそんなにくわしいんですか？　会ったこともないのに？」

「ムラサキ極楽鳥が教えてくれたのだよ。完璧《かんぺき》にすばらしい博物学者だそうだ。前に極楽鳥がここに来てくれたとき、ロング・アローへ私からのたよりをわたしてくれるようにとおねがいしておいた。あの鳥は、今日か、あすにでも帰ってくるだろう。どんな返事が来るか待ちきれないよ。もう八月も最後の週になろうとしているが、とちゅう、極楽鳥がぶじだといいのだが。」

「でも、どうして、けものや鳥たちは、病気になると先生のところに来るんですか？　その人がそんなにすばらしいなら、どうしてみんなその人のところに行かないんですか?」

「私のやりかたのほうが近代的のようだ。だが、ムラサキ極楽鳥の話によれば、ロング・アローの博物学の知識は、まったくもっておどろくべきものらしい。特に植物学——つまり、草とか花といったものが得意だそうだ。もっとも、鳥やけもののこともよく知っていて、ハチやカブトムシなど、かなりくわしいそうだがね。だが、どうなのかね、スタビンズ君、ほんとうに君は博物学者になりたいのかね?」

「はい、もう決心しました。」

「だが、あまりもうかる仕事じゃないよ。いや、ぜんぜんもうからない。りっぱな博物学者というのは、ちっともお金をかせがない。むしろ、お金を使ってしまうんだ。虫とり網やら、鳥の卵を入れるケースやら、いろいろ買うからね。私などは、もう何年も博物学者をやったあと、つい最近になって本を書いて少しお金が入るようになったんだ。」

「お金なんてどうでもいいんです。博物学者になりたいんです。今度の木曜日に、うちの両親といっしょに夕ごはんを食べに、うちにいらしてくださいませんか。ぼく、先生におねがいするってうちで言ってきたんです。そして、今申しあげたことを両親に話してほしいんです。それと、もうひとつあるんですが、もし先生のところにすっかりごやっかいになって、いつもいっしょにいられるなら、先生が今度ご旅行に行かれるとき、ぼくも行ってもいいですか？」

「ああ、なるほど」と、先生はほほ笑みました。「いっしょに旅に出たいというわけだね。なるほど！」

「先生のお出かけになる旅には、ぜんぶついて行きたいんです。先生だって、虫とり網とかノートとか持ってくれる人がいたほうがよいでしょう？」

長いあいだ、先生はすわりこんで、机を指でこつこつとたたきながら考えていらっしゃいました。そのあいだ、ぼくは先生がなんとおっしゃるかと、じっと、しんぼう強く待っていました。

とうとう先生は、肩をすくめると立ちあがりました。

「じゃあ、スタビンズ君、今度の木曜日に、君のご両親とお話をしに、うかがうことにしよう。そして――まあ、どうなるかは、そのときだな。おかあさんとおとうさんに、どうかよろしく伝えてくれたまえ。ご招待をありがとうということもな？」

ぼくは、まるでつむじ風みたいに飛んで帰って、おかあさんに、先生がうちにいらっしゃると伝えました。

第十三章　旅人あらわる

翌日、お茶の時間のあと、ぼくはアヒルのダブダブとおしゃべりをしながら、先生のお庭の塀の上にこしかけていました。このころには、ポリネシアからずいぶんと教わったおかげで、ぼくはたいして苦労せずともたいていの鳥と話せましたし、ある種の動物とならば話が通じるようになっていました。ダブダブは、ポリネシアほど頭がよくはないし、おもしろ味に欠けましたが、まるでおかあさんみたいな、すてきな年寄りの鳥でした。長年、先生の家の家事をまかされてきた鳥です。

さて、今お話ししたように、このアヒルのおばあちゃんとぼくは、その夕方、お庭の塀の上の平たいところにすわって、オクスンソープ通りを見おろしていました。通りのむこうに、羊たちがパドルビーの市場へ追い立てられて行くのが見えました。ダブダブは、自分もいっしょに行った先生のアフリカ行きの話をちょうどぼくに話し終えたところでした。

ふいに、道のかなたから町の中心へむかって、へんな音が聞こえてきました。大勢の人がはやしたてる声のようでした。ぼくは、塀の上に立ちあがって、なにがやってくるのか見ようとしました。やがて角を曲がってあらわれたのは、たいへんな数の子どもたちで、とてもみすぼらしい、おかしな恰好《かっこう》をした女の人を追いかけています。

「あれは、いったいなにかしらね？」ダブダブが大声で言いました。

子どもたちは、みんな笑いながらさけんでいました。たしかに、子どもたちが追いかけていた女の人はへんてこでした。うでがかなり長く、ひどく前かがみになっています。ポピーの花のついた麦わらぼうしをちょこんとかぶり、スカートは長すぎて、夜会服のすそみたいに地面をひきずっていました。大きなぼうしをまぶかにかぶっていたので、顔はほとんど見えません。ところが、ぼくたちのほうへ近づいてきて、子どもたちの笑い声が大きくなってきたとき、ぼくは、女の人の手がまるで魔女の手のように真っ黒で、毛が生えていることに気がつきました。

すると、ふいに横にいたダブダブが大声でさけんだので、ぼくはびっくりしました。

「あらまあ、チーチーじゃないの！　チーチーがとうとう帰ってきた！　あの子たちはなんなの、はやしたてたりして！　あのいたずらっ子どもを、こっちが笑いものにしてやりましょう！」

それからダブダブは、ふっと道へ飛びたって、まっすぐ子どもたちのほうへむかっていき、ものすごいけんまくでギャーとさけんで、子どもたちの脚《あし》をつっつきました。

子どもたちは、いちもくさんに町のほうへ逃げていきました。

麦わらぼうしをかぶったふしぎな人は、通りを走っていく子どもたちをほんの少しにらんでから、つかれたようすで門のところへやってきました。そして、鍵《かぎ》をはずのもめんどうがって、じゃまだとばかりに、門をよじのぼって、こえてしまいました。

見ていると、足で鉄格子をつかんでいます。つまり、四本の手を使ってのぼっているようなものです。でも、そのぼうしの下の顔がちらりと見えて、ようやく、ほんとうはおサルさんなのだとわかりました。

それがチーチーでした。門の上からチーチーは、いぶかしそうに、ぼくにむかってしかめ面をしました。まるで、ほかの男の子や女の子たちみたいに、はやしたてるんじゃないかと思っていたみたいでした。

それから、お庭のなかへぽんと飛びおりると、ただちに服をぬぎはじめ、麦わらぼうしをふたつにちぎって道へ投げ捨てると、上着もスカートもぬいで、乱暴にふみつけにして、前庭でそれをけりまわしはじめたのです。

すぐに、おうちのなかから、金切り声が聞こえ、ポリネシアが飛び出してきて、そのあとから先生とジップがかけてきました。

「チーチー！　チーチー！」ポリネシアがさけびました。「とうとう来たね！　いつか来るって先生に言ってたんだよ。どうやって来たんだい？」

みんなはチーチーをとりかこんで、その四つの手をつかんで握手をし、笑いながら、百万もの質問をいっぺんにしました。それから、みんなは、おうちのなかへ入りました。

「スタビンズ君、私の寝室までひとっ走り行って、たんすの左の小さな引き出しから、ピーナッツのふくろをとってきてくれんかね。」先生は、ぼくのほうをふりかえって言いました。

「いつかチーチーが思いがけずに帰ってくるかもしれないと思って、そこにとっておいたんだ。ちょっと待てよ――台所にバナナがないか、ダブダブに聞いてみてくれ。チーチーは、もう二か月もバナナを食べていないそうだ。」

ぼくが台所にもどってくると、みんなは、サルがアフリカからどうやって来たかを話すのをいっしょうけんめい聞いていました。

第十四章　チーチーの冒険

チーチーの話によれば、ポリネシアがアフリカから立ちさったあと、チーチーは、ますます先生のことやパドルビーのおうちのことが恋しくてたまらなくなったそうです。そしてついに、なんとしてもポリネシアのあとを追いかけていこうと決心しました。

ある日、海岸へ出てみると、黒人も白人も大勢、イギリス行きの船に乗りこもうとしているのが目に入りました。チーチーも乗ろうとしたのですが、追い出され、追いはらわれてしまいました。やがて、おかしな大家族が船に乗ろうとしているのに気がつきました。子どものひとりは、かつてチーチーが好きになったい、、とこのサルに似ていました。そこで、こう思ったのです。

「あの子はまるでサルそっくりなんだから、ぼくだって女の子そっくりになれるはずだ。着る服さえあれば、この家族にまぎれてかんたんに船に乗ることができるし、みんなはぼくのことを女の子だと思うだろう。名案だ！」

そこで、チーチーはすぐ近くの町へ出かけ、ある家のあけっぱなしになった窓から、なかに入ってみると、いすの上にスカートと上着を見つけました。おふろに入っている最中の、おしゃれな黒人の女の子の服でした。チーチーはそれを着てみました。そして、海辺へもどると、人ごみにまぎれて、とうとうぶじに大きな船に乗りこめたのです。それから、じろじろと見られるといけないので、かくれたほうがいいと思って、船がイギリスに着くまでずっとかくれていました。ただ、みんなが眠っている夜になると出てきて、ごはんを食べたのです。

イギリスに着いて、おりようとしたときになって、船乗りたちは、女の子の服を着たサルがいると気がついて、つかまえてペットにしようとしました。でも、チーチーはなんとか逃げおおせ、岸にあがると、人ごみに飛びこんで行方をくらませました。しかし、パドルビーからは、まだずいぶん遠かったので、イギリスをずっと旅してこなければなりませんでした。

そして、ひどい目にあったのです。町を通りぬけるたびに、町じゅうの子どもたちがむらがって、笑いながら、あとを追いかけてくるのです。ときには、チーチーをつかまえようとするおろかな人たちがいましたから、チーチーは街灯にのぼったり、えんとつの先にのびた通風管をのぼったりして、逃げなければなりませんでした。夜になると、どぶであれ納屋であれ、どこでもかくれられるところで眠りました。垣根の木の実や、雑木林にあるムラサキハシバミの実を食べて生きのびたのです。そうやって、いろんな冒険をして、命からがらの目にあったあげく、ついにパドルビー教会の塔が見えてきて、とうとうなつかしい家の近くまで来たとわかったのです。

チーチーは話し終えると、たてつづけにバナナを六本食べ、どんぶりいっぱいの牛乳を飲みました。

「まったく！」と、チーチーは言いました。「なんだってぼくは、ポリネシアみたいに、空飛ぶつばさを持って生まれなかったんだろうねえ！　あのぼうしとスカート、ぼくがどんなにきらいだったか、みんなにはわからないだろうよ。あんなひどい思いをしたのは初めてだ。ブリストル〔イギリス南西部の湾岸都市〕からここに来るまでずっと、あのひどいぼうしはしょっちゅう落っこちるし、木にひっかかるし、あのいまいましいスカートには足をとられるし、いろんなものに巻きついちゃうし、女の人はなんだってあんなものを着ているんだろうね？　いやあ、今朝、山をのぼってベラビーさんの農場のところへ出て、なつかしいパドルビーが見えたときは、うれしかったなあ。」

「台所の食器だなの上の君のベッドは、すぐに使えるように用意できているよ」と、先生はおっしゃいました。「君がもどってくるときのために、そのままにしておいたんだ。」

「そうそう」と、ダブダブ。「君が毛布がわりに使っていた先生の部屋着も使っていいよ。今晩冷えるといけないから。」

「ありがとう」と、チーチーは言いました。「なつかしい家に帰ってくるのは、いいもんだね。なにもかも、むかしのままだ。あのドアの裏にある、きれいなロール・タオルはべつだけど。あれは新しくなったね。さて、ぼくはもう寝るよ。眠くなっちゃった。」

それから、みんなは台所を出て食器室へ行き、チーチーがまるでマストをのぼる船乗りみたいにするすると食器だなをのぼっていくのを見ました。チーチーは一番上でまるくなると、古ぼけた部屋着をたぐりよせ、あっという間にすやすやと眠ってしまいました。

「なつかしいチーチー！」と、先生はささやきました。「帰ってきてくれて、うれしいね。」

「そうですね――なつかしいチーチー！」ダブダブとポリネシアがくり返しました。

それからみんな、ぬき足さし足しのび足で食器室を出て、そおっとドアをしめました。

第十五章　ぼくは先生の助手になる

木曜の夕方になると、うちはたいへんなさわぎになりました。おかあさんが、先生のお好きな料理をたずねたので、ぼくはこう教えてありました――スペア・リブ、うす切りのビート〔赤カブに似た野菜〕、揚げパン、小エビ、糖みつパイ。おかあさんは、今夜それをぜんぶテーブルの上にならべて先生を待ちました。そして、今度は、どこもかしこもきちんとしているか、おむかえする準備が万端とととのっているかと大さわぎです。

とうとう、ドアをこつこつとノックする音が聞こえました。もちろん、飛んでいって先生をなかへお入れしたのは、ぼくでした。

先生は、今度はご自分のフルートをお持ちになっていました。そして、夕食をよろこんでめしあがってくださいました。夕食後テーブルをかたづけて、汚れた食器は次の日に洗うように台所の流しにおくと、おとうさんは先生とデュエットでフルートの合奏をしました。

ふたりがあんまり夢中になっているものですから、肝心のぼくの話を忘れてしまったんじゃないかと、ぼくは、はらはらしました。でも、ついに、先生がおっしゃいました。

「息子さんは、博物学者になりたいそうです。」

それから長い話しあいがはじまり、夜おそくまでつづきました。最初おかあさんもおとうさんも、はっきり反対でした――前からそうだったのです。子どもじみた気の迷いであって、そのうちにそんな考えにあきてしまうだろうと言うのです。しかし、あらゆる角度から話しあいがなされたあとで、先生はおとうさんにむきなおって、こうおっしゃいました。

「では、スタビンズさん、息子さんを二年間だけ――つまり、十二歳になるまでお預かりするというのはどうでしょう？　その二年間に、あきてしまうかどうかわかるでしょう。そのあいだ私が読み書きを教え、できたら算数も少し教えるとお約束しましょう。いかがでしょうか？」

「どうですかね」と、おとうさんが頭をふって言いました。「ご親切な、ありがたいお申し出ですが、先生、トミーにはいずれ生活の足しになる商売を学ばせねばならんと思うのです。」

するとおかあさんが意見を言いました。おかあさんは、ぼくがこんなに幼くして家を出ると考えただけで、もう泣きそうでしたが、ぼくが教育を受ける好機会だと言ってくれたのです。

「ねえ、ジェイコブ」と、おかあさんは言いました。「この町の子は、たいてい十四か十五まで学校に通っているわ。たった二年間ばかりトミーが教育のためについやすのはなんでもないことよ。読み書きしか習えなかったとしても、時間のむだにはならないわ。でも、きっと」と、おかあさんは泣くためにハンカチをとり出しながら言いました。「この子がいなくなったら、この家はひどくがらんとしてしまうわねぇ。」

「顔を見せるように言いますよ、スタビンズのおくさん」と、先生がおっしゃいました。「なんだったら、毎日でも。しょせん、目と鼻の先にいるわけですからね。」

ようやく、おとうさんも折れました。こうして、ぼくは二年間、先生の家に住んで読み書きを教えてもらうかわりに、先生のために働くことが決まったのです。

「もちろん」と、先生はつけくわえました。「お金があれば、ちゃんとした服も着せましょう。ただ、お金というのは、私にはなかなか思いどおりにならないものでしてな。あるときもあれば、ないときもあるのです。」

「ご親切に、先生」と、おかあさんは、涙をふきふき言いました。「トミーはとても運のいい子ですわ。」

そのころのぼくは、自分のことしか考えない、思いやりのない、こまった小僧だったので、先生の耳もとに身をのりだしてささやきました。

「航海のことも、言うのを忘れないでくださいね。」

「ああ、それと、」と、ドリトル先生。「もちろん、ときには、仕事の都合で旅に出なければならないこともあります。息子さんを連れていっても、問題はありませんでしょうな?」

かわいそうなおかあさんは、びくっと顔をあげると、この新たな展開にますます悲しげに、心配をつのらせました。ぼくは先生のいすのうしろに立って、おとうさんの答えを待っているあいだ、心臓がどきどきと高鳴りました。

「ええ。」しばらくしてから、おとうさんはゆっくりと言いました。「先ほどお約束をした以上、それに反対する権利はわれわれにはないでしょう。」

そのときのぼくは、世界一しあわせな子どもでした。頭がぼうっとして、夢見心地でした。客間じゅうをおどりまわりたいほどでした。ついに、一生の夢が実現したのです! とうとうぼくは、運だめしをし、冒険をするチャンスを手にしたのです!

というのも、先生がもうすぐにも次の旅にお出かけになることを、ぼくはよく知っていたからです。ポリネシアに教えてもらったところによれば、先生が六か月もどこにも行かないでおうちにいるなんてめったにないそうです。ということは、二週間以内に先生はきっと出発なさるはずです。

そして、ぼくが――このぼくが、トミー・スタビンズが、先生といっしょに出かけるのです！　考えてもみてください！　海をわたり、異国の海岸を歩き、世界を旅できるなんて！

第二部

第一章　ダイシャクシギ号の乗組員

それ以来、町でのぼくの立場は一変しました。ぼくは、もはや貧しい靴屋の息子ではなくなったのです。黄金の首輪をつけたジップをしたがえて大通りを歩きながら、ぼくは鼻高々でした。びんぼうだから学校に行けないと、以前ぼくのことをばかにしていた気どり屋の男の子たちは、ぼくを指さして仲間に言いました。

「ごらんよ、あの子。先生の助手をしているんだってさ、まだ十歳なのに！」

でも、ぼくが、連れている犬と会話ができると知ったら、やつらはもっとびっくりして、目をまんまるく見開いたことでしょう。

先生がぼくのうちに夕食にいらしてから二日後、先生はとてもざんねんそうに、貝のことばを学ぶのは——少なくとも今のところは——あきらめなければならないとおっしゃいました。

「がっかりだよ、まったく、スタビンズ君。ムール貝も、ハマグリも、カキも、バイ貝も、ザル貝も、ホタテ貝も、ぜんぶためしてみたのだがなあ。七種類のカニと、ありとあらゆるロブスターの仲間もためしてみたが、だめだった。この研究はひとまず、おあずけにせねばなるまい。」

「これから、なにをなさるんですか？」ぼくはたずねました。

「うむ。旅に出ようと思っているんだよ、スタビンズ君。前に行ってから、ずいぶんあいだがあいてしまったからね。海外でやらねばならない仕事が山積みだ。」

「いつ出発するのでしょう、ぼくたち？」

「そうだな。まず、ムラサキ極楽鳥が帰ってくるまで待たねばならん。ロング・アローからの返事をもってきてくれるかもしれないからな。だが、どうもおそい。十日前に着いているはずなのに。極楽鳥になにかあったのでなければいいのだが。」

「じゃあ、いまのうちに船の用意をしたほうがいいんじゃありませんか？」ぼくは言いました。「きっと極楽鳥は、あしたか、あさってには着くでしょう。そのあいだに準備しておかなければならないことが、たくさんありますね？」

「そのとおりだ。いっしょに、君の友だちの貝とりのジョーに会いに行ってみようか。ジョーなら、船のことを知っているだろう。」

「おれも行きます」と、ジップが言いました。

「よろしい。ついてきたまえ」と、先生はおっしゃって、ぼくたちは出かけました。

ジョーおじさんは、船ならちょうど買ったばかりのが一艘《そう》あるけれども、それをあやつるには三人必要だと言いました。ぼくたちは、とにかく見せてくれないかと言いました。

そこでジョーおじさんは、すぐ先の河べりまでぼくたちを案内し、こんなにかっこよくてすてきな船は見たことがないという小さな船を見せてくれました。名前は「ダイシャクシギ号」です。ジョーおじさんはこの船をぼくたちに安く売ってくれると言いました。でも、こまったのは、この船を動かすには三人の人手がいるのに、ぼくたちはふたりしかいなかったことです。

「もちろん、チーチーも連れていくが、」と、先生。「すばやくて頭がいいやつだが、人間ほど強くはない。これほどの大きさの船を動かすとなると、どうしてももうひとり必要だな。」

「いい船乗りを知っていますよ、先生」と、ジョーおじさんが言いました。「一流の船乗りで、この仕事をよろこんで引き受けてくれるでしょう。」

「いや、けっこうだよ、ジョー」と、ドリトル先生はおっしゃいました。「船乗りはいらない。やとうお金がないからね。それに、海に出ると、船乗りというものは、いつもきちんとしたやりかたでやろうとするから、かえってじゃまになる。私は私のやりかたでやりたいんだ。さてと、だれを連れていけるかな?」

「ネコのエサ売りのマシュー・マグがいます」と、ぼくは言いました。

「いや、だめだ。マシューはいいやつだが、おしゃべりがすぎる。しょっちゅう自分のリウマチのことばかり話している。長い旅に連れ出すんだから、かなり慎重にえらばなければならんよ。」

「世捨て人のルークはどうでしょう？」ぼくはたずねた。

「それはいい考えだ。すばらしい。もしきてくれたら、ということだが。すぐに聞きに行ってみよう。」

第二章　世捨て人のルーク

前にお話ししたとおり、世捨て人のルークは、ぼくたちのむかしからの友だちで、かなりの変わり者でした。湿原のおくにあるほったて小屋に、飼い犬のぶちのブルドッグをべつにすれば、ひとりっきりで住んでいました。どこから来たのか、だれも知りませんでした――名前さえもわからず、ただ「世捨て人のルーク」とだけ呼ばれていました。決して町に出てこず、人前に出ず、だれとも話したがりません。小屋の近くにだれか来ると、飼い犬のボッブが追い返してしまいます。

「あれはだれなんですか」とか、「どうしてあんなさびしいところにひとりっきりで住んでいるのですか」と、パドルビーのだれかにたずねてごらんなさい。こんな答えが返ってくるだけです。

「ああ、世捨て人のルークかい？　あの人にはちょっとしたなぞがあってね。そのなぞがなんなのか、だれも知らない。それが、なぞなんだ。近よっちゃだめだよ。犬をけしかけられるよ。」

　ところが、その湿原のほったて小屋へよくやってくるふたりの人間がいました。先生と、ぼくです。そして、ブルドッグのボッブは、ぼくたちが近づいても、ほえたりしません。だって、ぼくたちはルークが好きで、ルークもぼくたちが好きだったからです。

　その日の午後、湿原を進んでいくと、冷たい東風が吹きつけました。小屋に近づくと、犬のジップが耳をぴんと立てて言いました。

「おかしいぞ！」

「なにがおかしいんだ？」先生がたずねました。

「ボッブが、むかえに出てきません。とっくにおれたちの足音が聞こえて——さもなければ、においに気づいているはずなのに。あのへんな音はなんでしょう？」

「門がギシギシいう音みたいだね」と、先生。「ここからは見えないけれど、たぶんルークの小屋の戸口だ。戸口は小屋のむこう側だからね。」

「ボッブが病気でないといいのですが」と、ジップ。そして、ボッブを呼ぼうとして、ワンとほえましたが、返ってきたのは海辺の広い湿原を吹きわたる風のヒューヒューいう音だけでした。

　ぼくたちはみんな、いったいどうしたんだと考えながら、足を速めました。

　小屋に着くと、戸が風にあおられて、あいたりしまったりして、ギーという気味の悪い音を立てていました。小屋のなかを見てみましたが、だれもいません。

「ルークはいないんだ?」と、ぼく。「散歩にでも出たのでしょうか?」

「あの人はいつも家にいる人だ。」先生は顔をぎゅっとしかめました。「かりに散歩に出たとしても、家の戸が風でバタバタするまま、ほうって行ってしまうことはない。こいつはみょうだぞ。ジップ、そこで、なにをしているんだね?」

「たいしたことではありません——べつに、なんでもありません。」ジップは小屋の床を非常に注意深く調べながら言いました。

「ここにおいで、ジップ。」先生はきびしい声で言いました。「なにかかくしているな。手がかりを見つけてなにかわかったか感づいたんだろう。なにが起こったんだ? 言いなさい。世捨て人はどこだね?」

「わかりません。」ジップはとてもうしろめたそうに、おちつかないようすで言いました。「どこだかわかりません。」

「しかし、なにか知っているだろう。おまえの目を見ればわかる。なんなのだ?」

ところが、ジップは答えませんでした。

十分間、先生はジップを問いただしつづけましたが、犬はひとことも言いませんでした。

「ふむ。」先生は、とうとうおっしゃいました。「こんな寒いところでつっ立っていても意味がない。世捨て人のルークはいなくなった。しかたない。家に帰って昼めしにするとしよう。」

ぼくたちがコートのボタンを首までかけて、湿原をまわれ右しようとしたとき、ジップがミズハタネズミでもさがしているふりをして、前へ走っていきました。

「あいつは、なにか知っているぞ。」先生がささやきました。「なにが起こったのかも知っているのだろう。私に話したがらないなんて、おかしなことだ。そんなこと今までなかったのに。この十一年間というもの。あいつは、なにもかも私に話してきたへんだぞ。まったくへんだ！」

「ジップは世捨て人のことをなにもかも知っていて、みんながうわさしている世捨て人のすごいなぞとかも知っているってことでしょうか？」

「知っているかもしれんぞ。」先生はゆっくりとお答えになりました。「戸があけっぱなしになっていて、小屋がからっぽだとわかったとたんに、あいつは表情を変えた。しかも、床をくんくんとかぎまわっていたが、あれでなにかがわかったんだな。あの床で。われわれにはわからない、なにかの手がかりを見つけたんだ。どうして教えてくれないのかな。もう一度聞いてみよう。おおい、ジップ！　ジップ！　あれ、どこへ行った？　さっき、先に行ったと思ったが。」

「ええ、そうです。さっきまでそこにいました。ぼく、ちゃんと見ましたもの。ジップ――ジップ――ジップ――ジィップゥ！」

ところが、いませんでした。ぼくたちは、何度もジップの名を呼びました。もう一度、小屋にもどってみたりもしましたが、ジップはいなくなっていたのです。

「まあ、きっと」と、ぼくは言いました。「先に家に走って帰ったんでしょう。あいつ、よくそうするもの。家に帰ってみたら、いるんじゃないでしょうか。」

ところが、先生は、吹きつける風に対して上着のえりを合わせながら、「奇妙だ――実に奇妙だ！」とつぶやきながら、足早に歩いて行かれるのみでした。

第三章　ジップと秘密

おうちに着いて、先生がまず玄関ホールにいたアヒルのダブダブになさった質問は、「ジップは帰ってきているかね?」でした。

「いいえ」と、ダブダブは言いました。「見ておりません。」

「帰ってきたらすぐ教えてくれたまえ、いいかね?」先生はそう言うと、ぼうしかけにぼうしをおかけになりました。

「かしこまりました。どうぞ手を洗っていらしてください。お昼はテーブルの上にございます。」

ぼくたちがお昼にしようと台所の席に着いたところで、玄関でものすごい音がしました。ぼくは走っていって玄関のドアをあけました。すると、ジップが飛びこんできました。

「先生」と、ジップはさけびます。「すぐに図書室に来てください。お伝えしたいことがあります。いや、ダブダブ、昼めしはあとまわしだ。どうかお急ぎください、先生。一刻の猶予もないんです。動物たちはだれも連れてきてはいけません。先生とトミーだけ来てください。」

ぼくたちが図書室に入ってドアをしめると、ジップは「それでは、ドアに鍵《かぎ》をかけて、窓の下でだれかが聞いていないかたしかめてください」と言いました。

「だいじょうぶだよ」と、先生。「だれにも聞こえやしない。さあ、どうしたんだ？」

「いいですか、先生。」ジップは、走ってきたので、ひどく息を切らしながら言いました。「おれは世捨て人のことをなにもかも知っているんです――この何年か、ずっと知っていました。でも、先生には申しあげられませんでした。」

「なぜだね。」

「だれにも言わないって約束したからです。教えてくれたのは、世捨て人の犬のボッブです。おれは、秘密は守ると約束したんです。」

「で、それを私に教えてくれるのかね？」

「はい。助けてやらねばなりません。さっき湿原でおふたりをおいてきぼりにしたとき、ボッブのにおいを追っていたんです。そして見つけました。そこで、ボッブに『もう先生に話してもいいかい？　たぶん先生なら助けてくださるから』と、聞くと、ボッブが言ったんです。『ああ、いいよ、なぜなら――』」

「ああ、たのむから、早く教えてくれ！」先生が大声を出しました。「なぞとは、なにか教えてくれたまえ。君がボッブに言ったこととか、ボッブが君に言ったこととかは、どうでもよろしい。なにが起こったんだね。世捨て人はどこにいるんだ？」

「パドルビー刑務所です」と、ジップは言いました。「牢屋《ろうや》です。」

「牢屋だって！」

「はい。」

「どうして？　なにをしたというんだ？」

ジップはドアのところへ行き、その下のにおいをかいで、だれかが立ち聞きをしていないか調べてから、先生のところへつま先だってもどってきて、ささやきました。

「人を殺したんです！」

「なんてこった！」先生は大声を出して、どしんといすにしりもちをつくと、ハンカチでひたいをぬぐいました。「いつ、そんなことを？」

「十五年前です――メキシコの金鉱で。だから、それ以来、世捨て人になっていたんです。見つからないように、ひげをそり落とし、あの湿原で人目をさけていたわけです。ところが、最近になって警察というものができて、先週、そこに勤める警察官と呼ばれる人たちが町にやってきて、あの湿原のほったて小屋にたったひとりで暮らしているふしぎな男がいると聞きつけ、あやしいと思ったわけです。警察は十五年前のメキシコ金鉱の殺人犯を世界じゅうでさがしていて、この警察官たちはほったて小屋へ行き、腕のほくろでルークが犯人だと気がついて、牢屋へ入れたのです。」

「いやはや！」先生はつぶやきました。「思いもよらないことだねえ？　哲学者のルークが！　人殺し！　とても信じられない。」

「ほんとなんです――ざんねんながら」と、ジップ。「ルークがやったんです。でも、ルークのせいじゃなかった。ボッブがそう言っています。現場を目撃したそうです。そのとき、ほんの子犬でしかありませんでしたが。ボッブは、しかたがなかったんだと言います。ルークはそうするしかなかったんだって。」

「ボッブは今どこだね？」

「牢屋です。ここへ連れてきて先生に会わせようとしましたが、ルークが牢屋にいるかぎりは、牢屋から、はなれようとしません。牢屋の扉の外にすわりこんで動こうとしないんです。出された食べ物さえ食べようとしません。どうか、そこへいらしてくださいませんか、先生。そして助けてください。裁判は今日の午後二時に開かれます。今、何時ですか？」

「一時十分だ。」

「ボッブが言うには、ルークがやったと証明されたら、罰としてルークは死刑になるだろう――少なくとも、一生牢屋から出られないだろうということです。どうか先生、いらしてくださいませんか？　ルークがほんとはどんなにいい人か、先生から裁判長に話していただけたら、ひょっとしたらルークを釈放してくれるかもしれません。」

「もちろん、行こう。」先生は立ちあがって、行こうとなさいました。「だが、私などでは、たいして役に立ちはせんのではないかな。」

先生はドアのところでふりかえると、思いなやむようにためらいました。

「しかし――もしかして――」

それから先生は、ドアをあけて出ていかれたので、ジップとぼくはすぐあとを追いました。

第四章　ボッブ

アヒルのダブダブは、ぼくたちがまたお昼ぬきで出かけると知ると、あわてふためきました。そして、道々食べるようにと、冷えたポーク・パイをぼくたちのポケットに入れさせました。

パドルビー裁判所（牢屋のとなりにあります）に着くと、建物のまわりにはたいへんな人だかりがしていました。

ちょうど巡回裁判――つまり、三か月に一度、わざわざロンドンからとてもえらい裁判官が来て、大勢のスリやらなにやらの悪い人たちを裁くのですが――その裁判がはじまる週でした。パドルビーの人たちは、特にやることがなければ、裁判を見に裁判所へやってきたものです。

ところが、今日はちがいました。集まっていたのは、ほんの少しのひま人だけではありません。ものすごい人だかりでした。世捨て人のルークが人殺しで裁かれ、あれほど長いあいだとりざたされてきた例の大きななぞがついに解き明かされるという二ユースが町じゅうに走ったのです。

肉屋もパン屋も店をしめて、お休みにしました。近所の農家の人たちみんな、町じゅうの人みんなが、日曜日の晴れ着を着て集まっており、裁判所のなかで席をとろうとしたり、外でひそひそとささやきあったりしていたのです。大通りは大混雑となり、なにも通れない状態でした。あの静かな古い町が、こんな興奮状態になったことは未《いま》だかつてありませんでした。というのは、パドルビーでは、この教区の一番えらい牧師さんの息子のファーディナンド・フィップスが銀行強盗をした一七九九年以来、これほどの巡回裁判が開かれたことなどなかったからです。

もし先生がいっしょでなければ、裁判所の入り口のまわりにむらがった人だかりをぬけて行くなんて、とてもできなかったはずです。でも、ぼくはしっぽみたいに長い先生の上着のすそをつかんで、ひたすらうしろからついて行き、とうとうぶじに牢屋の建物に入ることができました。

「ルークに面会したいのだが。」先生は、ドアのところに立っている真鍮《しんちゅう》のボタンのついた青い制服を着た、とてもえらそうな人におっしゃいました。

「管理課へどうぞ」と、男の人は言いました。「ろうかの先の左側三つ目のドアです。」

ろうかを歩いていくとき、ぼくはたずねてみました。

「今、先生が話しかけた人は、だれなんですか、先生？」

「警官だよ。」

「警官ってなんですか？」

「警官かね？　秩序を守る人だ。ロバート・ピール卿《きょう》が発明したから、ピーラーと呼ばれることもある。私たちの時代はすばらしいよ。いつもなにかしら新しいことを考えている。――これが管理課だな。」

そこからべつの警官が出てきて、ぼくたちを案内してくれました。ルークの独房の扉の外に、ブルドッグのボッブがいて、ぼくたちを見ると悲しそうにしっぽをふりました。ぼくたちを案内してくれた人は、ポケットから大きな鍵のたばをとりだすと、扉をあけてくれました。

本物の牢屋のなかに入るのは初めてでした。警官が出ていって、扉にガチャリと鍵をかけ、うす暗い小さな石の部屋にぼくたちをとじこめてしまったときは、さすがにどきりとしました。警官は出ていく前に、「お友だちと話がすんだら扉をたたいてください。そうしたらもどってきて、出してあげます」と言っていました。

最初はほとんどなにも見えませんでした。なかはそれほど暗かったのです。でも、しばらくすると、鉄格子のついた小さな窓の下の壁ぎわに、低いベッドがあるのがわかってきました。ベッドの上には世捨て人がすわっていて、両手でほおづえをついて、両足のあいだの床をじっと見つめていました。

ねえ？」

「やあ、ルーク。」先生がやさしい声でおっしゃいました。「ここはずいぶん暗いんだ
　ゆっくりと世捨て人は、床から目をあげました。

「こんちは、ドリトル先生。ここになんのご用で？」

「君に会いにきたんだよ。もっと早くきたかったが、あいにく、つい数分前にこのことを聞いたばかりだったもんでね。いっしょに旅に来てくれないかとたのみに、君の小屋へ行ったんだが、小屋にはだれもいないし、君がどこなのかさっぱりわからなかった。たいへんなことになってしまって、実にざんねんに思っているよ。私にできることはないかと思って、やってきたんだ。」

　ルークは首をふりました。

「いいえ、どうすることもできません。とうとう、つかまりました。これで私もおしまいです。」

　ルークはぎこちなく立ちあがると、小部屋のなかを行ったり来たり歩きだしました。

「おしまいになってくれて、ある意味じゃ、ありがたいですよ」と、ルークは言いました。「いつだって、追われていると思っておちつきませんでしたからね――こわくて、だれにも話せなかったし。結局はつかまる運命だったんです――ええ、おしまいになってくれて、ありがたいです。」

それから先生は、ルークを元気づけようと、三十分以上話しかけました。そのあいだぼくは、なにか言ったほうがいいのかな、ぼくもなにかできたらいいのにと思いながらすわっていました。

とうとう先生は、ボッブに会いたいとおっしゃいました。そこで、扉をノックして、警官に外に出してもらいました。

「ボッブ。」先生は、ろうかにいた大きなブルドッグに言いました。「玄関の外へいっしょに来てくれ。聞きたいことがある。」

「主人はどうしてますか、先生？」ぼくたちがろうかから裁判所の玄関の外へと歩いていくとき、ボッブがたずねました。

「なに、ルークはだいじょうぶだ。もちろん、すっかりしょげきっているが、だいじょうぶだ。さて、教えてくれ、ボッブ。例の事件が起きたとき、君は見ていたんだろう？ 人殺しが起きたとき、現場にいたんだな、うん？」

「いました、先生。そして、はっきり申しますが――」

「よし」と、先生はさえぎりました。「今のところ、知りたいのはそれだけだ。今、それ以上を聞いている時間はない。裁判がはじまろうとしている。今にも裁判長や弁護士たちが階段をあがってくる。いいか、聞いてくれ、ボッブ。法廷に入るとき、私といっしょにいてもらいたいのだ。そして、私がなにを命じようと、私の言うとおりにしてくれ。わかったかね？　さわいだりしてはだめだ。ルークについてだれがなにを言おうと、だれかをかんだりしてはだめだぞ。完璧《かんぺき》におちついて、私が君にたずねるどんな質問にも答えてもらいたい、正直にな。わかったかい？」

「わかりました。でも、主人を助けることがおできになるとお考えですか、先生？　主人はいい人なんです、先生。ほんとです。あんないい人はいません。」

「まあ、見ていたまえ、ボッブ。これからやってみようとしているのは、新しいことだ。裁判長がそれを許してくれるかどうか、わからん。だが——まあ、見ていたまえ。もう法廷に入る時間だ。今言ったことを忘れるんじゃないぞ。いいか、おねがいだから、だれかにかみついたりしてはだめだ。さもないと、計画はだいなしになり、すべてご破算になってしまうからな。」

第五章　メンドーザ

法廷では、なにもかもとてもおごそかで、りっぱでした。それは、天井の高い、大きな部屋でした。床より一段高くなったところに、壁を背にして裁判長の机があり、そこにはもう裁判長がすわっていました。お年をめしたりっぱな人で、おどろくほど大きな灰色のかつらをかぶり、黒いガウンをまとっていました。その下の段には、はばの広い長机《づくえ》があって、白いかつらをつけた弁護士たちがすわっていました。全体の雰囲気は教会と学校を合わせた感じでした。

「片側に十二人いるだろう――」と、先生はささやきました。「あの聖歌隊の座席みたいなところにいる十二人が、陪審員と呼ばれる人たちだ。ルークが有罪か――つまり、悪いことをしたかどうか――を決めるのは、あの人たちなんだよ。」

「見て！」ぼくは言いました。「あそこにルークがいます。ふたりの警察官にはさまれるようにして、説教台みたいなところに立っています。部屋の反対側のあっちにも、同じような説教台がありますね、ほら――でも、だれもいないけど。」

「あれは、証言台というんだ」と、先生。「さて、私はこれから、あの白いかつらをつけた人に話しにいく。君はここで待っていて、この席をふたつとっておいてくれたまえ。ボッブは君とここにとどまる。ボッブを見張っていてくれたまえ――首輪をつかんでおいたほうがいい。私は、一、二分もしないで、もどるから。」

そうおっしゃると、先生は部屋のまんなかにひしめいている人ごみのなかへ消えていきました。

やがて、裁判長がへんな小さな木づちをとり出して、机をたたきました。これは、どうやら、みんなを静かにさせるためのようでした。というのも、すぐにみんな、ざわざわしなくなり、おしゃべりもやんで、とても敬意をこめて耳をかたむけたからです。それから、黒いガウンを着たべつの男の人が立ちあがって、手にもった紙を読みあげました。

まるでおいのりを言っていて、それが何語なのかわかってほしくないかのような、もごもごとした言いかたでしたが、数語ばかり聞きとることができました。

「うにゃらうにゃら――うにゃうにゃ――別名、世捨て人のルーク――うにゃらうにゃら――うにゃ――その相棒を殺し――うにゃらうにゃらの夜、別名、青ひげのビルを――うにゃらうにゃらにおいて、メキシコのうにゃらうにゃら――それゆえ、女王陛下のうにゃらうにゃら――。」

　このとき、だれかがうしろからぼくの腕をつかんだので、ふりかえってみると、先生が、白いかつらをかぶった男の人を連れてもどっていらしたのでした。

「スタビンズ君、こちらはパーシー・ジェンキンズさんだ」と、先生はおっしゃいました。「ルークの弁護士をなさっている。ルークを助けるのがお仕事だ――できるなら、ということだが。」

　ジェンキンズさんは、少年のようにまるくてさっぱりとした顔をした、かなり若い人に見えました。ぼくと握手をして、それからすぐにふりかえると、先生と話しはじめました。

「いやあ、それはまた、とびきりの考えだと思いますよ。もちろん、犬だって証言台に立つことを許されるべきです。事件が起こったのを見ていたのは犬だけなんですからね。先生にいらしていただいて、ほんとうによかった。こんな裁判は、どんなことがあっても見のがしたくないですね。愉快痛快です。みんな、びっくりするでしょう。巡回裁判なんていつもいやになるほどたいくつですがね。ところが、こいつはさわぎになりますよ。ブルドッグが弁護側の証人に立つなんて！　記者が大勢来ているといいんだが――ああ、だいじょうぶ、被告人のスケッチを描いている人もいる。これで私も有名になるでしょう――コンキーだってよろこぶでしょう？　愉快痛快です！」

　ジェンキンズさんは手を口に当てて笑いを押し殺し、いたずらっぽく目をきらきらさせました。

「コンキーってだれですか？」ぼくは先生にたずねました。

「しっ！　あそこにいる裁判長のことだよ。ユースタス・ビーチャム・コンクリー閣下だ。」

「さて」と、ジェンキンズさんは、手帳をとり出しながら言いました。「先生ご自身のことについて、もう少しお聞かせくださいますか、先生。ダラム大学で医学博士号をおとりになったとおっしゃっていましたね。そして、最近お出しになった本の題名は？」

ふたりはひそひそ声で話したので、それ以上は聞こえませんでした。ぼくは、もう一度法廷を見まわすことにしました。

もちろん、起こっていることのすべてがぼくにわかったわけではありませんが、なにもかもとても興味深いことでした。先生が証言台と呼んだ場所に次々に人が立って、長い机にいる弁護士が「二十九日の夜」について質問をするのです。それから、その人はそこをおりて、べつの人がそこに立って質問を受けるのです。

検察官――あの男は検察官というのだと、あとで先生が教えてくださったのですが、その検察官――が、世捨て人がずっと大悪党であったかのように思わせるような質問をすることで、世捨て人をこまらせようとがんばっているようでした。この検察官というのは、鼻の長い、いやな男でした。

そのあいだずっと、ぼくはかわいそうなルークから目をはなすことがほとんどできませんでした。ふたりの警官にはさまれてすわり、なんにも興味がないかのように、床を見つめていました。ルークがただ一度だけ顔をあげたのは、悪そうな、やにがたれた小さな目をした、色黒の小男が証言台に立ったときでした。この人が法廷に入ってくると、ぼくのいすの下にいたボッブがうなり声をあげ、ルークの目が怒りと軽蔑《けいべつ》で燃えあがりました。

この男は、自分の名前はメンドーザだと言い、青ひげのビルが殺されたあと、メキシコ警察を金鉱に案内したのは自分だと言いました。この男がなにか言うたびに、ぼくの足もとにいるボッブがぶつぶつと、こんなことを言っているのが聞こえました。

「うそだ！　うそだ！　やつの顔にかみついてやる！　うそだ！」

先生とぼくは、席の下にボッブをおさえつけておくのに、たいへんな苦労をしました。気づいてみると、ジェンキンズさんのすがたが先生のとなりから消えていました。でもすぐに、長い机のところで立ちあがって、裁判長にこう言うのが見受けられました。

「裁判長。弁護側の新しい証人、博物学者のジョン・ドリトル博士を召喚したいと思います。証言台へお立ちいただけますか、先生？」

先生が、人でいっぱいの法廷のなかを通って歩いていくと、興奮のざわめきが起こりました。鼻の長い、いやな検察官は、身をかたむけて友だちになにかささやき、みにくい笑みを浮かべたので、ぼくは思わずつねってやりたく思いました。

それから、ジェンキンズさんは、先生に、法廷じゅうの人に聞こえるように大きな声で答えてくださいと言い、先生のことについてたくさんの質問をして、最後にこう言いました。

「それでは、ドリトル先生、あなたは、犬のことばを理解し、犬にあなたの言うことを理解させることができると、そうお誓いになる。そうですね？」

「はい。そうです。」

「失礼だが」と、裁判長が、とても静かな、威厳のある声で、口をはさみました。「このことと、えー、青ひげのビル殺人事件とどのような関係があるのですか？」

「こういうことです、裁判長。」ジェンキンズさんは、まるで劇場の舞台の上に立っているかのような、とても重々しいようすで言いました。

「殺人を目撃した唯一の生き物であるブルドッグが、今、この法廷にいるのです。法廷がご許可くだされば、この犬を証言台に立たせ、みなさんの前で、すぐれた博物学者ジョン・ドリトル先生に、この犬を尋問していただきたいのです。」

第六章　裁判長の犬

最初、法廷は、しんと静まりかえりました。それから、みんないっせいに、ささやきあったり、くすくす笑ったりしはじめ、ついには部屋じゅうが大きなハチの巣をつついたようなさわぎになりました。あっけにとられたり、おもしろがったりする人のほか、怒っている人もいました。

やがて、長い鼻をした、いじわるそうな検察官がさっと立ちあがりました。

「異議あり！　裁判長。」両腕をはげしく裁判長に対してふりながら、さけんでいます。「反対です。当法廷の威厳が危険にさらされております。抗議いたします。」

「当法廷の威厳は、私に任せておけばよろしい」と、裁判長が言いました。

すると、ジェンキンズさんがまた立ちあがりました。（もしこれが、こんなにまじめなことでなければ、ほとんど、ぴょこたんぴょこたんはねるパンチ・アンド・ジュディの人形劇みたいでした。しょっちゅう、だれかがさっと下へ消えると、べつのだれかがさっとあらわれるんですもの。）

「申しあげたとおりに進行できるかという点について、うたがいがありますなら、先生にそのお力を――つまり、実際に動物のことばを理解できるということを、当法廷でご披露いただけばよろしゅうございましょう。裁判長もご反対なさるまいと考えますが。」

年配の裁判長がほんの少し考えているあいだ、その目には、これはおもしろいというかがやきがありました。そして、とうとう裁判長は言いました。

「うむ、よかろう。」そして、先生のほうをむきました。

「あなたは、ほんとうにそんなことができるのですね？」裁判長はたずねました。

「はい、裁判長。できます。」

「よろしい」と、裁判長。「もしあなたがほんとうに犬の証言を理解することができると、われわれを納得させられれば、犬の証言を認めましょう。その場合、犬が証言台に立つことに反対する理由はなくなりますからな。だが、警告しておきますが、もしあなたがこの法廷を侮辱なさるおつもりなら、あなたにはそれ相応のつけをはらっていただかなければなりません。」

「異議あり！　異議あり！」長鼻の検察官がさけびました。「これはスキャンダルです。法廷侮辱です！」

「すわりなさい！」裁判長は、とてもきびしい声で言いました。

「どの動物と会話をしてごらんにいれましょうか、裁判長？」先生がたずねました。

「私の飼っている犬と話していただきましょう」と、裁判長。「外の控え室にいます。連れてきてもらいましょう。そして、お手なみ拝見とまいりましょう。」

そこで、だれかが出ていって、裁判長の犬を連れてきました。毛がふさふさして、脚《あし》のほっそりした、ボルゾイという種類のロシアのみごとな大型犬でした。ほこり高き、美しい動物です。

「さて、先生」と、裁判長。「この犬を以前に見たことはありますか？　あなたは証言台に立ち、うそいつわりなく真実を話すと誓ったことを忘れないでください。」

「いいえ、裁判長、見たことはありません。」

「よろしい。では、私が昨晩、夕飯になにを食べたか、たずねてみてくださいますか？　この犬は私といっしょにいて、私が食べているのを見ておりましたからな。」

そこで、先生と犬は、たがいに身ぶりをしたり、音を出したりして、話しはじめました。かなり長いこと、つづけていました。先生はくすくす笑いだし、夢中になっているようで、法廷のことや裁判長のことなどなにもかも忘れてしまったのではないかと思えるほどでした。

「なんて時間がかかるの！」ぼくの前にいた太ったおばさんがささやくのが聞こえました。「話しているふりをしているだけよ。もちろん、できるはずがないわ！　犬と話をするなんて聞いたことがある？　子どもだましの茶番よ。」

「まだ終わりませんか？」裁判長が先生にたずねました。「私が夕飯に食べたものを聞くのに、そんなに長くかかってはいけません。」

「いえいえ、裁判長、」と、先生。「その話はずいぶん前にすんでいます。夕食後にあなたがなさったことについて、教えてもらっているのです。」

「そんなことはどうでもよろしい」と、裁判長。「私の質問に犬がどう答えたかを教えなさい。」

「あなたは、羊のステーキ、ベイクト・ポテトふたつ、クルミのピクルス、エール酒を一杯めしあがったと言っています。」

ユースタス・ビーチャム・コンクリー閣下は、くちびるまで真っ青になりました。

「まるで魔法だ。」裁判長はつぶやきました。「まさか夢にも——」

「そして、夕食後に」と、先生はつづけました。「プロボクシングの試合を見にお出かけになり、夜の十二時までお金をかけてトランプをなさり、こう歌いながら帰宅された——『おれたちゃ……』」

「そこまででよろしい」と、裁判長は止めました。「おっしゃるとおりに、おできになることがわかりました。この被告人の犬を証人とすることを認めましょう。」

「異議あり！　異議あり！」検察官はさけびました。「裁判長、これは——」

「すわりなさい！」と、裁判長。「犬を証人とすると言ったのです。それで決定です。証人を証言台へ。」

こうして、おごそかなるイギリス史上初めて、女王陛下の巡回裁判の証言台に犬が呼ばれたのです。

おどろいている人たちのまんなかにある通路を通って、ほこらしげにボッブを連れていったのは、このぼく、トミー・スタビンズでした。（先生が、部屋のむこうから、ぼくにそうしなさいと合図をくださったのです。）まゆをひそめて早口でなにか言っている長鼻の検察官の前を通って、ぼくは、ボッブを証言台の高いいすの上に居心地よくすわらせました。

年老いたブルドッグはそこから手すりごしに、びっくりぎょうてんしている陪審員たちをにらみつけました。

第七章　なぞは解けた

そのあと、裁判はすんなり進みました。「二十九日の夜」にボッブがなにを見たのかたずねてくださいとジェンキンズさんが先生におねがいし、ボッブが知っていることをぜんぶ話すと、先生はそれを裁判長と陪審員のために、人間のことばにおきかえました。その内容は次のとおりです。

「一八二四年十一月二十九日の夜、私は、私の主人ルーク・フィッツジョン（別名、世捨て人のルーク）と、そのふたりの仲間マニュエル・メンドーザとウィリアム・ボッグズ（別名、青ひげのビル）といっしょに、メキシコ金鉱におりました。長いあいだ、この三人は金をさがしており、地面に深い穴をほっていました。二十九日の朝、三人は穴の底に金をたくさん発見しました。そこで私の主人とふたりの仲間の三人は、これで金持ちになったと大よろこびをしました。

ところが、マニュエル・メンドーザは青ひげのビルに、いっしょに散歩にきてくれとたのみました。このふたりの男たちを私はいつも悪いやつだとうたがっておりましたので、ふたりが私の主人をあとに残してどこかへ行こうとしていることに気づいた私は、どこへ行くのかと、そっとあとをつけました。すると、山のおく深いほら穴で、ふたりが世捨て人のルークを殺す相談をしているのを聞いてしまいました。金をふたりで山分けにして、主人にはなにもやらないようにするためです。」

このとき、裁判長がたずねました。

「証人メンドーザはどこにいる？　巡査、その男が法廷から逃げないように見張っていてくれたまえ。」

けれども、やにがたれた目をした悪そうな小男は、もうすでに、だれも見ていないうちに逃げだしていて、そののち二度とパドルビーでそのすがたが見られることはありませんでした。

「それから」と、ボッブの証言はつづきました。「私は主人のところへ行き、ふたりが危険な連中であることを教えようとがんばりましたが、むだでした。主人には、犬のことばがわからなかったからです。そこで、次にできることをやりました。決して主人から目をはなさず、昼も夜も、主人のそばを、はなれないようにしたのです。

さて、三人がほった穴はかなり深かったので、それをおりたりのぼったりするには、ロープの先にしばりつけた大きなおけに入らなければなりませんでした。こうして、三人はたがいを穴の底までおろしたり、ひっぱりあげたりしていたわけです。金を運び出したのも同じやりかたで、おけに入れてひっぱりあげていました。

その夜七時ごろ、主人は穴の口に立って、青ひげのビルをおけで引きあげていました。ビルをちょうど半分ぐらいひっぱりあげたところで、メンドーザが私たちの住んでいた小屋から出てくるのを私は見ました。メンドーザは、ビルが食料品を買いに出かけていると思いこんでいたようですが、実はそうではなく、おけのなかにいたわけです。そして、メンドーザは、主人がロープをひっぱっているのを見たとき、おけいっぱいの金をひっぱりあげているのだとかんちがいしたのです。そこで、やつはポケットからピストルをとりだすと、主人を撃とうとして、主人の背後にしのびよってきました。

私はものすごくほえたてて、主人に危険を伝えようとしましたが、主人はビルをひっぱりあげるのにいっしょうけんめいで（ビルは太っていて重かったのです）、私のことなどかまってくれません。急いでなんとかしないと、主人はまちがいなく撃たれてしまいます。そこで、それまでやったことがなかったことをやってみました。とつぜん、主人の脚に、うしろからがぶりとかみついたのです。

主人はとても痛がり、びっくりして、私が期待したとおりのことをしてくれました。両手からロープをはなすや、うしろをふりむいたのです。とたんに、ガシャン！と、おけに乗ったビルは穴の底へ落ち、ビルは死んだのです。

主人が私をしかりつけているあいだに、メンドーザはポケットにピストルをもどし、なにくわぬ顔で、ほほ笑みを浮かべてやってきて、穴をのぞきこみました。

『なんてこった！　おまえ、青ひげのビルを殺しちまった。警察に知らせなきゃ』――メンドーザが主人にそう言ったのは、もちろん、主人が牢屋《ろうや》に入れられれば、金鉱をひとりじめできると思ったからです。そして、馬に飛び乗ると、走りさりました。

主人は、とたんにこわくなりました。メンドーザが警察にちょっとうそを言えば、主人がわざとビルを殺したと思われてしまうとわかったからです。

そこで、メンドーザがいないすきに、主人と私はこっそりと逃げてイギリスにやってきました。ここで、主人はひげをそり、世捨て人になりました。それ以来、十五年というもの、私たちはかくれつづけてきました。これが、お話しできるすべてです。以上、なにもかも真実であることを誓います。」

先生が、ボッブの長い話を人間語に訳し終えたとき、十二人の陪審員の興奮たるや、ものすごいものでした。白髪のかなり高齢のおじいさんなどは、しかたがないことをしただけなのにルークがかわいそうに十五年もかくれていたと思って、大声で泣きだしてしまいました。ほかの人たちも、おたがいにささやいたり、うなずきあったりしていました。

そうこうするうちに、あのおそろしい検察官がまた立ちあがり、これまでになくはげしく両手をふりまわして、こうさけびました。

「裁判長、この証言に偏見があることに抗議します。もちろん、犬が自分の主人に不利な真実を言うはずがありません。異議あり。抗議します。」

「よろしい」と、裁判長。「反対尋問をしてよろしい。この証言が真実ではないと証明するのは検察の義務でしょう。ここに犬がおります。その証言を信じないのであれば、犬に質問なさい。」

長鼻の検察官は、発作を起こしそうでした。まず犬を見て、それから先生を見て、次に裁判長を見て、また証言台からにらんでいる犬を見ました。口をあけてなにか言おうとしましたが、なんのことばも出てきませんでした。腕をもっとふり、顔がどんどん真っ赤になりました。ついには、ひたいをかかえ、弱々しく席にすわりこみ、ふたりの友だちにささえられて法廷を出ていくしまつとなりました。ドアから外へ運び出されるとき、検察官はまだ「異議あり──反対です──異議あり！」と、ぼそぼそつぶやいていました。

第八章　ばんざい三唱

次に裁判長は、とても長い演説を陪審員に対しておこないました。それが終わると、十二人の陪審員たちはみな立ちあがって、となりの部屋へと出ていきました。それから、先生がボッブを連れて、ぼくのとなりの席にもどっていらっしゃいました。

「どうして陪審員は出ていったんですか？」ぼくはたずねました。

「裁判の最後では、いつもそうするんだ——被告人が悪いことをしたのか、しなかったのかを決めるためにね。」

「先生とボッブがいっしょについていって、ルークは悪くないって教えてあげたほうがいいんじゃないんですか？」

「いや、それは許されない。話しあいは秘密なんだ。ときには時間がかかって——おや、びっくりだ。ごらん、もうもどってきた！　ずいぶんすぐ決まったね。」

十二人が足音高らかにベンチ席の自分の場所にもどってくると、場内はしんと静まりました。それから、まとめ役の小男が立ちあがって、裁判長のほうをむきました。

みんなは息をのみました。特に先生とぼくは、どんなことが言われるのかとどきどきしました。法廷じゅうの人が――というのは、要するにパドルビーの人たち全員ということですが――首を長くして耳をかたむけ、重大なことばを聞こうと、しーんとしていたので、針が落ちても聞こえたことでしょう。

「裁判長」と、小男は言いました。「陪審は、無罪の判決を下します。」

「どういうことですか？」ぼくは、先生のほうをむいて、たずねました。

ところが、あの有名な博物学者ジョン・ドリトル先生は、まるで小学生のように、いすの上に立ちあがって、片足になっておどりをおどっていらっしゃいました。

「自由放免ってことだよ！」先生はさけびました。「ルークは自由だ！」

「じゃあ、いっしょに旅にきてもらえるんですね？」

でも、答えは聞きとれませんでした。だって、法廷じゅうの人たちが、先生みたいにいすの上にとびあがっていたからです。とつぜん、大さわぎになっていました。みんな笑ったり、さけんだり、ルークに手をふったりして、自由になってよかったねとルークに伝えようとしました。その音たるや、耳がつぶれそうなくらいでした。

ふと、その音がやみました。また、静まりかえったのです。人々が敬意をもって立ちあがると、裁判長が法廷を出ていかれました。世捨て人ルークの裁判――パドルビーでは今日にいたるまで語り草になっている、あの有名な裁判――が終わったのです。

裁判長が出ていくその静けさのなかで、とつぜん、さけび声がひびきわたり、ドアのところに立っていたひとりの女の人が、両腕を世捨て人にむかって大きくひろげました。

「ルーク！」と、女の人はさけびました。「とうとう見つけたわ！」

「あれはおくさんよ」と、ぼくの前にいた太ったおばさんがささやきました。「この十五年間、会ってなかったんだね、かわいそうに！　なんてすてきな再会なんでしょう。来てよかったわ。この裁判だけは、なにがあっても、見のがしたくなかったわね！」

裁判長がいなくなったとたん、またどっとうるさくなりました。今度はみんながルークとおくさんのまわりにおしかけ、握手をしたり、おめでとうを言ったり、笑いかけたり、泣いたりしたのです。

「おいで、スタビンズ君。」先生は、ぼくの腕をとりました。「ぬけだせるうちに、ここを出よう。」

「でも、ルークにお話しなさるんじゃなかったんですか？」ぼくはたずねました。

「旅に来るかどうか？」

「話してもしかたがないよ」と、先生。「おくさんがもどってきたんだ。十五年ぶりにおくさんがもどってきた男が、旅に出るわけにはいかんよ。おいで。うちに帰って、おやつにしよう。おっと、お昼も食べてなかったっけね。だが、なにか食べるに値するだけの仕事はしたよ。お昼とおやつをいっしょにした食事にしよう――クレソンとハムのサンドイッチってのも、たまにはいいじゃないか。さあ、おいで。」

ちょうどぼくたちが横のドアから外へ出ようとしたとき、大勢の人がさけぶ声が聞こえました。

「先生！　先生！　先生はどこですか？　先生がいなければ、世捨て人はしばり首になっていました。演説を！　演説を！　先生！」

そして、男の人がぼくたちのところへ走ってきて言いました。

「みんな、先生を呼んでいます。」

「実にもうしわけないが」と、先生。「急いでおりますのでな。」

「みんなの求めをむげになさらないでください」と、男の人は言いました。「先生に、市場で演説をしていただきたがっております。」

「どうかかんべんしてほしいとお伝えください。そして、よろしくとお伝えください。私は、自宅で人に会う約束がある――とても大切な約束で、やぶるわけにはいかない。演説はルークにしてもらってください。おいで、スタビンズ君、こちらだ。」

ぼくたちが開けた場所に出ていくと、そこでもべつの人々が、先生が横のドアから出てくるのを待ちかまえているのを見つけて、先生は「なんてこった！」と、つぶやきました。

「あっちの路地を行こう――左だ。急げ！　走れ！」

ぼくたちは走りだし、ぬけ道をふたつ、ダッシュでかけぬけ、人だかりからのがれることができました。

オクスンソープ通りまでやってきて、ぼくたちはようやく歩く速さに足をゆるめて、息をつきました。先生のおうちの門に着いて、町のほうをふりかえったときでさえ、大勢の人のかすかな声が、夕方の風に乗って聞こえてくるのでした。

「まだ、先生のことをさがしまわっていますよ。」ぼくは言いました。「聞いてください！」

ざわざわという声は、ふいに大きくなって、遠くから低い歓声となって聞こえていました。二キロ半も、はなれていましたが、はっきりとそのことばが聞きとれました。

「世捨て人ルークに、ばんざい三唱。ばんざあい！　……ルークの犬に、ばんざい三唱。ばんざあい！　……ルークのおくさんに、ばんざい三唱。ばんざあい！　……ドリトル先生に、ばんざい三唱。ばんざあい！　ばんざあい！　ばんざ、あ、あい！」

第九章　ムラサキ極楽鳥

オウムのポリネシアが、玄関先でぼくたちを待ちかまえていました。なにか大事なお知らせがいっぱいあるようでした。

「先生。ムラサキ極楽鳥がやってまいりました！」

「ついに来たか！」と、先生はおっしゃいました。「なにか事故にでもあったんじゃないかと心配になってきていたところだ。それで、ミランダはどんなようすだ？」

先生が大あわてで、鍵穴《かぎあな》に鍵をまごまごとさしこむようすから、おやつはしばらくおあずけだなとわかりました。

「それが、着いたときは、だいじょうぶそうだったんですがね」と、ポリネシア。「もちろん、長旅でつかれてはいましたが、特に問題はなかったんです。ところが、い、い、いどうでしょう？　あのいたずらなスズメのチープサイドったら、ミランダが庭にやってくるやいなや、いじわるを言ったんですよ。私がその場にかけつけたときには、ミランダは泣いていて、もう今晩にでもブラジルに帰るって言うんです。とにかく先生がいらっしゃるまではここにいなさいって説得するのにたいへん苦労しましたよ。今、研究室にいます。チープサイドのやつは、先生の本だなにとじこめて、先生がお帰りになったら、すっかり先生に言いつけますからねって言ってあります。」

先生はしぶい顔をしてから、静かに急いで研究室にむかいました。

研究室には、ろうそくがついていました。というのも、もう日が暮れかけていたからです。アヒルのダブダブが、チープサイドをとじこめてあるガラス戸つきの本だなの前で、見張りながら床に仁王立ちしていました。やかましい小スズメは、ぼくたちが部屋に入ったときも、まだガラスのむこうで、怒ったように羽をばたつかせていました。

大きなテーブルの中央のインクつぼの上に、見たこともないような、たいへん美しい鳥がとまっていました。胸はこいスミレ色、つばさは炎の燃えたつような赤い色、あたりをさっと一はらいするような長い長いしっぽは金色でした。想像を絶するほど美しかったのですが、ひどくつかれているように見えました。頭をつばさの下にかくして、いかにも長いあいだ遠くから飛んできた鳥らしく、インクつぼの上で体をゆっくりと左右にゆすっていました。

「しぃ！」と、ダブダブ。「ミランダは寝ています。いたずら小僧のチープサイドは、ここにとじこめてあります。ねえ、先生。おねがいだから、あのスズメがこれ以上悪さをする前に、どこかへ追いはらってください。ほんとに乱暴なやっかい者ですよ。ミランダにここにいてもらうようにするのに、そりゃあもうたいへんだったんですから。先生のお茶はこちらにお持ちしましょうか、それとも、よろしければ台所へいらしてくださいますか？」

「台所へ行くよ、ダブダブ」と、先生。「君が出ていく前に、チープサイドを出してやってくれないか。」

ダブダブが本だなのガラス戸をあけると、チープサイドが悪びれたふうに見えないように、いばって出てきました。

「チープサイド。」先生はきびしくおっしゃいました。「ミランダがやってきたとき、おまえはなんと言ったんだね？」

「なんにも言っちゃいねえよ、せんせ、マジ、言ってねえって。つまり、たいして言ってねえよ。おれが砂利《じゃり》道でパンくずをついばんでると、こいつがえらそうに庭に入ってきて、まるで地球はてめえのもんだってなふうに、あっちこっちむかってつんつん気取っていやがるもんだから――ただ、てめえの羽根が色とりどりだからってだけでよ。ロンドンのスズメだって負けちゃいねえってのにさ。こんなけばけばしくかざり立てたよそ者にゃがまんがならねえ。てめえの国にじっとしてりゃいいんだ。」

「だから、あの子を怒らせるような、どんなことを言ったんだ？」

「おれが言ったのは、ただ、『てめえなんかがイギリスの庭にきちゃいけねえ。てめえは、ぼうし屋のショー・ウィンドーにでもかざられていりゃいいんだ』って、それだけのこってさ。」

「恥を知りなさい、チープサイド。この鳥は、はるばる何千キロも旅して私に会いにきてくれたということがわからんのかね――それなのに、私の庭に着いたとたんに、おまえの生意気な口でばかにされるとは！　どういうつもりだ！　もし、私が今夜帰ってくる前に、この子がいなくなってしまっていたら、おまえを決してゆるさなかったぞ――この部屋から出ていきなさい。」

チープサイドは、おずおずと、しかし、やはりどこ吹く風というふうに見えるようつとめながら通りに飛び出していき、ダブダブがドアをしめました。

先生はインクつぼにとまった美しい鳥のところへ行って、そっとその背中をなでました。すると、鳥は、つばさの下から頭をさっと出しました。

第十章　ゴールデン・アローの息子ロング・アロー

「やあ、ミランダ」と、先生は声をかけました。「こんなことになって、ほんとうにもうしわけなかった。でも、どうか、チープサイドのことは気にしないでくれたまえ。あいつは、ああいうやつなんだ。都会の鳥でね。生涯、けんかをして生きてきたものだから。大目に見てやってくれなくてはいけないよ。あれは、ああするのが性分なんだから。」

ミランダは、そのりっぱなつばさを、やるせなさそうにひろげました。この鳥が目をさまして、動くのを目にすると、なんとまあ、なみはずれて育ちのよい鳥なんだろうとわかりました。目には涙が浮かんでおり、くちばしはふるえていました。

「私《わたくし》、こんなにくたくたでなければ、たいして気にもとめなかったのですけれど。」ミランダは鈴を鳴らすような高い声で言って、「それだけではないんです」と、息をひそめてつけくわえました。

「ここまで来るのがたいへんだったんだね？」先生はたずねました。

「こんなひどい旅、初めてですわ。天候が――まあ、やめておきますわ。もう、こちらにまいっているのですから、こぼしてもしかたございませんもの。」

「教えてくれたまえ。」先生は、もう待ちきれないというように言いました。「ロング・アローは、私からの伝言に、なんと言っていたかね？」

ムラサキ極楽鳥は、うなだれました。

「そこが一番問題なのでございます。私、帰ってこなくてもよいくらいでしたの。先生のお言づてをお伝えできなかったのですもの。ゴールデン・アローの息子ロング・アローは消えてしまったのです！」

「消えたって？」先生はさけびました。「なぜだ。どうしたんだね？」

「わかりません。前にもお話しいたしましたが、あのかたは、ときどきすがたをくらますのです――ですから、アメリカ・インディアンには、どこにロング・アローがいるのかわかりません。でも、鳥からかくれるのはむずかしいものです。知りたければ、いつだって、フクロウやイワツバメが居場所を教えてくれるものです。ところが、今回はちがうんです。見つからないのです。ですから、先生にお伝えするのが二週間もおくれてしまいました。あちらこちらをたずねまわって、さがしにさがしましたわ。南アメリカのはしからはしまで縦横に調べつくしたのです。けれども、どこへ行ってしまったのか、どんな生き物にも教えてもらえませんでした。」

そう話し終えたあと、部屋には悲しい静けさがありました。先生は、なんだかむずかしい顔をしていましたし、ポリネシアは頭をかきました。

「黒オウムたちにも聞きましたか？」ポリネシアがたずねました。「あの連中は、たいてい、なんでも知っているんですがね。」

「もちろん、たずねましたわ」と、ミランダは答えました。「それで、こんなになんの手がかりもないことに気が動転してしまって、私、こちらへ飛びたつ前に、天気がどうなるかたしかめておくのをすっかり忘れてしまったのです。アゾレス諸島で一休みすることさえせずに、まっすぐジブラルタル海峡をめざして飛んできてしまいました——六月か七月の気分で。当然、大西洋のまんなかでひどくおそろしい嵐にあってしまい、もうだめかと思いましたわ。さいわい、嵐が少しおさまったところで、海に浮かぶ難破船の残がいを見つけましたので、そこに泊まって少し眠れましたけれど。あそこで休めていなかったら、ここでこうしてお話をしてはいなかったことでしょう。」

「かわいそうに、ミランダ！　なんてひどい目にあったことか！」と、先生。「だが、教えてくれたまえ。ロング・アローが最後に目撃されたのはどのあたりか、わかったのかい？」

「はい。若いアホウドリが、クモザル島で見たと教えてくれました。」

「クモザル島？　それはブラジルの沖合じゃないか？」

「はい、そうです。むろん私はすぐにそこへ飛んでいって、その島の鳥全員にたずねました――長さ百六十キロもある大きな島でしたけれど。ロング・アローは、そこに住む、ある特別なインディアンの部族を訪ねに行ったようです。めずらしい薬草をとりに、山にのぼっているところを最後に、それきりそのすがたを見せていません。その情報は、インディアンの首長《チーフ》が飼っているタカに教えてもらいました。ヤマウズラ狩りをするタカです。ところが、私はインディアンたちにもう少しでつかまって、おりに入れられるところでした。きれいな羽をしていると、これだからこまります。『まあ、きれい！』とか言いながら、矢だの弾だのを撃ちこんでくるんです。先生とロング・アローのおふたりだけが、近くによらせていただいてもだいじょうぶと信じられる人間です――世界じゅうにわんさと人間はいますが、おふたりだけです。」

「だが、ロング・アローがその山から帰ってきたかどうかは、わかっていないのかね？」

「ええ。それっきり、影も形もなく、うわさも聞かれないのです。島をカヌーで出たのではないかしらと思って、海岸あたりの海鳥にたずねてみましたが、わからずじまいでした。」

「なにか事故にでもあったんだろうか？」先生は心配そうな声で言いました。

「そうとしか考えられません。」ミランダは首をふりながら言いました。

「うむ。」ドリトル先生はゆっくりと言いました。「もし、ロング・アローと会えないとしたら、わが生涯で最もざんねんなことだ。それだけではない。人類の知識にとっても、多大な損失となる。なにしろ、君が教えてくれたところによれば、博物学について人類が持っているありとあらゆる知識以上のことを知っている人だというのだからな。その知識をだれかが書きとめて世界の役に立てもしないうちから、いなくなられたりしてはたいへんなことだ。でも、まさか、死んでしまったわけではなかろう？」

「ほかにどんなことが考えられるとおっしゃるんですか？」

ミランダはどっと泣きだしながら言いました。

「まるまる六か月、けものにも、魚にも、鳥にも、見られていないのですよ。」

第十一章　いきあたりばったりの旅

ロング・アローについての知らせのせいで、ぼくたちはとても悲しい気持ちになりました。先生がひどく心をみだしていらっしゃることは、だまりこんで夢うつつでおやつを食べていらっしゃるようすからもわかりました。ときどき食べるのをぱたりとやめてしまって、台所のテーブルクロスのしみをじっと見つめたりして、心ここにあらずなのです。アヒルのダブダブは先生がちゃんとお食事をなさるようにと気を配っていましたが、ついに、咳《せき》ばらいをしたり、流しのなかでガチャガチャとポットの音をたててみせたりしました。

ぼくは、その日の午後に先生がルークとそのおくさんのためになさったことを思い出させて、先生を元気づけようとせいいっぱいつとめました。それもだめだとわかると、ぼくは、船旅の準備について話しました。

「だがね、スタビンズ君。」ぼくたちがテーブルからはなれて、ダブダブとサルのチーチーがあとかたづけをはじめたときに、先生はおっしゃいました。

「こうなっては、どこへ行ってよいかわからんのだよ。ミランダの知らせを聞いて以来、とほうにくれておる。今度の旅は、ロング・アローに会いに行く計画だったからな。もう一年もそれを楽しみにしておった。アローから貝のことばを教えてもらえるんじゃないかと思っていた——ひょっとすると海の底へ行く方法もな。だが、もはやどうしようもない。行方不明だ！　その偉大なる知識もアローとともに去りぬ、だ。」

それから、先生はまた物思いにふけりました。

「考えてもみたまえ！」先生はつぶやきました。「ロング・アローと私、ふたりの学者——まだ会ったことはないが、とてもよく知っている気がする。というのも、まさに私が生涯をかけてずっとやってきたことを、あの人はあの人なりのやりかたで——学校教育も受けずに——やろうとしてきたからだ——それなのに、いなくなってしまった！　ふたりのあいだは、ひきさかれてしまった——ふたりを知っているのは、たった一羽の鳥だけだ！」

ぼくたちが研究室にもどると、そこへ犬のジップが先生のスリッパとパイプをもってきました。

パイプに火をつけ、部屋がけむりだらけになると、先生は少し元気が出たようでした。

「でも、先生、旅にはお出かけになりますよね？」ぼくはたずねた。「たとえ、ロング・アローが見つからなくても――。」

先生はじろりと目をあげて、ぼくを見つめました。でも、ぼくがどんなに旅に出たがっているか、おわかりになったのでしょう。ふっと、いつものいたずらっぽい笑みを浮かべて、こう言いました。

「ああ、スタビンズ君、心配はいらん。旅には出るよ。あわれ、ロング・アローが消えたとしても、われわれの研究をやめるわけにはいかんからな。――だが、どこへ行くか、それが問題だ。はて、どこへ行ったものかね？」

ぼくには行きたいところがたくさんあったので、すぐには心を決めかねました。ぼくがまだ考えていると、先生は、いすにすわったまま、身を起こしておっしゃいました。

「こうしようじゃないか、スタビンズ君。若いころに――妹のサラが私といっしょに住んでいたときよりも前に――よくやったゲームなんだがね、『いきあたりばったりの旅』なんて呼んでたもんさ。旅に出たいとは思いながら、どこへ行っていいかわからないとき、地図帳を出してきて、目をつむって開くんだよ。次に、まだ目をつむったまま、えんぴつをぐるぐるまわして、たまたま開いたページの上につき立てるんだ。それから目をあいて見てみる。なかなかおもしろいよ、『いきあたりばったりの旅』ってのは。だって、どんなことがあろうと、えんぴつが当たったところに行くと、はじめる前に誓わなきゃいけないからね。やってみるかい？」

「ええ、ぜひ！」ぼくはもう、さけばんばかりでした。「なんてわくわくするんだろう！　中国か――ボルネオか――バグダッドだといいなあ。」

あっという間に、ぼくは本だなによじのぼって、一番上のたなから、大きな地図帳を引っぱり出して、先生の前のテーブルの上におきました。

ぼくは、地図帳のどのページも暗記していました。毎日毎晩、ぼくはこの古ぼけた、よれよれの地図帳を開いて、山々から海へと流れこむ青い河をいったいどれほど指でなぞったことでしょう！　そこに書かれた小さな町々は、ほんとうはどんな感じなんだろうとか、ひろがっている湖はどれぐらい大きいんだろうとか、どれほど思いめぐらしたことでしょう！　この地図帳をながめながら、頭のなかで世界じゅうを旅して大いに楽しんだのです。

今でも手にとるように思い出すことができます。最初のページには地図はなく、一八〇八年にイギリスのエジンバラで出版されたことが書かれているだけで、それからこの本についてこまごまとしたことが書かれていました。次のページには太陽系の図――太陽と惑星、星々と月が書いてありました。三ページめには、北極と南極の地図。それから半球、大洋、大陸、そして国々です。

先生がえんぴつをけずりはじめたとき、ぼくは、あることを思いついて、たずねました。

「えんぴつが北極点を指したら、北極点に行かなきゃならないのでしょうか？」

「いや。このゲームの規則では、以前行ったことのある場所には、行かなくてもいいんだ。やり直しをしてもいい。私は北極点に行ったことがあるからね。」先生は静かに言い終えました。「だから、北極点へは行かなくてもいい。」

ぼくはびっくりして、ほとんど口もきけませんでした。

「北極点に行ったことがあるですって！」やっとのことで、ぼくはあえぐようにして言いました。「でも、北極点って、まだ発見されていませんよね？　地図には、いろんな探検家が行こうとしただけで、あちこちに探検家の名前が記されていますよ。先生が北極点を発見したのなら、どうして先生の名前が記されてないのですか？」

「秘密にしておく約束をしたんだよ。君もだれにも言わないと約束してくれなきゃこまるよ。そう、私は一八〇九年四月に北極点を発見したんだが、そこに到達した直後に、ホッキョクグマが一団となってやってきて、雪の下にたくさん石炭がうまっているのだと教えてくれた。きっと人間はどんなことでもして石炭をとろうとするだろうから、秘密にしておいてくれというのだ。人間がいったんやってきて炭鉱を作りでもしたら、美しい白い国はだめになってしまう。しかも、世界じゅうで、ホッキョクグマが暮らせるのは北極しかないんだ。まあ、いずれは、だれかほかの人によって、また発見されてしまうだろうけれど、ホッキョクグマの遊び場をできるだけ長く守ってやりたいと思ったんだ。それに、まだまだだいじょうぶだろうよ。なにしろ、あそこに行くのはほんとうにつらいからね。さてと、用意はできたかい？　よろしい！　えんぴつを持って、テーブルの近くのここに立ちたまえ。本が落ちて、ぱらりと開いたら、えんぴつを三回まわして、つきたてるんだ。さあ、いいかい？　よろしい。目をつぶって。」

たいへんな緊張の一瞬でした——でも、とてもわくわくしました。ぼくたちは、ふたりとも目をしっかりとじました。テーブルに本がどしんと落ちて、開く音が聞こえました。どのページでしょうか。イギリスか、アジアか。アジアだったら、えんぴつはいったいどこに着地するのでしょう。ぼくの手は、ぐるりと三度、輪をえがきました。手をさげていきます。えんぴつが、ページにさわりました。

「はい。」ぼくは、りんとした声で言いました。

「さしました。」

第十二章　運命の目的地

ぼくたちは、いっしょに目をあけました。そして、どこに行くことになったかと、夢中で身を乗り出すあまり、頭と頭をごっつんこしてしまいました。

地図帳は、「南大西洋海図」というところを開いていました。えんぴつは、小さな島のまんなかを指しています。その名前はあまりにも小さく印刷されていたものですから、先生は度の強いメガネをかけて、お読みになりました。ぼくはどきどきして、ふるえていました。

「クモザル島」と、先生はゆっくりとお読みになりました。それから、低く、そっと口笛を吹きました。「こいつはたまげた！　君は、ロング・アローがこの世で最後に目撃された、まさにその島をえらんだんだ――なんとも――いやはや！　こいつは奇遇だ！」

「ぼくたち、そこに行くんですよね、先生？」ぼくは、たずねました。

「もちろん、行くさ。それがゲームのルールだ。」

「近くのオクスンソープやブリストルの町じゃなくて、ほんと、よかったなあ」と、ぼくは言いました。「こいつは、すごい旅になりますね。ほら、こんなにたくさん海をこえていかなきゃならないんですよ。長いことかかりますか？」

「いやいや。それほどじゃない。りっぱな船と、よい風にめぐまれれば、四週間で楽に着くだろう。それにしても、ふしぎなめぐりあわせじゃないかね？　世界じゅうで、よりによって、目をつぶってここをえらぶとはね。結局はクモザル島だ！　いや、こいつはひとつ、いいことがある。ジャビズリ・カブトムシをつかまえられるぞ。」

「ジャビズリ・カブトムシってなんですか？」

「変わった習性のある、とてもめずらしいカブトムシだ。かねがね研究したいと思っていた。見つかるところは世界で三か所――そのひとつが、クモザル島だ。そこでさえ見つけにくいがね。」

「この島の名前のうしろに、小さなクエスチョン・マークがついているのは、なんですか？」ぼくは、地図を指さしながらたずねました。

「それは、この島が海のどのあたりにあるのか、あまりはっきりわかっていないという意味だ――だいたいこのあたりということだな。たぶん、その近くを通った船が見たというだけのことなのだろう。われわれは、この島に行く最初の白人かもしれないぞ。だが、そもそも見つけ出すのがむずかしそうだな。」

なにもかも夢のようでした！　ぼくたちふたりは、研究室の大きなテーブルの前にすわっていて、ろうそくがついていていて、先生のパイプからけむりがもくもくとあがって、天井のほうがくすんでいて――ふたりでそこにすわって、海のなかの島を見つけて、そこに上陸する最初の白人になる話をしているなんて！

「すごい航海になりますね」と、ぼくは言いました。「地図では、すてきな島に見えます。黒人がいるんでしょうか？」

「いや。ミランダによると、あるアメリカ・インディアンの部族が住んでいるそうだ。」

このとき、かわいそうなムラサキ極楽鳥のミランダが身動きをして、目をさましました。ぼくたちは、興奮のあまり、声をひそめるのを忘れてしまっていたのです。

「クモザル島へ行くことにしたよ、ミランダ」と、先生はおっしゃいました。「君は、その場所を知っているんだろう？」

「以前見たときにどこにあったかは存じておりますが、」と、ミランダは言いました。「今もそこにあるかどうかは存じません。」

「どういうことかね？」と、先生。「いつだって同じところにあるものだろう？」

「とんでものうございます。まさか、ご存じないのですか？　クモザル島は、浮かぶ島なのです。あちこち、ぷかぷかと動きまわります。たいていは南アメリカの近くですけれど。でも、もちろん先生がいらっしゃるなら、見つけてさしあげましょう。」

この新しい情報を耳にして、ぼくはもうがまんできませんでした。だれかに話したくてたまらなくなってしまったのです。ぼくはチーチーをさがして、歌いおどりながら部屋を飛び出しました。

すると、ドアのところで、ちょうどつぼさいっぱいにお皿をかかえてやってきたアヒルのダブダブにつまずいて、転んで鼻を床にぶつけてしまいました。

「あなた、気はたしかなの？」アヒルがさけびました。「どこに行くつもりよ、とんま！」

「クモザル島さ！」ぼくは起きあがって、広間を側転しながら、さけびました。「クモザル島へ行くのさ！　やったあ！　しかも、浮かぶ島だ！」

「それより病院へ行って頭を診てもらいなさいよ。」わが家の主婦は鼻を鳴らして言いました。「私の一番いい陶器をこんなにしちゃって。見てよ、これ！」

でも、ぼくはあまりにうれしくて、お小言を聞いてはいませんでした。チーチーをさがしに台所へ、歌いながらかけていったのです。

第三部

第一章　第三の男

まさにその週、ぼくたちは航海の準備をはじめました。

貝とりのジョーおじさんが、荷物の積みおろしに便利なように、ダイシャクシギ号を河に入れ、河岸につないでくれました。そしてまる三日というもの、ぼくたちはこの美しく新しい船に食料を運び、しまいこみました。

船のなかがずいぶんとひろびろとしているのには、おどろきました。小さな船室が三つ、客間（というか食堂）がひとつ、そしてそれらの部屋の下に、食料や予備の帆などをしまう船倉と呼ばれる広い場所がありました。

ジョーおじさんが町じゅうの人にぼくたちの旅のことを言いふらしたらしく、ぼくたちが荷物を船に積んでいると、いつも人だかりがしていました。そしてもちろん、おそかれ早かれ、ネコのエサ売りのマシュー・マグが顔を出すに決まっていました。

「おやまあ、トミー！」

やってきたマシューおじさんは、ぼくが小麦粉のふくろを運んでいるのを見て言いました。

「こりゃまた、すてきな船じゃないか！　今度の旅で先生はどちらへお出かけになるんだい？」

「クモザル島に行くんだよ、ぼくも。」ぼくは得意げに言いました。

「で、先生が連れていくのは、おまえさんだけかい？」

「えっと、だれかもうひとり連れていくっておっしゃっていたけど」と、ぼくは言いました。「まだ、ご決心なさっていないみたい。」

　マシューおじさんはうなり、ダイシャクシギ号のみごとなマストを横目で見あげました。

「なあ、トミー」と、マシューおじさんは言いました。「おれがリウマチじゃなかったら、おれが先生のおともをしたいところなんだがなあ。いまにも出航しようっていう船を見ると、どうにも冒険に出たい、旅に出たいっていう気がしちまうんだよなあ。今、おまえさんが積んでいるかんづめの中味はなんだい？」

「これは糖みつだよ。」ぼくは言いました。「糖みつが十キロ。」

「なんとまあ。」マシューおじさんは悲しそうに顔をそむけながら言いました。「そんなことを聞くと、ますます行きたくなっちまうなあ。でも、リウマチがひどいから、とてもとても――」

マシューおじさんはぶつぶつ言いながら、波止場にたむろしていた人たちのなかへまぎれて行ってしまったので、それっきりマシューおじさんのことばは聞きとれませんでした。パドルビー教会の大時計がお昼の十二時を告げました。ぼくは荷物を積むのにひどくいそがしい自分がえらくなったような気がして、船のほうへむかいました。

でも、またすぐ、だれかがやってきて、ぼくの仕事のじゃまをしました。赤ひげを生やし、両腕じゅうにいれずみを入れた、とても大きながっしりとした男でした。男は、手の甲で口をぬぐうと、河岸に二度つばをはいて言いました。

「ぼうず、スキッパーはどこだ？」

「スキッパー！　なんのことですか？」ぼくはたずねました。

「船長だ――この船の船長はどこだ？」男はダイシャクシギ号を指さしながら言いました。

「ああ、先生のことですね。あのう、今、ここにはいらっしゃいません。」

そのとき、先生が腕いっぱいに、ノートや、虫とり網や、ガラスのケースや、そのほか自然研究に必要なものをかかえて到着なさいました。大男は、先生のところへ行って、ぼうしに手をふれてあいさつしました。

「おはようございます、船長」と、大男。「旅に出るのに、人手が足りねえと聞きました。おれの名前はベン・ブッチャー。腕のいい海の男です。」

「お会いできてうれしいが、」と、先生。「でも、もう乗組員は、やとえないよ。」

「ですが、船長」と、腕のいい海の男が言いました。「こんなちびっ子の助けしかねえんじゃ、大海原での天候にはたちむかえませんや。しかも、こんなでっけえ船だってえのに。」

先生は、だいじょうぶだとおっしゃいました。ところが、男はあきらめません。しつこく、言いよってきます。男は「人手不足」のせいで、しずんでしまった船をたくさん知っていると言います。男は「しょーしょ」なるものを出して――自分がりっぱな船乗りであると書いた紙だそうです――もし命を大切に思うのならば、自分をやとったほうがいいと言いました。

しかし、先生はきっぱりと――ていねいでしたが、きぜんとして――おことわりになり、とうとう男は、二度と生きてはお目にかかれますまいと言いながら、悲しそうに歩いていきました。

なにやかやと人が訪ねてきて、かなりいそがしい朝でした。先生が下の船室へおりてノートをしまいに行くと、すぐべつのお客が、波止場から船にわたした歩み板のところにあらわれました。今度は、とても風変わりな黒人でした。

ぼくはそれまで、羽根かざりや骨の首かざりをつけたサーカスの黒人しか見たことがありませんでしたが、この人はおしゃれなフロックコートを着て、大きな明るい赤

いネクタイをつけていました。頭には、はでなリボンのついた麦わらぼうしをかぶっていて、その上に大きな緑色のかさをさしていました。どこもかしこも、スマートな着こなしでしたが、ただ、足だけはへんでした。靴も、靴下もはいていないのです。

「失礼ですが」と、男は優雅におじぎをしました。「これはドリトル医師の船でしょうか？」

「はい」と、ぼくは言いました。「先生にご面会ですか？」

「できれば——もし、ごめんどうでなければ」と、男は答えました。

「どなたさまとお伝えすればよろしいですか？」

「私、バンポ・カーブーブーと申します。ジョリギンキ国の皇太子です。」

ぼくは、すぐに下へ走って行って、先生に伝えました。

「そいつはいい！」と、ドリトル先生はさけびました。「わが友、バンポ君かい！いやはや！　オックスフォード大学に留学中なんだよ。それを、はるばる私に会いにきてくれたとは、ありがたい！」そして、客人にあいさつをしようと、バタバタとはしごをのぼっていきました。

ふしぎな黒人は、先生があらわれると、うれしくてたまらないようすで、握手をしました。

「先生が航海にお出になるところだといううわさを小耳にはさみましてね。ご出発前にお目にかかろうと、馳《は》せ参じました。行きちがいにならずにすんで大慶至極に存じます。」

「もう少しで行きちがいになるところだったよ」と、先生。「ちょうど、船を出航させるのに必要な乗組員をそろえるのに手間どっていてね。さもなきゃ、三日前に出発していたところだ。」

「船には、あと何人ほど、おいりようなんですか？」

「ひとりだけなんだが、」と、先生。「いい人をえらぶのはむずかしくてね。」

「運命の女神のおはからいを感じます」と、バンポ。「私《わたくし》などはいかがでございましょう？」

「そりゃすばらしいが、」と、先生。「でも、君の勉強はどうなるね？　まさか、ふいと旅に出て、大学生活をほったらかすわけにはいかんだろう。」

「私には休暇が必要です」と、バンポ。「かりに先生といっしょに出かけなくとも、今学期が終わったら三か月ほど逃避行をしようともくろんでおりました。それに、おともをしたからといって、勉学をおろそかにすることにはなりません。大いに旅をしろと、わが厳格なる父より、ジョリギンキ国を出る前に命じられております。先生はたいへん博学なおかた。先生とごいっしょに世界を見てまわる機会というのは、そうそうありません。いやいや、たいした機会です。」

「オックスフォードでの生活はどうなのかね？」先生はおたずねになりました。

「まあまあです」と、バンポ。「代数と靴以外はもうしぶんありません。代数をやっていると頭が痛くなり、靴をはいていると足が痛くなります。今朝、大学を出たとたん、壁ごしに大学のなかへ靴を投げこんでやりました。うれしいことに、代数はあっという間に忘れつつあります——思想家キケロは好きです——そう、キケロはいい——実に同時性がある。そういえば、来年キケロの息子が大学対抗ボートレースにオックスフォード代表で出るそうです——すてきなやつですよ。」

先生は、考えこむように、この黒人のはだしの大足をしばらく見おろしていました。

「うむ」と、先生はゆっくりとおっしゃいました。「大学のみならず、世界に出ることで知識を得られるというのは、バンポ君、そのとおりだよ。そして、ほんとうに君が来たければ、よろこんで連れていこう。なぜなら、じつのところ、君こそまさにわれわれが求めている人だからね。」

第二章　さようなら！

二日後、ぼくたちはもう今にも出発しようとしていました。

犬のジップが、この旅行に連れていってほしいとあんまりせがむので、とうとう先生も折れて、連れていくことになりました。ほかに同行する動物は、オウムのポリネシアとサルのチーチーだけです。アヒルのダブダブは、留守を守り、家に残る動物のめんどうを見ることになりました。

もちろん、例によって、忘れていたことを間際になって思い出してばかりいました。ようやく家に鍵《かぎ》をかけて、玄関前の階段をおりて通りに立ったときには、あれやこれやの荷物を腕いっぱいにかかえているありさまでした。

河へ行くとちゅうで、先生はとつぜん、スープのなべを台所の火にかけっぱなしできてしまったことを思い出しました。でも、先生の庭に巣をかけているクロウタドリがたまたま飛んでいたので、先生はその鳥に、うちへ行ってダブダブにそう伝えてくれとたのみました。

波止場には、ぼくたちを見送るために、大勢の人が集まっていました。

船へわたした歩み板のそばに、おかあさんとおとうさんが立っていました。ぼくは、ふたりがとりみだして、わっと泣きだしたりしなければいいが、と心配でした。親というものは、そういったとき、やかましくしたりするものですが、わりと行儀よくしていてくれました。

おかあさんはぼくに、足をぬらさないように気をつけてとかなんとか言い、おとうさんはなんだかひきつったような笑いを浮かべて、ぼくの背中をぽんとたたいて、がんばれと言いました。さようならを言うのはひどくつらかったので、お別れが終わって船のなかに入ったときは、ほっとしました。

人ごみのなかにマシュー・マグが見あたらなかったのには、少しおどろきました。きっと来ると思っていたからです。先生は、おうちに残してきた動物たちのエサについて、マシューおじさんにもう少しいろいろおねがいしようと思っていらしたのです。

ついに、錨《いかり》づなをぐいと引き、たぐりよせて錨をあげ、船を岸につないでいたもやいづなをほどくと、ダイシャクシギ号は引き潮に乗って河をゆるやかに流れだし、波止場にいる人たちは歓声をあげたり、ハンカチをふったりしました。

流れに乗り出そうとしたところで、ほかの一、二艘《そう》の船にぶつかってしまいました。河が急カーブをえがいているところでは、どろの岸にはまって数分ほど動けなくなってしまいました。岸にいる人たちはこれを見て大さわぎしているようでしたが、先生はどうやら少しも気にかけていらっしゃいませんでした。

「これくらいのことは、どんなに注意して船を進めても起こるものだ。」

先生は船の横から身を乗り出して、船をおし出したときにどろにはまってしまったブーツをつりあげながら、おっしゃいました。「広い海に出てからのほうが、船旅はずっと楽になる。こんなにいろいろとぶつかってしまうような、ばかげたものはなくなるからな。」

ついに河口の小さな灯台をこえると、陸をはなれて大海原に出たという感じがして、ぼくは、ものすごく感動してしまいました。なにもかもが新しく、今までとちがっていました。頭の上には空しかなく、足もとには海しかないのです。

この船が、これから何日も、ぼくたちの家となり、庭となり、通りとなるわけですが、この広大な水の世界のなかでは、あまりにちっぽけに思えました——でも、ちっぽけではあるけれども、居心地がよくて、なに不自由なく、安全なのです。

ぼくはあたりを見まわして、息を深く吸いこみました。先生は船の舵《かじ》をとり、船はゆったりと波間を進んでいきます。（ぼくは最初、船酔いをするだろうなと思っていたのですが、うれしいことに酔いませんでした。）

バンポは下へおりて、夕食のしたくをするように言われていました。サルのチーチーは船尾でロープをまるめて、きちんとたばにして積み重ねていました。ぼくの仕事は、船がもっと沖に出て天気が荒れたときに甲板にあるものが外へ飛び出さないように、しばりつけておくことでした。犬のジップは船の舳先《へさき》にあがって、耳をそばだて、鼻をつき出して――まるで像のようにじっと――流れてくる難破物や、砂州といった危険なものがないかと、するどく目をこらしていました。

ぼくたちのだれもがそれぞれの仕事をもって、船をきちんと走行させるのに役だっていました。年老いたオウムのポリネシアでさえ、近くに氷山がないかたしかめるために、先生のおふろ用の寒暖計をひもの先にくりつけて、海の温度を測っていました。だんだんと暗くなってきていて、寒暖計のいまいましい数字が読めないじゃないかとポリネシアがひそかにぶつぶつ言っているのを聞きながら、ぼくは、いよいよ航海がほんとうにはじまっており、もうすぐ夜になるんだと気がつきました――海ですごす夜なんて初めてです！

第三章　さあ、こまったぞ

夕ごはんの直前に、バンポが下からあがってきて、舵をとっている先生のところへ行きました。

「船倉に密航者を発見しました、船長。」とても事務的な船乗りらしい声で、バンポは言いました。「小麦粉のふくろのうしろにいました。」

「やれやれ！」と、先生はおっしゃいました。「こまったことだ！スタビンズ君、バンポ君といっしょに行って、そいつを連れてきてくれ。今、舵から、はなれるわけにはいかないからな。」

そこで、バンポとぼくは、船倉へおりていきました。小麦粉のふくろのうしろに、頭からつま先まで小麦粉だらけになった男がいました。ほうきで小麦粉をはたいてやると、それはマシュー・マグでした。ぼくたちは、くしゃみをしながら、マシューおじさんを先生の前に連れていきました。

「なんと、マシュー」と、ドリトル先生は声をかけました。「いったい、こんなところでなにをしているんだね？」

「どうにも乗りたくなっちまったんでさ、先生。」ネコのエサ売りは言いました。「いっしょに旅に連れてってくださいって先生に何度もたのんでるのに、ぜんぜん連れてってくれないでしょ。だから、今度は、もうひとり乗組員が必要だと知って、すっかり海に出るまで船んなかにかくれてたら、あっしがいてくれてよかったってことになって、連れてってくれるんじゃないかと思ったんです。でも、あの小麦粉のふくろのうしろで何時間もうずくまってたら、リウマチがひどくなっちまって。ちょっと姿勢を変えなきゃならなかった。でもって、あっしが足をのばしたところに、こちらのアフリカ人のコックさんがやってきて、足がつき出ているのを見つけたってわけで――この船、なんかひどくゆれませんか？　この嵐は、どれぐらいつづくんでしょうね？このしめった海の空気は、リウマチにはあんまりよくなさそうだなあ。」

「そのとおり。マシュー、まことによくない。こんなところに来てはいけなかったんだ。君は、こんな暮らしには、少しもむいていない。君には長旅など、ちっとも楽しめないだろうよ。船をコーンウォール半島のペンザンスの港につけて、そこで君をおろすことにしよう。

　バンポ君、下の私の寝棚へ行ってきてくれたまえ。そして、いいかい、私の部屋着のポケットに地図があるから、小さいほうをもってきてくれ。一番上に青えんぴつでしるしがついているほうだ。ペンザンスは、この左のほうにあるが、船の針路を変えて港にむかう前に、どこに灯台があるか確認する必要がある。」

「了解、船長」と、バンポは言うと、きびきびとまわれ右をして階段へ進んでいきました。

「さて、マシュー」と、先生は話しかけました。「ペンザンスからブリストルまで馬車に乗りたまえ。そこからパドルビーまでは遠くない。毎週木曜日には、いつものエサをわが家へ運ぶのを忘れないでくれ。特に、ミンクのあかちゃんにニシンをよけいにやるのをくれぐれもおぼえておいてくれたまえ。」

地図が来るのを待つあいだ、チーチーとぼくは、航海灯《ランプ》をつけにかかりました。船の右側に緑、左側に赤、そしてマストの上に白いランプをつけるのです。

まもなく、だれかがまた階段をかけあがってくる音が聞こえ、先生がおっしゃいました。

「ああ、ようやくバンポ君が地図をもってきてくれたな！」

ところが、おどろいたことに、あらわれたのはバンポだけではなく、三人でした。

「こりゃ、たまげた！　だれだい、これは？」ドリトル先生は、さけびました。

「密航者がもうふたりいました、船長」と、バンポはきびきびと前に出ながら言いました。「先生の船室の寝棚の下にかくれていました。女と男です、船長。地図はこれです。」

「いいかげんにしてもらいたいね。」先生は弱りはてたように言いました。「だれだね？　暗くて顔がよくわからんが。マッチをすってくれたまえ、バンポ君。」

それがだれだか、みなさんには決して想像もつかないでしょう。それは、ルークとそのおくさんだったのです。ルーク夫人はかなり船酔いをしていて、みじめな状態でした。

ふたりは、あの湿原のほったて小屋で暮らしはじめるようになったあと、あまりにもたくさんの人が（あの大裁判のことを聞きつけて）おとずれてくるので、とても暮らしていけなくなってしまい、こうして――お金もなかったので、かくれるようにパドルビーから逃げだして――自分たちのことが知られていない新しい場所を見つけて暮らそうと考えたのです。ところが、船がゆれはじめたとたん、ルーク夫人がひどく具合が悪くなってしまったわけです。

かわいそうなルークは、ごめいわくをおかけしてほんとうにもうしわけないと何度もあやまり、なにもかも妻の考えなのだと言いました。

先生は、診察かばんをとりにだれかを下にやって、おなかの薬と気つけ薬をルーク夫人にあげてから、先生がお金を貸すから、ルーク夫妻はマシューおじさんといっしょにペンザンスで船をおりるのがよかろうとおっしゃいました。ペンザンスの町に住む先生の友だちあての手紙をルークにもたせてやり、うまくいけば、その人が町での仕事を世話してくれるだろうともおっしゃいました。

先生がさいふをあけて金貨をとり出したとき、ぼくの肩にとまってようすを見守っていたポリネシアが、声を殺してこう言いました。

「ほら、またださなけなしのお金をやっちまう――三ポンド十シリング〔約八万四千円〕――これから先の旅のためにとっておいたお金ぜんぶだ！　これで、もし錨《いかり》をなくしたり、ほんの少しタールを買わなきゃならなくなったりしても、切手一枚買うお金もないよ――ほんと、食料が足りなくならないようにいのるしかないね――いっそのこと、こいつらに船をやって、先生は歩いて家にでもお帰りになったほうがいいんじゃないかね？」

やがて地図を見て、船の針路が変えられ、ぼくたちはペンザンスという港をめざしました。ルーク夫人は大いにほっとしていました。

夜、灯台と羅針盤しかないのに、どうやって船が港に入るのか、ぼくは見たくてたまりませんでした。先生はどうやら岩場や砂州をとてもじょうずにかいくぐって進んでいるようでした。

その夜十一時ごろ、船は、イギリスの南西のはしにあるペンザンスという、おもしろい小さな港に入りました。先生は、ダイシャクシギ号の甲板に積んであった小さなボートに密航者たちといっしょに乗りこみ、その港町のホテルに部屋をとってやりました。帰っていらっしゃると、「ルーク夫人はまっすぐベッドに入って、かなり具合がよくなった」と、おっしゃいました。

もう真夜中すぎでした。そこでぼくたちは港に停泊し、朝になったら出発することにしました。

こんな夜おそくまで起きているのはわくわくしましたが、ベッドに入れるのはありがたいことでした。先生の上の寝棚にのぼり、気持ちよく毛布にくるまると、ひじのところの船の窓から外が見えることに気がつきました。まくらから頭をあげなくても、ペンザンスの町の灯が、錨につながれた船の動きに合わせて、ゆらゆらとあがったりおりたりしています。まるで、ちょっとした楽しい見世物を見ながら、ゆりかごに入って眠るかのようでした。海の人生ってなんて楽しいんだろうと思っているうちに、ぼくは深い眠りに落ちていました。

第四章　まだまだめんどうは終わらない

あくる朝、腕のいいコックのバンポが作ってくれたキドニー〔牛や羊などの腎臓《じんぞう》〕とベーコンのとてもおいしい朝食をとっていると、先生がぼくにおっしゃいました。

「どうだろうね、スタビンズ君、カパ・ブランカ諸島によるべきか、それともブラジル海岸をまっすぐめざすべきか。これからしばらく——少なくとも四週間は——とてもよい天気がつづくと、ミランダは言っていたが。」

「えーと。」ぼくは、ココアのカップの底からスプーンで砂糖をかき出しながら言いました。「天気がいいうちに、まっすぐ進んだほうがいいんじゃないでしょうか。それに、ムラサキ極楽鳥は、先に行って、ぼくたちを待っていてくれることになっているんでしょう？　ひと月たってもぼくたちが着かないと、どうしたのかと心配しますよ。」

「そう、そのとおりだ、スタビンズ君。だが、カパ・ブランカ諸島というのは、とちゅうで立ちよるにはとても便利なところだ。補給や修理が必要なときは、あそこに行くとかなりいい。」

「ここからカパ・ブランカまでどれくらいかかりますか？」ぼくはたずねました。

「六日ほどだ。まあ、あとで決めることにしよう。どちらにせよ、これから二日間は同じ方角を進むからな。君の朝ごはんがすんだら、さっそく出発することにしよう。」

　甲板に出てみると、白や灰色の海カモメのむれが船をとりかこんで、夏の朝の空気のなかを、きらめくように飛びまわっていました。船から港へ投げこまれる残飯をねらっているのです。

　七時半ごろには、ぼくたちの船は錨をあげ、おだやかな順風を帆に受けていました。そして今度こそ、なんにもぶつからずに大海原へくりだしました。夜釣りを終えて帰ってくるペンザンスの漁船とたくさんすれちがいましたが、みんなとてもきれいで、兵隊さんのように一列にならんで褐色の帆をみな同じ方向にかたむけ、舳先《へさき》で水を白く切って進んでいました。

　次の三、四日は、なにごともなく万事順調に進み、ぼくたちは決められた仕事をこなしました。ひまな時間に先生は、交代で舵《かじ》をとる方法や、航路に沿って船を進める方法や、風むきが急に変わったらどうしたらいいかといったことをバンポとぼくに教えてくださいました。一日二十四時間を三等分して、先生とバンポとぼくの三人が、かわるがわる八時間眠り、十六時間起きていることにしました。いつもふたりずつ仕事をすることで、きちんと船を動かしたのです。

そのうえ、だれよりも老練な船乗りであるポリネシアは、船の走らせかたをほんとうによく知っていて、いつも起きているようでした。舵のわきに片足で立ちながら、日ざしがまぶしくて二度ばかりまばたきした以外、いつも目を開いていました。ポリネシアがいるかぎり、決められた八時間以上ぐずぐず寝ていられませんでした。船の時計を見張っていて、もしだれかが三十秒でも寝すごしたりすれば、船室に飛んできて、起きるまでコッコッと鼻をつっついたのです。

ぼくは、いつも大げさな話しかたをする、おもしろい黒人のバンポが、すぐに大好きになりました。しょっちゅうだれかがその巨大な足をふんづけたり、その足にけつまずいたりしていました。ぼくよりずっと年上で、大学へも行っていたわけですが、決してぼくにえらそうな態度をとりませんでした。いつもにこにこして、みんなを楽しくさせてくれます。船のことも旅のこともなんにも知らないのに、なぜ先生がこの人を連れてきたのか、ぼくにもわかってきました。

出発して五日目の朝、ぼくが先生から舵を交代するとき、バンポがやってきて言いました。

「塩づけ牛肉が、もうすぐなくなります、船長。」

「塩づけ牛肉が！」先生はさけびました。「しかし、五十五キロは積んだはずだ。五日で食べつくしてしまうはずがない。どうなってしまったんだ？」

「わかりません、船長。倉庫に行くたびに、ごっそりなくなっているんです。もしネズミが食べているんだとしたら、まちがいなく巨大な齧歯類《げっしるい》ですね。」

マストの先から前方へ張ったロープの上を行ったり来たりして朝の運動をしていたポリネシアが口をはさみました。

「船倉を調べてみなくちゃ。このままにしておいたら、一週間もしないうちに、みんな餓死しちまうよ。トミー、いっしょに下へ来てちょうだい。調査開始！」

そこで、ぼくたちは下の船倉へおりていきました。ポリネシアが、ぼくたちにじっとして耳をすませと言うので、ぼくたちはそうしました。すると、船倉の暗い片すみから、だれかがいびきをかいている音がはっきり聞こえてきました。

「思ったとおりだ」と、ポリネシア。「男だね——でかい男だ。あんたたちふたり、ここから入って、あいつをほうりだしておくれ。あのたるのうしろにいるらしい——まったく！　パドルビーの人たちは、だれもかれもこの船に勝手に乗りこんでくるよ。水上バスとかんちがいしているんじゃないかね。ずうずうしいったらありゃしない！ほうりだしておくれ。」

バンポとぼくは、灯《あか》りをともして、船倉にならんだ荷物の上によじのぼりました。見ると、なるほど、たるのうしろに、ひげを生やした大男が、おなかいっぱいの顔をして、ぐうぐう眠っています。ぼくたちは男を起こしました。

「どーしたんでぇ？」男は眠そうに言いました。

それは、腕のいい海の男のベン・ブッチャーでした。

ポリネシアは、かんしゃく玉を破れつさせたみたいに、まくしたてました。

「もうがまんならない。よりによって、こんな男が！　いまいましい。なんてずうずうしい！」

「こいつがまだ寝ぼけているうちに」と、バンポが提案しました。「なにか重たいもので、こいつの頭をぶんなぐって、船の窓から海にほうりだしたほうがよくはないですかね？」

「いや。かえってめんどうなことになるよ」と、ポリネシア。「ここはもうジョリギンキじゃないんだからね。ざんねんでした！　それに、こんなやつを通すほどでかい窓なんてないさ。上にいらっしゃる先生のところへ連れていこう。」

そこで、ぼくたちは男を舵のところまで連れていくと、男はうやうやしく先生にむかってぼうしに手をかけてあいさつしました。

「また、密航者です、船長。」バンポがかっこよく言いました。先生は、お気の毒に、発作でも起こすんじゃないかと思えました。

「おはようございます、船長」と、男は言いました。「ベン・ブッチャー、腕のいい海の男が、お役に立つべく登場しました。おれのことを必要となさると思いましたから勝手に入っちまいました――かなり気がとがめたんですがね。でも、あんたがた陸の人間が、たったひとりの本物の船乗りの助けもなしにこの航海に出ようとなさっているのを見て、いてもたってもいられなかったんです。おれがいなきゃ、みなさん、生きて帰ってこられませんや――だってほら、このメーンスル〔一番大きなマストの下の帆〕を見てくださいよ、船長――スロート〔上の前の部分〕がみんなゆるんでるじゃないですか。突風が来たら一発で帆がはずれちまいますよ――でも、おれが来たからには、もうだいじょうぶでさあ。すぐに、きちんとしてやりますよ。」

「いや、けっこうだ」と、先生。「もうだいじょうぶではないし、君に会えて私はうれしくない。パドルビーではっきり言ったろう。君はやとわないと。君にこの船に乗る権利はない。」

「でも、船長」と、腕のいい海の男は言いました。「おれなしで、この船の航海はむりですよ。あんたは航海術をご存じない。ほら、羅針盤をごらんなさい。航路を一・五ポイントはずれてますよ。あんたたちだけで、この旅をしようなんて正気のさたじゃねえ――そう言ってもかまわなければ、船長――あんた――あんた、この船をしずめちまいますぜ！」

「いいかね」と、先生は、とつぜんきびしい目になっておっしゃいました。「船をしずめたってかまわんのだ。前にも船をしずめたことはあるし、少しも気にならん。私がある場所へ行こうと決めたら、私はそこへ行く。わかるかね？　航法だの航海術だのなにひとつ知らんかもしれんが、それでもそこへ着くんだ。そして、君は世界一の船乗りかもしれんが、この船ではなんのへんてつもない、ありきたりのやっかい者でしかない。実にへんてつもない。実にありきたりだ。それゆえ、これから近くの港に立ちより、君を降ろすことにする。」

「そう。そして、ありがたいと思うがいいさ」と、ポリネシアが口をはさみました。「密航して塩づけ牛肉をたいらげちまった罪でとじこめられずにすんだことをね。」

「いったいこれからどうすればいいのかわからないよ。」ポリネシアがバンポにささやくのが聞こえました。「もうなにも買うお金もないし、あの塩づけ牛肉は一番大切な食料だったんだ。」

「かわりに、」と、バンポがささやき返しました。「この男を塩づけにして食べちゃうっていうのはどうですかね。なくなった塩づけ牛肉五十五キロよりも目方はありそうですし。」

「ここはジョリギンキじゃないって何度言えばわかるんだい？」ポリネシアがぴしりと言いました。「――とは言うものの、」ちょっと考えてからポリネシアは言いました。「それ、すごい名案だね。だれもこいつが船に入ってくるところを見てないわけだし

――ああ、でもダメだぁ！　塩が足りない！　それに、こいつタバコくさいからね。」

第五章　ポリネシアの計画

それから先生は、地図を見ながら少し計算をするあいだ、ぼくに舵《かじ》をかわってくれとおっしゃって、どんな新しい針路をとるべきかお考えになりました。

「結局、カパ・ブランカ諸島へ行かねばなるまい。」

船乗りがむこうをむいているとき、先生は、ぼくにおっしゃいました。

「まったくめいわくなことだ！　しかし、ブラジルまでずっとこの男がしゃべるのを聞いているくらいなら、いっそのことパドルビーに泳いで帰ったほうがましだね。」

たしかに、このベン・ブッチャーという男は、ひどい男でした。ふつう、おまえなんかいらないと言われたら、おとなしくだまっているものだと思うのですが、ベン・ブッチャーはちがいました。甲板を歩きまわって、あれがちがう、これがちがうと、けちをつけてまわるのです。錨《いかり》のあげかたがちがう、船倉の昇降口《ハッチ》がきちんとしまっていない、帆が前後反対だ、ロープの結びかたもみなまちがっているという調子です。

とうとう先生が、だまって下にいなさいと命じましたが、男はいやだと言います——

—甲板にいられるかぎりは、陸者《おかもの》なんかの言うことなどきくものかと言うのです。そのため、ぼくたちは少しおちつかなくなりました。なにしろ見あげるばかりの大男ですから、もしさわぎだしたら、なにをされるかわかりません。

どうしたものかとバンポとぼくが下の食堂で相談していると、ポリネシアとジップとチーチーもやってきて話にくわわりました。計画を思いついたのは、いつものとおり、ポリネシアでした。

「いいかい。あのベン・ブッチャーってやつは、悪い密航者だ。船乗りを見分けるあたしの目はたしかだからね。でもって、あいつは見るからに、どうも気に食わない。」

「ほんとに、先生は、」と、ぼくは口をはさみました。「ちゃんとした船乗りなしに大西洋をこえていけるのかな?」

というのも、これまでぼくたちがやってきたことはみんなまちがっていたと知って、ぼくはすっかりおどろいてしまっていたのです。もし嵐にでもあったら——いい天候はしばらくのあいだしかつづかないと、ミランダは言っていましたし——いったいどうなるのでしょう。そのうえ、船の進行はもう何日もおくれていました。ところが、ポリネシアはただ、ばかにしたように頭をふんとつきあげただけでした。

「いやいや、ぼうや、ドリトル先生といっしょにいるかぎり、だいじょうぶさ。それを忘れないことだね。あんなばかな船乗りの言うことなんか真に受けちゃいけない。

もちろん、先生のやっていることはまちがいだらけってのは、ほんとだけどね、先生にとっちゃどうでもいいことさ。あたしの言うことをよくお聞き。ドリトル先生といっしょに旅するかぎり、いつだって目的地に着くのさ。先生もそうおっしゃっていただろ。あたしゃ、先生とずいぶん長いこといっしょにいるからわかっているんだよ。そりゃ、時には、着いたときに船がひっくりかえっているなんてこともあるけど、ひっくりかえってないことだってあるんだ。どっちにしたってちゃんと目的地に着いている。それに、先生にはもうひとつすごいことがある。」ポリネシアは考え深そうに言いました。

「先生はいつだって、ものすごく運がいいんだ。めんどうにまきこまれるけれど、必ず最後にはうまくいくのさ。むかし、マゼラン海峡を通ったとき、ひどい強風で――」

「でも、ベン・ブッチャーは、どうするよ？」ジップが口をはさみました。「ポリネシア、なんか計画があるんじゃないのかい？」

「あるよ。あたしがおそれているのは、あいつ、すきをねらって先生の頭をなぐって、ダイシャクシギ号の船長におさまっちまうんじゃないかってことさ。悪い船乗りは、ときどきそんなことをするからね。そして、勝手に船を動かしちまう。そういうのをね、〝反乱〟っていうんだよ。」

「そうだ」と、ジップが言いました。「だから、急いでなんとかしなきゃ。カパ・ブランカには、あさってまでつけないから、先生があいつとふたりっきりになるようにはしたくないね。あいつ、なんだか、ひどく悪いやつのにおいがするぞ。」

「すべて算段はついてるさ。」ポリネシアは言いました。「お聞き。まず、あのドアの鍵《かぎ》は、鍵穴にささったままかな？」

ぼくたちは食堂の外側を見て、鍵がささっていることをたしかめました。

「よぉし。」ポリネシアは言いました。「まず、バンポは昼食のテーブルのしたくをしておくれ。そんでもって、みんなはかくれるんだよ。そして十二時に、バンポはここで食堂の鐘を鳴らす。ベンのやつは、それを聞いたらすぐに、もっと塩づけ牛肉が食べられると思ってここにくる。バンポはドアの外にかくれていて、ベンが食堂のテーブルについたとたん、ばたんとドアをしめて鍵をかける。それでやつをつかまえられるってわけ。わかった？」

「なんて策略的なんだ！」バンポがくすくすと笑いました。「キケロの言うとおり、『オウムは名案をうむ』だね。すぐに食卓の用意をしてくるよ。」（バンポはキケロのラテン語の格言「類は友を呼ぶ」をもじった、しゃれを言ったのです。）

「そう、それから部屋を出るときには、食器だなからウスター・ソースをぬきとっておくれよ」と、ポリネシア。「その辺に食べられるものをほうっておいちゃだめよ。あいつは、もうたっぷり食べているから、三日くらいはもつよ。それに、この部屋から出す前に少しやせていてくれたほうが、カパ・ブランカでやつを陸にあげるとき、あばれる心配もなくなるだろうしね。」

そこで、ぼくたちはろうかに身をかくして、ようすをうかがいました。すぐにバンポが階段の下へやってきて、めちゃくちゃに食事の鐘を鳴らして、食堂のドアのうしろにさっと身をかくしました。ぼくたちは、じっと耳をすましました。

ほどなく、ドスン、ドスン、ドスンと、腕のいい海の男のベン・ブッチャーが階段をおりてきました。食堂に入ると、テーブルのはしの先生の席にすわり、ふとったあごの下にナプキンをおしこんで、さあ、どんなごちそうが出るかなというふうに、ため息をつきました。

そのとき、バーン！とバンポがいきおいよくドアをしめて、鍵をかけました。

「これでしばらくは、やつもおとなしくなる。」かくれ場所から出てきながら、ポリネシアが言いました。「さあ、これでやつは食器だなにでも航海術を教えるがいいさ。いやまったく、ずうずうしいやつだよ！　あの勝手ないなかっぺがあれこれぬかすから、こっちは海のことをすっかり忘れちまった。上にあがって、先生に報告しよう。バンポ、これから二日は、船室で食事を出してもらわなければならないね。」

大はしゃぎでノルウェーの船乗りの歌を歌いながら、ポリネシアはぼくの肩にあがり、ぼくたちは甲板にあがっていきました。

第六章　モンテヴェルデのベッド屋

カパ・ブランカ諸島には、三日滞在しました。

あれほど急いでいたのに、そんなにのんびりしていたのには、ふたつの理由があります。ひとつは、腕のいい海の男ベン・ブッチャーのおそるべき食欲によって食料が足りなくなってしまったことです。船倉に行って足りないもののリストを作ってみると、牛肉以外にもずいぶんいろいろ食べられていることがわかったのです。

お金がないため、なくなったものをどうやって買いそろえたらいいのか、ぼくたちは、とほうにくれてしまいました。先生は、自分のトランクをひっくり返して、なにか売れるものはないか、さがしました。しかし、見つかったものといえば、針がこわれて、うしろがへっこんでいる懐中時計だけでした。これでは、お茶の葉を少し買うぐらいしかできません。バンポは、ジョリギンキでおぼえた歌を通りで歌ってみせようかと言いましたが、先生は、島の人たちはアフリカの歌を聞きたいとは思わないだろうとおっしゃいました。

島にとどまっていたもうひとつの理由は、闘牛です。この諸島はスペイン領だったので、日曜日には、いつも闘牛がもよおされていました。ぼくたちが着いたのは金曜日で、あの腕のいい海の男をやっかいばらいしたあと、町を散歩してみました。

それはとてもおかしな小さな町で、これまで見たことがある町とぜんぜんちがっていました。通りはどれもくねくね曲がりくねってせまく、馬車が一台かろうじて通れるぐらいの道はばでした。家々の上の部分が通りに張り出していて、屋根裏の窓から身を乗り出せば通りの反対側の家の人と握手ができるほど家と家がくっついていました。先生は、この町はモンテヴェルデという、とても古い町だとおっしゃいました。

お金などなかったので、もちろんホテルのようなところには泊まれません。でも、二日目の夕方のことでした。ベッド屋の前を通りがかると、売り物のベッドが通りにならべられていて、店の主人が店先で、かごのオウムに口笛を吹いていたので、先生がスペイン語で話しかけました。先生とベッド屋は、鳥のことなどを話しているうちにとても親しくなり、ちょうど夕飯時だったので、ベッド屋は、家へあがって夕飯を食べていけとすすめてくれました。

もちろん、これはねがってもないことでした。とてもおいしい料理で、たいていオリーヴ油が使われていました。特に揚げたバナナは、ほっぺたが落ちそうでした。夕飯が終わると、ぼくたちは、道に出したいすにすわって、夜おそくまでおしゃべりをしました。

ついに、ぼくたちが船へ帰ろうと立ちあがったとき、このとても親切なご主人は、どうあってもぼくたちを帰そうとしませんでした。

「港への道はとても暗いし、月も出ていないから、きっと道に迷ってしまう。今夜はここに泊まっていって、朝になったらお帰りなさい」と言うのです。

それでとうとう、ぼくたちも折れました。ただ、ベッド屋さんの家には、お客さん用の寝室などありませんでしたから、店の前の道にならべてあった売り物のベッドにねかせてもらいました。その夜はとても暑く、かけぶとんは要りませんでした。こんなふうに、人の往来や町のにぎわいを見ながら、外で寝るなんて、とてもゆかいなことでした。

スペイン人って、ぜんぜん眠らないみたいなんです。すごくおそかったのに、あたりの小さなレストランやカフェはずっと開いていて、お客さんが通りに出された小さなテーブルで、コーヒーを飲んだり、楽しげにおしゃべりをしたりしていました。カップのカチャカチャいう音や、ペチャクチャという話し声にまじって、遠くのほうから、ギターをつまびく音がかすかに聞こえてきました。

どういうわけか、遠くパドルビーにいるおかあさんとおとうさんが、毎日夜になったらフルートの練習をするといったような決まりきった生活をしていることを考えてしまいました。なんだか、もうしわけないと思ったのです。だって、ぼくはこうやって、しょっちゅう新しいことをして――寝ることだけでも、こんなに楽しかったりするのに――おかあさんとおとうさんは、こんな旅の人生のおもしろさを知らないわけですから。でも、かりに、歩道の上のベッドでお休みくださいなんて言われても、おかあさんたちだったら、とんでもないと、ことわっていたでしょうけれど。人間って、ほんと、おかしなものです。

第七章　先生の賭《か》け

あくる朝、ぼくたちは、たいへんさわがしい音で目をさましました。通りのむこうから、とてもはでな服を着た男たちが行列を作ってやってきます。あとから、女の人たちや子どもたちがぞろぞろとついてきて、わいわいきゃあきゃあ、さわいでいます。

ぼくは先生に、なにごとですかとたずねました。

「闘牛士だよ」と、先生。「あす、闘牛があるんだ。」

「闘牛ってなんですか」と、ぼくはたずねました。

おどろいたことに、先生の顔は、怒りで真っ赤になりました。先生がご自宅の動物園にライオンやトラがいないことをお話しになったときのことを、ぼくは思い出しました。

「闘牛というのは、おろかで残酷で、いやらしいものだ。スペイン人は、とてもすてきで親切な人たちなのに、なぜ闘牛なんてひどいものを楽しめるのか、まったくわからんよ。」

それから先生は、闘牛を説明してくださいました――まず、牡牛《おうし》をからかってとても怒らせて、円い場内に走りこませ、そこで男たちが手にした赤いマントを牛にむかってふって、ますます怒らせてから、逃げます。次に、牛は、自分の身を守ることもできないかわいそうな弱い年寄りの馬を何頭もつきあげたり殺したりして、つかれはて、息もたえだえになっていきます。そこへ、男の人たちが剣を持って登場し、牛を殺してしまうのです。

「日曜日にはいつも、」と、先生はおっしゃいました。「スペインじゅうのほとんどの大きな町で、そんなふうに、ひとつの町につき六頭の牛と、たくさんの馬が殺されているのだ。」

「人間も、牛に殺されたりしないんですか？」ぼくはたずねました。

「ざんねんながら、めったには殺されん」と、先生。「牛というのは、見かけほど危険ではないんだよ。たとえ牛が怒っていても、足こしがすばやくて、おちついていさえすれば、かわせるんだ。闘牛士〔マタドールと呼ばれる〕というものは、とてもかしこくて、すばしっこい。だから、みんな――とりわけスペインのご婦人がたは――闘牛士に夢中なんだ。有名な闘牛士は、スペインじゃ王さまよりもえらいんだよ。ほら、また一団となって角を曲がってやってきた。女の子たちが投げキッスをしているじゃないか。ばかばかしいったらありゃしない！」

そのとき、ぼくたちの友だちのベッド屋さんが、行列を見に表に出てきました。ぼくたちに「おはよう、よく眠れましたか」と聞いているところへ、ベッド屋さんの友だちがやってきて、ぼくたちに声をかけました。「こちらは、ドン・エンリケ・カルデナスさんです」と、ベッド屋さんがしょうかいしてくれました。

ドン・エンリケは、ぼくたちがどこからやってきたかを聞くと、英語で話しかけてきました。きちんとした教育を受けていて、礼儀作法のしっかりした人のようでした。

「あすは、闘牛を観にお出かけでしょうね？」と、ほがらかに先生にたずねます。

「行くものですか」と、ドリトル先生はきっぱりおっしゃいました。「闘牛なんか大きらいです。あんな残酷で、ひきょうな見せ物など。」

ドン・エンリケは、今にもどなりだしそうなようすでした。これほどカッとなった人を見たことがありませんでした。「あなたは、ご自分がなにを言っているのかおわかりになっていない。闘牛は高貴なスポーツであり、マタドールは世界一勇敢な男だ」と、先生に言いました。

「ふん、くだらん！」と、先生は言いました。「かわいそうな牛をいじめているだけじゃないかね。牛がすっかりつかれて、目をまわしているときになって、ようやくあんたがたのごりっぱなマタドールが、殺しにご登場なさるだけだ。」

ドン・エンリケはあまりにも頭にきていて、先生をなぐるんじゃないかと思えました。でも、しどろもどろになってことばをさがしているすきに、ベッド屋が割って入り、先生をわきへ連れ出しました。そして、「このドン・エンリケ・カルデナスは、とてもえらい人なのだ」と、先生に小声で説明しました。

「カパ・ブランカ諸島の闘牛で使うすべての牛は――とりわけ強くて黒い牛は――この人が自分の牧場から連れてきているのです。たいへんな金持ちで、とてもえらい人なんですよ」と、ベッド屋は説明しました。どんなことがあっても、怒らせたりしてはいけません、と。

ベッド屋が説明を終えたときの先生のお顔を見ていますと、なにかいいことでも思いついたのか、いたずらっ子のような目のかがやきがありました。先生は、怒ったスペイン人のほうをむきました。

「ドン・エンリケさん。闘牛士はとても勇敢で、りっぱな腕の持ち主だとあなたはおっしゃる。私は、闘牛などくだらんスポーツだと言ってしまって、あなたを怒らせたようです。ところで、あすの見せ物に出る最高のマタドールのお名前はなんといいますか？」

「マラガのペピートです。スペイン一の偉大な、最も勇敢な男です。」

「よろしい」と、先生はおっしゃいました。「あなたにひとつ、提案をしましょう。私は、生まれてこのかた、闘牛をしたことがありません。そこで、もし私が、あす、マラガのペピートやそのほかあなたがこれぞと思う闘牛士たちといっしょに闘牛場に入り、その闘牛士たちよりも私のほうがたくさん技をお見せできたら、あることを私に約束してくれませんか？」

ドン・エンリケは、のけぞって笑いました。

「あなた、気はたしかですか？　あっという間に殺されてしまいますよ。一人前の闘牛士になるには、何年も訓練を受けなければならないのです。」

「私がその危険もいとわないとしたら——あなた、まさか、私の申し出を受けるのがこわいのではないでしょうね？」

ドン・エンリケは顔をしかめて、さけびました。

「こわいですと！　ふん。闘牛場であなたがマラガのペピートを打ち負かすことができたら、私にできることならなんだってやってみせると約束しましょう。」

「よろしい。あなたはこの諸島ではたいへんな有力者であるとうかがっております。もし、あす以降闘牛は全面禁止とあなたがお決めになれば、全面禁止になるのでしょうな？」

「そうです」と、ドン・エンリケは、ほこらしげに言いました。「そのとおり。」

「では、それをおねがいすることにしましょう——もし私が賭けに勝てば、ですが。」

ドリトル先生はおっしゃいました。「怒った牛たちを、マラガのペピートよりじょうずにあしらったら、カパ・ブランカ諸島では一切闘牛をさせないと、あなたの命にかけてお約束ください。その条件でいかがですかな？」

ドン・エンリケは手をさしだしました。

「その条件をのみましょう。お約束します。でも、警告しますが、命をどぶに捨てるようなものですよ。確実に殺されますから。ですが、闘牛がくだらないスポーツだとおっしゃるからには、それも自業自得です。細かな取り決めをなさりたければ、あすの朝、ここでお会いしましょう。では、ごきげんよう。」

ドン・エンリケがまわれ右をして、ベッド屋とともに店のなかに歩いていくと、いつものように話をずっと聞いていたポリネシアが、ぼくの肩に飛んできて、こう耳もとでささやきました。

「いい計画がある。バンポといっしょに、先生に聞かれない場所においで。話がある。」

ぼくはバンポのひじをつつくと、バンポといっしょに通りをわたり、宝石屋のショー・ウィンドーをのぞきこむふりをしました。そのあいだ、先生はベッドにすわって、ブーツのひもを結んでいらっしゃいました。昨晩眠る前に、ブーツだけおぬぎになったのです。

「いいかい」と、ポリネシアは言いました。「食料を買うためのお金をなんとか工面しようとずっと頭をひねっていたんだが、ようやく見つけたよ。」

「お金を？」と、バンポ。

「ちがうよ、ばかだね。お金を手に入れる方法を見つけたんだよ。いいかい。まちがいなく先生は、あした、この勝負にお勝ちになる。そこでだ。スペイン人たちと、賭《か》けをすればいい――あいつら、賭けは大好きだからね――それで一丁あがりさ。」

「賭けってなあに？」と、ぼくは聞きました。

「あ、わかった」と、バンポが得意げに言いました。「オックスフォードじゃ、ボートレースのときにしょっちゅうやってたよ。ドン・エンリケのところへ行って、『ドリトル先生が勝つほうに百ポンド賭けよう』って言うんだ。でもって、先生が勝てば、ドン・エンリケは私に百ポンドをはらい、勝たなきゃ、私がドン・エンリケに百ポンドはらうんだね。」

「そういうこと」と、ポリネシアは言いました。「ただ、百ポンドじゃだめだ。二千五百ペセタって言いな。さあ、あのドン・ナントカを見つけだして、金持ちのふりをするんだ。」

そこで、ぼくたちはまた通りをもどってきて、先生がまだブーツでてこずっていらっしゃるあいだに、ベッド屋の店のなかへもぐりこみました。

「ドン・エンリケさん」と、バンポは声をかけました。「お初にお目にかかりますが、私《わたくし》は、ジョリギンキ国の皇太子です。あすの闘牛について、私とちょっとした賭けをなさいませんか？」

ドン・エンリケはおじぎをしました。

「もちろんですとも。よろこんで。でも、あなたがお負けになりますよ。おいくらですか？」

「なあに、ただのお遊びですよ」と、バンポ。「ほんのおもしろ半分で。三千ペセタでいかがですか？」

「わかりました。」ドン・エンリケは、もう一度おじぎをして言いました。「あす、闘牛のあとでお会いしましょう。」

「よし、うまくいった。」ぼくたちが先生のところへもどってくるとき、ポリネシアは言いました。「これで、ずいぶん気が楽になったわ。」

第八章　すばらしき闘牛

次の日は、モンテヴェルデの特別な日でした。通りという通りに旗がはためき、どこもかしこもはでな服を着た大勢の人でごったがえしていました。みな、たいへんな見ものがあると聞きつけて、闘牛場へむかっていたのです。

先生が挑戦したといううわさは町じゅうにひろがっていて、島の人たちにとてもおもしろがられていました。どっかのよそ者が偉大なマラガのペピートに挑戦したってさ。信じられない！　殺されたとしても、ざまあみろさ！

先生はドン・エンリケから闘牛士の服を借りました。それを着た先生はとてもはでで、りっぱそうではありましたが、バンポとぼくがどんなにがんばって前のボタンをとめたところで、先生のおなかがあまりにも出ているので、ボタンがちぎれて、あちこちに飛びちってしまうのでした。

波止場から闘牛場へむかって歩きはじめると、小さな少年たちの一団が走って追いかけてきて、先生が太っていることをこうはやしたてました。

「ホアン・ハガポコ、エル・グルエソ・マタドール！」

これは「でぶの闘牛士ジョン・ドリトル」という意味のスペイン語です。

闘牛場に着くとすぐ、先生は、戦いがはじまる前にまず牛を見ておきたいとおっしゃいました。すると、ただちに牛の囲《かこ》い場に案内されました。高い手すりのむこうには、六頭の巨大な黒い牡牛《おうし》があらあらしく足をふみならして暴れていました。

先生は、急いで身ぶりを交えて二言、三言で、牛たちにこれから先生がしようとしていることを伝え、牛たちがこれから闘牛場でどうしたらいいのか細かな指示をあたえました。牛たちは、闘牛が中止になる可能性があると聞いてとてもよろこび、言われたとおりにすると約束しました。

もちろん、ぼくたちをそこへ案内してくれた男には、なにが起こっているのかわかりませんでした。ただ、太ったイギリス人が身ぶりをしながら牛のことばで話すのを見て、こいつは頭がおかしくなったと思っただけでした。

そこから先生が闘牛士の控え室へ行っているあいだに、バンポとぼくは、ポリネシアといっしょに大きな闘牛場に入って、見物席に席をとりました。

晴れ着で着かざった何千もの紳士淑女が集まっていて、はなやかな光景でした。だれもがとてもうれしそうに、楽しそうにしていました。

のっけからドン・エンリケが立ちあがって、プログラムの一番目は、イギリス人医師とマラガのペピートの試合ですと人々に説明しました。医師が勝ったら自分がなにを約束したかも話しました。しかし、医師が勝つなんてありえないと人々は思っていたようです。「医師が勝ったら」と言っただけで、どっと笑い声が起きました。

ペピートが闘牛場に出てくると、人々は歓声をあげ、ご婦人がたは投げキッスをし、殿がたは手をたたいてぼうしをふりました。

やがて闘牛場の反対側の大きな扉がぱっと開くと、牛が一頭かけこんできました。それから、扉がまたしまりました。闘牛士はさっと警戒をし、赤いマントをふると、牛が闘牛士めがけて走ってきます。ペピートはすばやくわきへかわし、人々はまた拍手をしました。

このやりとりが何度かくり返されましたが、ペピートがあぶないところへ追いこまれてほんとうに牛にやられそうなときには、いつも近くにいるペピートの助手がべつの赤いマントをふってそちらへ注意をそらしていることに、ぼくは気がつきました。すると、牛は助手のほうをおいかけ、ペピートは安全になるというわけです。たいていは、この助手は自分のほうに牛を引きよせると、走っていって、高い柵《さく》をこえて広場の外へ逃げこむのです。

明らかに闘牛士たちはそういうやりかたを前もって準備しているので、足をすべらせたり転んだりしないかぎり、ぎこちないあわれな牛にひどい目にあわされる危険はまずないように思えました。

こんなことが十分ほどつづいたあと、闘牛士の控え室につづく小さなドアが開いて、先生が闘牛場へと歩み出てきました。空色のベルベットの服に身をつつんだこの太った人物があらわれると、観客席は割れるような笑い声でゆれました。

ホアン・ハガポコこと、ドリトル先生は、闘牛場のまんなかへ歩み出て、ボックス席にいるご婦人がたにうやうやしくおじぎをすると、今度は牛におじぎをし、次にペピートにおじぎをしました。先生がペピートの助手におじぎをしている最中に、牛は背後から先生にむかって突進しはじめました。

「気をつけろ！　あぶない！　牛だ！　殺されるぞ！」人々はさけびました。

ところが、先生はおちついて、おじぎを最後までつづけます。そして、ふりかえりざま、腕組みをし、走ってくる牛をおそろしい形相でにらみつけました。

すると、ふしぎなことが起こりました。牛のいきおいがみるみるゆっくりになったのです。まるで、にらまれるのがこわいかのようです。やがて、ぴたりと止まってしまいました。先生は、牛にむかって指を一本立てて、「だめ、だめ」というふうに、ふってみせました。牛はふるえはじめました。そしてとうとう、しっぽを巻いて、逃げだしてしまいました。

人々は息をのみました。先生は牛を追いかけます。闘牛場のなかをぐるぐると、牛も先生も息を切らせてハアハアいいながら、走りまわります。人々のなかに、興奮したささやきがひろがりはじめます。こんなことは闘牛では見たことがありません。人が牛から逃げるのではなく、牛が人から走って逃げるだなんて。ついに十周したところで、ラストスパートをかけたイギリス人闘牛士ホアン・ハガポコは牛のしっぽをつかまえました。

それから、今やおとなしくなった牛を闘牛場のまんなかへひっぱってくると、先生はいろいろな芸をさせました。うしろ足で立たせるかと思えば、前足で立たせ、おどらせ、はねさせ、ごろごろまわらせ、最後にはひざまずかせてしまいました。それから先生は、牛の背に乗って、角の上で前転とびをするなど、いろいろな芸当をやって見せました。

ペピートとその助手は、かわいそうに、むくれていました。人々はこのふたりのことをすっかり忘れていたのです。ふたりは、ぼくがすわっている近くの柵のそばに立って、おたがいになにかぶつくさ言いあいながら、ねたましさで顔色がだんだん青くなっていました。

最後に先生がドン・エンリケのすわっている席にむかっておじぎをしながら、大声で言いました。「この牛はもう役に立ちません。おびえて息もたえだえです。どうか連れていってください。」

「べつの牛を一頭ご所望でしょうか？」ドン・エンリケがたずねました。

「いえ」と、先生。「一頭でなく五頭おねがいします。みないっぺんに入れてください。」

これを聞いて人々は恐怖のさけびをあげました。これまで闘牛士は一度に一頭の牛から逃げるものでした。それを、五頭ですって！　そんなことをしたら確実に殺されてしまいます。

ペピートは飛び出していって、こんなことは闘牛のあらゆる規則に反することであるから、お許しにならないでくださいとドン・エンリケに呼びかけました。（「ハハ！」ポリネシアがぼくの耳もとでくすくす笑いました。「先生の航海術と同じだね。あらゆる規則に反するってのは。でも目的地には着くんだ。こいつを先生にやらせてくれたら、お客さんたちの見たことのないような最高のショーが見られるんだけどねぇ。」）かんかんがくがくの議論がはじまりました。ペピートの側につく人たちと、先生の側につく人たちがちょうど半分ずつでした。とうとう、先生はペピートをふりかえって、ふたたびとても大げさなおじぎをしてみせたので、チョッキの最後のボタンがブチッと切れました。

「もちろん、ペピートさんがこわいなら――」と、先生は愛想のいい笑みを浮かべながら言いました。

「こわいですと！」ペピートはさけびました。「私にこわいものなどない。私はスペイン一偉大な闘牛士だ。この右手で九百五十七頭の牛を殺したのだ。」「それでは」と、先生。「あと五頭殺せるか、見せてもらおうじゃありませんか。牛たちを入れるがいい！」先生はさけびました。「マラガのペピートは、なにもこわくないそうだ。」

牛の囲い場の重たい扉が開くと、大きな闘牛場にはおそろしい静けさがひろがりました。それから、うなりをあげて、五頭の大きな牛が闘牛場にとびこんできました。「こわい顔つきをしていなさい。」先生が牛語で呼びかけたのが聞こえました。「ちらばらないで。かたまって、とびかかるようにかまえるんだ。まず、ペピートをねらえ。あの紫色の男だ。でも、たのむから、殺してくれるな。ただ闘牛場から追い出すだけでいい。じゃあいいか、みんないっしょに、かかれ！」

牛たちは頭を下にして一列にならぶと、まるで騎兵大隊のようにまっすぐ、あわれなペピートめがけて突撃しました。

一瞬、ペピートは、勇敢そうに見えるようにがんばりましたが、五組もの角が自分にむかって猛スピードで突進してくるのを見たらたまりません。くちびるまで真っ青になって逃げだし、柵を飛びこえて消えてしまいました。

「残るは、あいつだ」と、先生は牛たちを追いたてました。すると、二秒後には、あの勇敢な助手はどこにも見あたらなくなってしまいました。五頭の飛びはねる牛とともに闘牛場に残ったのは、でぶの闘牛士ホアン・ハガポコだけです。

それからあとの見せ物はたいへんおもしろいものでした。まず、五頭の牛が闘牛場じゅうを走りまわり、角で柵をついたり、ひづめで砂をひっかいたりして、殺す相手はいないかとさがしています。それから、一頭ずつ順ぐりに、まるで初めて先生に気がついたかのようなふりをして、怒りのうなりをあげて、先生を空高くつき飛ばそうとするかのように、こわそうな角を低くかまえて、矢のように広場をかけてきます。

ぼくは、ほんとうにこわくなって、ぞくぞくしました。すべて打ち合わせどおりだとわかっていても、牛がもう少しで先生をつきそうになるところまで来るのを見たときには、先生が殺されると息をのみました。でも、あと五センチで空色のチョッキに角がつきささるという最後の瞬間、先生はさっとよけたので、大きなけものたちは、ほんとうに間一髪のところで先生をさし殺さずに、ドドドドッと走りぬけたのです。

それから五頭は、すっかり先生をとりかこむと、先生にむかって角をつき立て、怒りのうなりをあげながら、みなでせまってきました。どうやって先生が死なずにのがれたのかはわかりません。というのも、頭をつきたて、ひづめをふみ鳴らし、しっぽをふりながら、牛たちがぶつかりあっている数分間、先生のまるいすがたはぜんぜん見あたらなくなっていたからです。ポリネシアが予言したとおり、これはまったく前代未聞のすばらしき闘牛でした。

見物客のひとりのご婦人がすっかり頭に血がのぼって、ドン・エンリケに金切り声をあげました。

「やめさせて！　やめさせて！　あんな勇敢な人を殺しちゃだめよ。この人こそ、世界一のすばらしい闘牛士だわ。殺さないで！　やめさせて！」

ところがすぐに、先生は、自分をとりかこんでいた牛のむれからするりとぬけだしました。そして、次々と牛の角をつかむと、首をぐいとひねって、砂の上にすべての牛を腹ばいにさせました。りっぱな牛たちは、じょうずな演技をしてみせました。サーカスだって、これほど訓練の行き届いた動物はいません。先生に投げられて、牛たちはまるですっかりくたくたで、もう降参ですというふうに地面の上であえいで横たわっていました。

それから、ドリトル先生は、ご婦人がたへの最後のおじぎをしながら、ポケットから葉巻をとりだすと、それに火をつけて、闘牛場からどうどうと退場しました。

第九章　急いで出発だ

先生のうしろでドアがしまったとたん、こんなすごい音は聞いたことがないというくらいすごい音がしました。怒っているらしい男の人たち（きっとペピートの友だちでしょう）もいましたが、ご婦人がたが、先生に広場へもどってきてくれとさわいでいたのです。

ようやく先生が広場にもどると、女性たちはもうすっかり先生に夢中のようでした。みんな投げキッスをして、先生のことを「愛《いと》しい人」なんて呼んでいます。それから、持っていたお花だの、指輪だの、ネックレスだの、ブローチだのをはずして、先生の足もとに投げてよこします。こんなの見たことありません――宝石とバラが、雨のように降ってくるのです。

ところが、先生はほほ笑んだだけで、もう一度おじぎをすると、退場してもどってきました。

「さあ、バンポ」と、ポリネシアが言いました。「あんたの出番だ。あそこに出ていって、あのガラクタをぜんぶとってきておくれ。売って金にかえるんだから。えらい闘牛士はそうするんだ。宝石を地面にうち捨てておいて、助手がかわりに集めるのよ。チャンスがあるうちに金をためこもうじゃないの――先生と旅をしていたら、いつ金がいるかわかったもんじゃないからね。バラは気にしなくていい――ほうっておいて――でも指輪はとり残しちゃだめだからね。それがすんだら、今度はドン・ナントカから三千ペセタをもらっておいで。トミーとあたしは、外で待っているからね。そしたら安物の宝石をベッド屋のむかいのユダヤ人の店に質入れするのよ。急いでお行き。それから、先生には絶対ないしょだよ、いいね。」

闘牛場の外では、人々がまだ興奮さめやらぬようすで、あちこちではげしい言いあらそいをしていました。バンポがあちこちのポケットをふくらませて、ぼくたちのところへやってきたので、ぼくたちは人ごみのなかをゆっくりと闘牛士の控え室のあるほうへ進みました。先生がドアのところでぼくたちを待っていてくださいました。

「おみごとでした、先生！」と、ポリネシアが飛んでいって先生の肩へとまって言いました。「大したものです！　でもね、ぶっそうですよ。できるだけ早く、こっそり船にもどったほうがよさそうです。そのとんでもない服の上にオーバーコートを羽織ってください。この人だかりのようすはどうも気に入りません。先生が勝っちまったから、半分以上の人が怒っています。ドン・ナントカはこうなったら闘牛を中止しなきゃなりませんからね。――みんな闘牛が大好きだってことは先生もご存じでしょ。くやしくて頭に血がのぼっているあの闘牛士どもが、なにかひきょうなことでもやらかすんじゃないか心配です。今のうちに、ずらかるのがいいでしょう。」

「君の言うとおりだ、ポリネシア」と、先生。「いつも君は正しいからね。あの人たちは、少し浮き足立っている。私はひとりで船にすべりこもう。気がつかれないようにね。そして、みんなが来るのを待つことにするよ。君たちは、どこかよそを通ってきてくれたまえ。でもぐずぐずしてはいかん。急いでくれたまえ！」

先生が出発するとすぐに、バンポがドン・エンリケをさがしだして言いました。

「閣下、三千ペセタ、お支払いいただけますかな。」

ドン・エンリケはひとことも言わず、こまったふうにより目になって、お金をはらってくれました。

ぼくたちは次に食料を買いに出ました。とちゅうで辻《つじ》馬車をひろい、乗りこみました。

あまり行かないうちに、食べ物をなんでも売っていそうな大きな食料品店を見つけたので、なかに入って、生まれてこのかた見たことがないような最高級の食料を買いしめました。

ほんとに、ポリネシアが言ったとおり、ぶっそうなことになっていました。ぼくたちの勝利のニュースは、いなびかりのように町じゅうにひろがっていたにちがいありません。というのも、店から出て、馬車に荷物を積んでいると、怒った男たちの集団が通りのあちらこちらで棒をふりまわして、こうさけびながら、ぼくたちをさがしていたからです。

「イギリス人どもめ！　闘牛をやめさせた、あのイギリスのちくしょうどもはどこだ？　街灯につるせ！　海に投げこめ！　イギリス人どもめ！　イギリス人を見つけろ！」

むろん、ぼくたちは一刻もむだにしませんでした。バンポは、スペイン人の馬車の御者の胸倉をつかんで、身ぶり手ぶりで「だまって全速力で波止場まで馬車を走らせないと、しめ殺す」と言いました。それから、ぼくたちは馬車に積んだ食料の上に飛び乗ると、ドアをばたんとしめて、ブラインドをおろして出発しました。

「こうなると宝石を質に入れてる場合じゃないね。」ポリネシアは砂利《じゃり》道を走る馬車にゆさぶられながら言いました。「まあ、いいさ。あとで重宝するかもしれない。いずれにせよ、賭《か》けのお金がまだ二千五百ペセタ残っている。御者に二ペセタ五十以上やるんじゃないよ、バンポ。それが正しい運賃だからね。」

さて、なんとか波止場に着くと、先生のお言いつけで、チーチーがボートで出むかえに来てくれていたので、みんな大よろこびでした。

ところが、運悪く、馬車からボートへ荷物を積みかえている最中に、怒りくるった暴徒が波止場にあらわれ、こちら目がけて走ってきました。バンポは近くにあった大きな材木をさっと拾って、おそろしいアフリカのいくさのおたけびをあげながら、頭の上でぐるぐるとふりまわしました。こうしてバンポが連中を追いはらっているあいだに、チーチーとぼくとで残りの荷物を急いでボートに積み終えて、ぼくたちもよじのぼるようにしてボートに乗りました。バンポは、材木をスペイン人たちの集まっているところへ投げこむと、ぼくたちのあとからとび乗りました。そしてぼくたちは、波止場からボートを出して、無我夢中でダイシャクシギ号をめざしてこぎました。

波止場の暴徒たちは、どなってこぶしをふりまわすやら、石を投げつけるやらたいへんなさわぎでした。バンポは、かわいそうに、頭にびんを投げつけられました。けれども、すごい石頭だったので、小さなこぶができただけで、びんはこなごなにくだけちりました。

船の横に着いたときには、先生はすでに錨《いかり》をあげて、帆をあげ、逃げる準備をととのえていました。ふりかえると、波止場から、どなる男たちがぎっしり乗ったボートが何艘《そう》も追いかけてきます。ですから、いちいちボートから荷物を積みこんだりしないで、ただ船尾にロープでボートを結わえつけると、ぼくたちは船にとび乗りました。

ダイシャクシギ号の帆が風をはらみ、すべりだしたのはあっという間のことでした。

やがて、ぼくたちは猛スピードで波止場を出て、ブラジルへむかっていたのです。

ぼくたちが甲板にへたりこんで、息をついて休んでいると、ポリネシアが「ハァ!」とため息をつきました。「こいつは悪くない冒険だったよ。密輸業者と旅をしていたむかしの航海時代を思い出すねえ——いやまったく、あれは大した人生だった! 頭のことは気にしなさんな、バンポ。先生がちょっとアルニカチンキをぬってくれたら、すぐよくなるよ。あの闘牛の試合から、なにが手に入ったと思うね。ボートいっぱいの食料、ポケットいっぱいの宝石、それにしあわせいっぱいの数千ペセタだ。悪くないよ、ほんと——悪くない。」

第四部

第一章　ふたたび貝のことば

ムラサキ極楽鳥のミランダが予想したとおり、しばらくよい天気がつづきました。三週間、われらがダイシャクシギ号はしっかりと順風を受けて、ほほ笑む海の上をなめらかに進んでいきました。

本物の船乗りだったら、こんな船旅はたいくつだと思うのでしょうが、ぼくはわくわくしていました。南へ、西へと進むほどに、海の表情が毎日変わって見えるのです。船旅になれた人だったら気にもとめないような細かなことが、食い入るように見つめるぼくの目には、とてもおもしろく映ったのです。

ほかの船とあまりすれちがうことはありませんでした。一艘《そう》でもあると、先生がとり出してくださった望遠鏡で、みんなでながめました。ときどき、マストの上に色のついた小旗をいくつもかかげて合図して、なにか知らせはないかとたずねることもありました。するとむこうの船からも同じように合図が返ってくるのです。いろいろな合図の意味は、すべて船室にある先生の本に書いてありました。先生は、それは海のことばであり、イギリスであろうとオランダであろうとフランスであろうと、どんな国の船でも理解できるのだと教えてくださいました。

その数週間のうちに起きた最大のできごとは、氷山と出遭ったことでした。日光が氷山に降りそそぐと、おとぎ話の宝石の宮殿のように、いろいろな色にきらきらかがやきます。望遠鏡で見ると、氷山の上にホッキョクグマのおかあさんと子どもがいて、こちらを見ていました。むかし、先生が北極点を発見したときに先生に話しかけてきたクマだとわかりましたので、先生は船を近づけて、もしよかったら、あかちゃんといっしょにダイシャクシギ号に乗っていかないかとさそいました。でも、おかあさんグマは首をふり、ありがたいけれども、船の甲板はあかちゃんには暑すぎるし、あんよを冷やす氷もないからと、ことわりました。たしかに暑い日でした。しかし、大きな氷山の近くにいたために、ぼくたちはみな上着のえりを立てて、寒さでふるえました。

このような静かな平和な日々のあいだに、ぼくは先生に助けていただいて読み書きがずいぶんできるようになりました。かなりじょうずになったので、先生はぼくに航海日誌をつけさせてくださったほどです。これは、どんな船にもある大きな帳面で、走行距離や、航路や、起こったことなどを、なんでも書きつける日記のようなものです。

先生も、ひまさえあれば、ほとんどいつもご自分のノートになにか書きつけていらっしゃいました。ぼくはもう字が読めるようになったので、ときどき、それをのぞいて読んだものでしたが、先生の字は読みにくかったです。そうしたメモの多くは、海のことについて書かれたもののようでした。さまざまな海草についてのメモやスケッチでいっぱいの厚いノートが六冊あり、海鳥についてのノートもあり、海の虫や貝についてのノートもありました。いずれも、いつかは書き直され、印刷されて、きちんとした本になるものばかりでした。

ある午後、船のまわりに、枯れた草のように見える物体が大量にただよっているのに気がつきました。先生は、これはホンダワラという海草だと教えてくださいました。さらに進んでいくと、その海草がますますぎっしりと海に浮かんでおり、見わたすかぎり海をおおってしまうように見えました。おかげで、ダイシャクシギ号は、大西洋ではなく、牧場を進んでいるようでした。

この海草の上をたくさんのカニがはいまわっていました。それを見て、先生は、貝やカニの仲間のことばを習得したいという夢を思い出しました。先生は網でカニを何匹かすくいあげて、ことばを聞くための水槽のなかに入れて、なにか聞きとれないかためしてみました。カニにまじって、奇妙な恰好《かっこう》の、まるまるとした小魚がつかまりました。先生は、これはシルバー・フィジットだと教えてくださいました。

しばらくカニのことばに耳をかたむけてもうまくいかなかったので、先生はフィジットを水槽に入れて聞いてみました。ぼくは、このとき、ほかの用事をしに甲板へあがらなければなりませんでしたが、やがて下から「おりておいで」と、ぼくを呼ぶ先生の声が聞こえました。

「スタビンズ君。」先生は、ぼくを見るや大声をあげました。「まったくおどろくべきことだ。――実に信じがたい――夢を見ているんじゃないかと思うよ――この耳が信じられない。私は――私――わ――」

「先生」と、ぼくは言いました。「どうなさったんですか？　なにがあったんですか？」

「フィジットが、」と、先生は、小さなまるい魚がまだ静かに泳いでいる水槽をふるえる指でさしながらささやきました。「人間のことばを話しているんだ！　しかも――しかも――なんと、曲を口ずさむんだ――英語の曲を！」

「人間のことばを話すですって！」ぼくは、大声をあげました「口ずさむ！　まさか、ありえませんよ。」

「事実だ。」先生は興奮して、真っ青な顔でおっしゃいました。「ほんの数語、まったくなんの意味もないことばを言っただけだし、私にはわからないフィジットのことばとごっちゃになっていたが。でも、人間のことばだよ。私の耳がよほどどうかしてしまったんじゃなければね。しかも、口ずさむ曲はいつも同じ曲だ。そいつは絶対まちがいない。さ、君が聞いてみて、どう思うか教えてくれ。聞こえたことはすべて言ってくれたまえ。ひとことも聞きのがさんようにな。」

先生がノートとえんぴつを用意なさっているあいだ、ぼくはテーブルの上のガラスの水槽の前へ行きました。えりのボタンをはずして、先生が台として使っていらした空箱の上に立ち、右耳を水に入れました。

しばらくはなにも聞こえませんでした――ただ、ぬれていないほうの耳で、ぼくがなにを言うかと緊張して息をのんで待っている先生のはげしい息づかいが聞こえただけでした。とうとう、水のなかから、子どもが遠くで歌うような音が聞こえました。

「ああ！」ぼくは言いました。

信じがたいほど細く小さな声でした。

「なんだね？」先生は、しわがれた、ふるえる声でささやきました。「なんと言っている？」

「よくわかりません。たいていは聞いたことのない魚のことばです……あ、ちょっと待って！……あ、わかりました……『禁煙』……『ほら、見て、へんなのがいるわ！』、『ポップコーンと絵ハガキはこちら』……『お出口はこちら』……『つばをはかないでください』……なんておかしなことを言ってるんでしょうね、先生！……あ、でも、待って！……今度は口ずさんでます。」

「なんの曲だね？」先生は息をのみました。

「『ジョン・ピールを知ってるかい』です。」

「ああ、まさに」と、先生は大声を出しました。「私もそうだと思ったんだよ。」それから猛烈にノートに書きこんでいました。

　ぼくは、そのまま聞きつづけました。

「これはまったくおどろくべきことだ。」先生はえんぴつをページに走らせながら、自分にむかってぶつぶつと言いつづけていました。「まったくおどろくべき――だが、ひどくわくわくする。いったいどこで、こいつは――」

「また聞こえました。」ぼくは大声を出しました。「また人間のことばです。……『こ、こ、この大きな、タ、タ、タンクはそうじが必要だね』……それだけです。また、魚のことばを話しています。」

「大きなタンクだと！」先生はこまったふうに、まゆをひそめてつぶやきました。「いったい、どこでそんなことを……」

　それから、先生はいすから飛びあがりました。

「わかった」と、先生はさけびました。「この魚は水族館から逃げだしてきたんだ。なんだ、あたりまえじゃないか！　こいつがおぼえたことばを見てごらん。『絵ハガキ』――というのは水族館でいつも売っているものだ。『つばをはかないでください』、

『禁煙』、『お出口はこちら』――案内役が言うことだ。それから、『ほら、見て、へんなのがいるわ！』――水槽をのぞきこんだお客が言いそうなことだ。ぜんぶぴったりだ。うたがいはないね。スタビンズ君。ここにいるのは、とらわれの身から逃げだした魚だ。しかも、今や、こいつを通じて貝と会話をするということが――もちろん、確実ではないが――できる可能性は大となったよ。こりゃ運がいい。」

第二章　フィジットの物語

さて、こうして貝語を学びたいというむかしの道楽にふたたび火がついてしまった以上、もうどうにも止まりませんでした。先生は、夜を徹して仕事をつづけたのです。真夜中を少しすぎて、ぼくはいすで居眠りをしました。午前二時ごろ、バンポは舵《かじ》をとりながら眠ってしまいました。おかげで、五時間ものあいだ、ダイシャクシギ号は風の吹くまま気のむくままに流されました。それでも、ジョン・ドリトル先生は研究をつづけ、なんとかフィジットのことばを理解して、フィジットにこちらの言うことをわからせようとがんばったのです。

ぼくが目をさますと、真昼間になっていました。先生は、まだ水槽のところに立って、徹夜明けのつかれたようすで、びしょびしょにぬれていました。でも、その顔には、ほこらしげで、うれしそうなほほ笑みがありました。

「スタビンズ君」と、先生は、ぼくが動くのを見るや、おっしゃいました。「やったよ。フィジットのことばの手がかりをつかんだ。おそろしくむずかしいことばだ――

これまで耳にしたどんなものともかなりちがう。かすかにだが似ているとすれば、古代へブライ語だ。こいつは貝ではないが、貝類のことばを理解するのに大いに役だつことになる。さて次に、君にえんぴつと新しいノートを出してもらい、私が言うことをぜんぶ書きとってほしい。フィジットは、私に身の上話を聞かせてくれると約束してくれたのだよ。私がそれを人間のことばに訳すから、君はノートに書きとってくれたまえ。準備はいいかね？」

もう一度、先生は、片耳を水のなかへしずめました。そして、先生が話すことを、ぼくは書きとりました。これが、フィジットがぼくたちに語った物語です。

水族館で十三か月

「ぼくは、チリの沖合の太平洋で生まれました。家族は、ぼくを入れてぜんぶで二千五百十四です。おかあさんとおとうさんと別れてから、ぼくら幼いものはちりぢりになりました。クジラのむれに追われて、家族がばらばらになったのです。ぼくと妹のクリッパ（お気に入りの妹でした）は、命からがら、なんとか逃げおおせました。ふつう、じょうずにかわせさえすれば——さっと曲がることができれば——クジラから逃げるのはむずかしくはないんです。でも、クリッパとぼくを追っていたのは、かなりいやらしいクジラでした。石の下かどこかでぼくらを見失うと、もう一度もどってきて、ぼくらをふたたび広いところへ追い出すまで、くまなくさがしつづけるんです。あんなにいやな、しつこい動物は初めてでした。

　さて、ようやくそのクジラをふりはらったときには、ぼくらは南アメリカの西海岸沿いに北に数百キロも追われていました。その日は、ついていませんでした。一息つこうと休んでいると、べつのフィジットの仲間が大あわてで泳いできて、さけぶんです。『さあ！　命がおしかったら泳いで！　ツノザメがやってくるわ！』

　ツノザメというのは、特にフィジットが大好物なんです。つまり、ぼくらはお気に入りのエサというわけです。ですから、ぼくらはいつも、にごった深海には行かないようにしています。しかも、ツノザメからは、なかなか逃げきれません。やつらはひどく速いし、頭のいい狩りをしかけてくるからです。ぼくらはびっくりして、ふたたび逃げはじめました。

　さらに数百キロ行ったところで、ふりかえってみると、ツノザメがせまっているではありませんか。そこで波止場へ逃げこみました。それは、たまたま、アメリカ合衆国の西海岸の波止場でした。ここまでは、ツノザメも追ってこないだろうと思ったのです。たまたまですが、ツノザメは、ぼくらが波止場へ入ったのに気づかず、北の方角へ消えていって、二度とあらわれませんでした。あんなやつら、北極海で凍え死んだらいいんです。

でも、先ほど言ったとおり、ついていない日でした。ぼくと妹が、あちこちの船のあいだをそっとめぐりながら、ぼくらの大好物であるオレンジの皮の砂糖づけをさがしていると、ヒュー！　バシッ！――網でつかまえられてしまったのです。

ぼくらは無我夢中でもがきましたが、むだでした。網の目は小さく、じょうぶにできていて、けっとばそうが、はじけ飛ぼうが、びくともしません。ぼくらはそのまま船のわきを引きあげられて、照りつける昼の光のなか、甲板にどっとおろされ、水揚げされてしまったのです。

ひげを生やし、メガネをかけたふたりのおじいさんが、ぼくらの上にしゃがみこみ、奇妙な音を立てていました。ぼくらと同じように網にかかったタラの幼魚もいましたが、おじいさんたちは、そちらは海に投げ返していました。でも、ぼくらのことは、とても貴重だと思ったようです。ていねいに大きなびんに入れると、陸にあがって大きな家へ行き、ぼくらをびんから、水のいっぱい入ったガラスの箱へうつしかえました。この家は、波止場のはしにありました。ぼくらがきちんと呼吸できるように、海水がちょろちょろとガラスの水槽に流れこむようになっていました。もちろん、ガラスの壁のなかで暮らしたことなどありませんでしたから、最初はガラスのむこうへ泳ごうとして、全速力でガラスにぶつかってひどく鼻をいためたものです。

それから、何週間も何週間も、たいくつな日々がつづきました。その家では、できるかぎり、ぼくらをきちんとあつかってくれました。日に二度、メガネをかけたおじいさんたちがやってきて、ぼくらを得意そうに見て、きちんとエサをもらっているか、光の量は適切か、水は熱すぎも冷たすぎもしないかとたしかめました。

　でも、ああ、あの生活のつまらなさといったら！　まるで見せ物にでもなったかのようでした。毎朝、ある時間になると、家の大きな戸が開いて、ひまをもてあましている町じゅうの人たちが入ってきて、ぼくらを見るのです。その大きな部屋の壁じゅうに、ちがった種類の魚がたくさん入ったほかの水槽がならんでいました。そして、大勢の人たちは、水槽から水槽へと歩いて、ガラスごしにぼくらを見ました——まるでまぬけなカレイみたいに、口をぽかんとあけて。ぼくらはうんざりして、お返しにこちらも口をあけてやったのですが、連中は、それでぼくらのことをかなりおかしいと思ったようです。

　ある日、妹が言いました。『ねえ、お兄さん、あたしたちをつかまえたこの奇妙な生き物は、話ができると思う？』

『できるとも。』ぼくは言いました。『くちびるだけで話す者もいれば、顔全体で話す者もいて、また手で会話をする者もいるよ。気がつかなかったかい？　やつらがガラスのすぐ近くに来たら聞こえるよ。聞いてごらん！』

　そのとき、ほかの人たちよりも大きな女性が、ガラスに鼻をおしつけて、ぼくを指さして、自分のうしろにいる子どもにむかって言いました。『ほら、見て、へんなのがいるわ！』ぼくらは気がついたのです。連中はのぞきこむとき、ほとんどいつもこう言っていると。そして、連中はあまり考えがないから、連中のことばもそれがぜんぶだと長いあいだ思っていました。たいくつな時間をまぎらわすために、ぼくらは、そのことばをおぼえました。

『ほら、見て、へんなのがいるわ！』――でも、その意味はまったくわかりませんでした。しかし、ほかの表現の意味はわかりました。そして、人間の会話を少し読みとれるようにさえなりました。連中がつばをはいたり、タバコを吸ったりするのを係の者が止めるときに、怒ってその標示を指さして読みあげていたので、それで『禁煙』と『つばをはかないでください』という文字の意味がわかったのです。

夜、人々がいなくなったあと、片脚が木の義足のおじいさんが、落ちているピーナッツのからを毎晩ほうきではいていました。おじいさんはそうしながら、いつも同じ曲を口ずさんでいました。このメロディーをぼくらはとても気に入って、それもおぼえてしまいました。それもまたことばの一部なのだと思ったものですから。

こうして、このうっとうしい場所である一年がたちました。べつの水槽に新しい魚が運びこまれる日もあれば、古い魚が運び出される日もありました。最初、ぼくらは、ほんのしばらくそこにとじこめられているだけで、じゅうぶんじろじろと見られたら海に解放してもらえるのだとばかり思っていましたが、何か月もすぎて、ほったらかしにされたままだったので、ガラスの牢屋《ろうや》の壁のなかで気持ちはどんどん重くなって、おたがいに口数も少なくなっていきました。

ある日、これまでにないほど大勢の人たちがやってきたとき、赤ら顔の女性が暑さで気を失いました。ぼくは窓ごしに見ていましたが、人々はかなり興奮していました——ぼくには大したことのようには思えませんでしたが、連中はその女性に冷たい水をかけて、外へ連れ出しました。

このことがきっかけで、ぼくは大いに考えました。そしてたちまち、すばらしいことを思いついたのです。

『妹よ。』ぼくは、クリッパに言いました。妹は、水槽にむらがるおろかしい子どもたちに見られるのがいやで、水槽の底の石の陰にかくれて、むくれていました。『病気のふりをしてみたらどうだろうか。ぼくらも、このうっとうしい家から外へ連れ出されるのではないかな？』

『お兄さん。』クリッパは、めんどうそうに言いました。『そうかもしれないけど、たぶん、あたしたちはごみの山の上に投げ捨てられて、熱い日光に照りつけられて死ぬのがオチよ。』

『でも、』と、ぼくは言いました。『わざわざごみの山なんか、さがすだろうか。すぐ近くに海があるのに？　ここに運びこまれるとき、連中がごみを海に投げ捨てているのを見たよ。ぼくらもそうして投げこんでもらえれば、すぐに海にもどれるよ。』

『海！』クリッパは、遠くを見るような目をしてつぶやきました。（妹のクリッパは、きれいな目をしていました。）

『海だなんて、夢みたい！　ああ、お兄さん、また海で泳げるかしら？　毎晩、このいやなにおいのする牢屋の床で、眠れないで横になっていると、海のやさしい声が耳にひびいてくる。ああ、海に行きたい！　もう一度ふれてみたい、あのすてきな、大きな、つつみこんでくれるような居心地のよさに！　飛びこみたいわ、大西洋の波頭からザブーンと。貿易風にあおられて、波しぶきをかぶって笑いながら、うず巻く青い波間に、ただもう飛びこみたい！　太陽が赤くて、あわのなかで光がみなピンクに映える夏の夕方、小エビたちを追いかけたい！　赤道無風帯で風がそよとも吹かない真昼に、波の上に寝そべって、南国の太陽でおなかをあっためるのよ！　もう一度、インド洋の巨大な海草の森のなか、おいしいポップポップの卵を、みんなでさがしましょう！　カリブ海の海底で真珠や碧玉《へきぎょく》の窓をきらきらかがやかせるサンゴの町のお城でかくれんぼ！　南洋のお庭のむこうに低くひろがる秘色《ひそく》のイソギンチャクの草地でピクニック！　メキシコ湾のふわふわした海綿のベッドで宙がえり！　しずんだ船をのぞきこんで、なかにどんなふしぎな冒険があるか見てみるの！　それから、暴風で海があわだらけになる冬の夜には、寒さをのがれて、暗くて水のあったかい海底深くにおりていって、もっとどんどん下へおりて、お友だちや親戚《しんせき》が集まっている岩屋よりもずっと下のほうで赤い発光ウナギがきらきらしているのを見るの……お兄さん、みんな、そこでおしゃべりしているのよ、海のことを！　……ああ――』

そしてそれっきり、妹は洟《はな》をすすりながら、すっかり落ちこんでしまいました。『やめなさい！』ぼくは言いました。『こっちまで恋しくなってしまう。いいかい。これから仮病を使おう――いや、死んだふりのほうがいい。そして、どうなるか見てみよう。たとえ、ごみの山に投げ捨てられて干あがってしまったとしても、このくさい牢屋にいるよりはましさ。どうだい？　やってみるかい？』

『やってみる。』妹は言いました。『よろこんで。』

こうして、あくる朝、管理人は、二匹のフィジットがかたくなって死んで、水槽の水の上に浮いているところを発見しました。ぼくらはかなりじょうずに死んだふりをしました――自分で言うのもなんですけれどね。管理人は走っていって、メガネとひげのおじいさんたちを呼んできました。おじいさんたちは、ぼくらを見ると、おびえて両手を上にあげて、ぼくらをそっと水から出すと、ぬれた布の上におきました。あそこが一番つらかったな。魚が水から出されたら、息をしたくて口をあけたりしめたりしなきゃならないものです。そうしたって、長いことはもちません。ところが、今回は、ぼくらはかたくなったまま、半分口をとじたまま、こっそり息をしてなきゃならなかったんですからね。

さて、おじいさんたちは、いつまでもぼくらをつっついたり、さわったり、つねったりして、やめないのじゃないかと思いました。しかも、みんなが背中をむけた瞬間に、いやなネコがテーブルにあがって、もう少しでぼくらを食べてしまうところでした。さいわい、おじいさんたちが間に合ってふりかえり、ネコをしっしっと追いはらってくれました。その目を盗んで、二度ほど深呼吸ができました。それでなんとか、息がつまらないですんだのです。がんばれってクリッパにささやきたかったのですが、それさえできませんでした。だって、ご存じのとおり、魚のことばというのは、水のなかでないと、さけんだところで、まず聞こえませんからね。

それから、『もうだめだ、生きていることをばらしてしまおう』とあきらめかけたとき、おじいさんのひとりが悲しげに頭をふりながら、ぼくらをとりあげると、建物の外へ連れ出しました。

『いよいよだぞ!』と、ぼくは思いました。『運命のわかれ道だ。自由か、ごみ箱か。』

外に出ると、ことばにもならないほどおそろしいことに、おじいさんは庭のむこうはしの塀ぎわにある大きなごみ箱へまっすぐ進んでいくではありませんか。ところが、なんともありがたいことに、庭を横切っている最中に、とてもきたならしい男が荷馬車でやってきてごみ箱をもっていってしまいました。その男のごみ箱だったのでしょう。

するとおじいさんは、ぼくらをどこへ捨てようかとあたりを見まわしました。地面の上に投げ捨てようとしていたようですが、それでは庭が汚れてしまうと思ったらしく、やめてくれました。もう、はらはらして、生きた心地がしませんでした。庭の門から外へ出て、今度は道のどぶに捨てるつもりだとわかって、またもや、がっかりです。でも（その日はほんとうについていました）すんでのところで、銀のボタンのついた青い服の大男が止めてくれました。この大男が短く太い棒をふりまわしながら説教をしていましたから、どうやら、死んだ魚を道に捨てるのは町の規則に反していたようです。

ようやく、言いようのないほどうれしいことに、おじいさんはむきを変えると、ぼくらをもったまま波止場のほうへむかいました。横目で青服の男をにらんで、ぶつぶつ言いつづけながら、あまりにもゆっくりと歩くものだから、「急げ！」と、指にかみついてやりたいほどでした。クリッパもぼくも、息もたえだえになっていました。

ついに、おじいさんは、波止場に立つと、ぼくらを最後に悲しそうに見てから、海のなかへ落としました。

頭から塩水でぬれていくのを感じたあのときほど、体がぞくぞくしたことはありませんでした。ぱちんと尾をはじかせて、ぼくらは生きかえりました。おじいさんは、こしをぬかして、ぼくらのほぼ真上からドボンと海に落ちてしまいました。かぎざおをもった船乗りが、おじいさんを助けてやりました。そして、最後におじいさんのすがたが見えたときは、青服の人が、また説教をしながら、おじいさんのえり首をつかんでひっぱっていました。どうやら、死んだ魚を海に投げ捨てるのも町の規則に反していたようです。

でも、ぼくらはどうなったでしょうか？　おじいさんがそんなことになったところで、ぼくらが心配してやることではありません！　ぼくらは自由になったのです！　ぼくらは、いなずまみたいにとびはね、カーブをえがいて突進し、めちゃくちゃにジグザグ泳ぎをして、うれしくてうれしくて、わーいと声をはりあげました。そして、大海原に出て、家路を急いだのです！

これで、ぼくの物語はおしまいです。これから、ゆうべお約束したとおり、海についての質問になんでもお答えしましょう。それが終わったら、すぐぼくを解放してくださるという条件で。」

このあと、次のような質疑応答がありました。まず先生の質問からです。

「調査船ネロが探査したネロ・ディープと呼ばれるところ――つまり、グアム島沖のマリアナ海溝だが――そこより深い海はあるのかね？」

「ええ、もちろん。アマゾン河河口付近にもっとずっと深いところがあります。でも、小さいので見つけにくいです。『深い穴』とぼくらは呼んでいます。南極海にもあります。」

「君自身は、貝のことばを話せるのかね？」

「いいえ、ひとことも話せません。ぼくらのようなふつうの魚は、貝とはなんのかかわりももちません。連中は階級が下ですから。」

「だが、近くにいたら、連中の話し声は聞こえるかな？　つまり、必ずしもなんと言っているかわからないとしても、ということだが？」

「大型のものなら。貝はかなり声が小さいですから、仲間同士でようやく聞きとれる程度なんです。でも、大型なら話はちがいます。悲しげな、ぼうといった音を立てます。ちょうど鉄パイプを石でたたいたみたいな。もちろん、そんなに大きな音ではありませんが。」

「海底にもぐって、いろいろ調べてみたいと思っているのだが、君ももちろん知ってのとおり、われわれ陸の動物は、水中では息ができない。なにかいい考えはないかね？」

「そうですね。一番いいのはガラス海カタツムリをつかまえることでしょう。」

「ええっと、そのガラス海カタツムリというのは、だれ、というか、なんなのかな？」

「巨大な海のカタツムリです。巻き貝の仲間ですが、大きな家ほど大きいんです。話すときは、かなり大声で話しますが、めったに口をききません。海の生き物をまったくおそれなくていいので、海のどんなところでも、どんな深いところへも行けます。その殻は、真珠が作りだす透明な材質でできているので、ガラスのようにすきとおって見え、厚くてじょうぶです。動くときは殻から体を出して、からっぽの殻を背中に載せていくのですが、殻のなかに二頭だての馬車を入れられるほど巨大なのです。食べ物を入れて運んでいるところを見た者もいます。」

「それこそ、私がさがしていた生き物だ。私と助手とをその殻のなかに入れてもらえれば、安全に深海を探査できそうだ。君、そいつを私のためにつかまえられるかい？」

「とんでもない！　できればそうしたいところですが、ふつうの魚にはまず見つけられません。『深い穴』の海底に住んでいて、めったに出てこないし――それに、『深い穴』の底のほうの水はにごっていて、ぼくらみたいな魚は、こわくて行けません。」

「おやおや！　そいつは、ひどくがっかりだな。海には、そういったカタツムリがたくさんいるのかね？」

「いえいえ。あいつの二度目のおくさんがずいぶん前に亡くなって以来、今、生きているのは、あいつだけです。巨大貝類の最後の生き残りです。クジラが陸の動物だったころの古い時代の生き物なのです。うわさでは、七万歳以上の年だといいます。」

「なんてこった！　会えたら、どんなにすばらしいことを教えてもらえることだろう！　ぜひとも会ってみたいものだ。」

「もっと質問はございますか？　この水槽の水は、かなりなまぬるくて、気持ち悪くなってきました。できるだけ早く、海にもどしていただきたいんですが。」

「あとひとつだけ。クリストファー・コロンブスが一四九二年に大西洋を横断した際、二冊の日記をたるにつめて海に流したんだ。一冊は見つからなかった。しずんでしまったにちがいない。それを手に入れて私の研究室においておきたいのだが、君、どこにあるか知らんかね？」

「知っていますよ。それも『深い穴』にあります。たるがしずんだとき、オリノコ坂と呼ばれているところを潮流で北に流されて、『深い穴』に消えてしまったんです。ほかのところだったらとりにいってさしあげるところですが、あそこはむりです。」

「質問は以上だ。君を海に帰したとたん、あれも聞けばよかった、これも聞けばよかったと思いついてしまうことはわかっているから、君を海に帰したくはないが、約束は守らなければな。今日は寒そうだし、出発前に、なにか食べていくかい？　クラッカーのかけらかなにか？」

「いいえ、すぐに行きます。とにかく新鮮な海水がほしいんです。」

「いろいろ教えてくれて、ほんとうに感謝しているよ。手間をかけたね。助かったよ。」

「どういたしまして。偉大なジョン・ドリトル先生のお役に立てたなんて、ほんとうにうれしいです。もちろんご存じでしょうが、先生は、上流階級の魚のあいだではずいぶん有名なのです。さようなら！　お達者で。船がごぶじで、ご計画もうまくいきますように！」

先生は水槽を窓ぎわまで運ぶと、窓をあけて、水槽の中味を海に空けました。外からかすかな水しぶきの音が聞こえてきたとき、先生は「さようなら！」と、つぶやきました。

ぼくは、えんぴつをおいて、ため息をついて、いすの背にもたれかかりました。文字を書きすぎて指がすっかり痛くなってしまって、もう二度と手をあげられないんじゃないかと思ったくらいです。でも、ぼくは少なくとも一晩眠っていましたが、お気の毒な先生はつかれきっていて、水槽をテーブルにもどすやいなや、いすにドスンとすわりこむと、目をとじていびきをかきはじめました。

外のろうかでは、ポリネシアが腹を立ててドアをひっかいていました。ぼくは立ちあがって、なかへ入れてやりました。

「なんてざまだい！」ポリネシアは、まくしたてました。

「この船はいったいどうなってんだい？　上じゃ、あの黒人が舵輪《だりん》の下で寝ているし、ここじゃ先生が寝ている。そしてあんたは、えんぴつで書きかた帳にミミズのはったような字を書いている！　船が勝手にブラジルにむかってくれるとでも思ってんのかい？　あたしらは、まるで空きびんみたいに海を流されて、もう一週間も予定をおくれているんだよ。いったい、どうしちまったんだい？」

ポリネシアは、あんまり怒っていたので、きんきん声になってしまいました。でも、それぐらいのことで先生は起きませんでした。

ぼくは、引き出しにノートをきちんとしまうと、舵をとりに、甲板にあがりました。

第三章　ひどい天気

ぼくは、ダイシャクシギ号をふたたび航路にもどしたのですが、すぐに、あれっ？と思いました。今までのように速く進んでいないのです。追い風が、ぱったりやんでいました。

最初は、もう今にもまた風が吹くだろうと思って、みんな気にしていなかったのですが、一日がすぎ、二日がすぎ、一週間がすぎ――十日たっても風が吹きません。ダイシャクシギ号は、よちよちあかちゃんの速さで、のたりのたり進むだけです。

先生がそわそわしてきたのがわかりました。六分儀〔船が今、海のどこにいるかを知る道具〕をとり出して計算ばかりしています。地図とにらめっこしては、距離を測ってばかりいるのです。一日に百回は、望遠鏡で、四方八方の海をはるかかなたまで調べていました。

ある午後、先生が、空がかすんでいるとぶつぶつおっしゃっているときに、ぼくは言いました。

「でも、先生、旅がちょっと長くかかったからって、たいしたことはないんじゃありませんか？　今は食べるものもどっさり積んでありますし、ムラサキ極楽鳥は、ぼくたちがしかたがなくおくれているってわかってくれますよ。」

「そうだね。」先生は考え深げにおっしゃいました。「だが、待たせるのは、よろしくない。この季節、あの鳥は、いつもはペルーの山々へ飛んでいくんだ――健康のためにね。それに、あの鳥が予言してくれた好天はもういつ終わるかもしれず、おくれはもっとひどくなるかもしれない。それなりの速さで動きつづけることさえできればいいんだが。こうしてほとんど止まって、動かないので、やきもきしているんだ。――おっと、風が吹いてきたぞ――あまり強くはないが――強くなるかもしれん。」

やさしいそよ風が北東から吹いて、ロープをゆらして歌声をあげました。ぼくたちは期待しながら、ダイシャクシギ号のかたむいたマストを見あげてほほ笑みました。

「ブラジル海岸が見えてくるまで、あとわずか二百四十キロほどだ。」先生は言いました。「あの風が、このまま一日吹きつづいてくれれば、陸が見えてくるぞ。」

ところが、とつぜん、風むきが変わりました。東から吹いたかと思うと北東に変わり、それから北風になりました。どっちに吹いていいかわからないかのように、めちゃくちゃに急にどっと吹くのです。ぼくは、船の舵をあちらこちらと切って、まっすぐ進むのに苦労しました。

やがて、陸ないしは通りがかる船が見えないかとロープの上で見張っていたポリネシアが、ぼくたちに金切り声でこう告げました。

「ひどい天気になるよ。あんな突風が吹くのは、いやなきざしだ。ごらんよ！　あの東のほう——あの黒い線が、下のほうにのびているの、わかる？　あれが嵐じゃなけりゃ、あたしゃ陸者《おかもの》だね。このあたりの強風は、ちょっと手に負えないよ。帆を紙切れみたいに吹きちぎっちまう。先生、舵をとってくださいな。本物の嵐が来たら、腕っぷしが強くなくっちゃ。あたしはバンポとチーチーを起こしてきます。まずいことになりそうだ。風がどれくらい強く吹くかわかるまで、今すぐ帆をぜんぶおろしといたほうがいいですよ。」

なるほど、空一面、おそろしいようすになってきていました。東のほうへのびる黒い線は、近づけば近づくほど、真っ黒になってきました。低くうなるような音がごろごろと海にとどろきました。さっきまで青くほほ笑むようだった海水は、みにくい灰色に波立っていました。暗くなった空には、やぶれた服を着た魔女のような雲の切れはしが、嵐から飛んできていました。

ほんとに、こわかったです。だって、これまでやさしい感じの海しか見たことがなかったのですから。これまでの海は、のんびりと静かな海、笑いかける海、冒険にみちた大胆な海でした。あるいは、月光を浴びたさざ波が銀の糸のようにかがやき、妖《よう》精《せい》のお城を思わせる白い雲が夜空にぼうっと浮かび、ぼくを詩的な物思いにさそう海でした。しかし、ぼくはまだ、海のあらあらしい怒りのおそろしい力を、見たこともなければ、想像したことすらありませんでした。

その嵐が、とうとうおそいかかってきたのです。ぼくたちは横ざまにバタンとたおされました。まるで目に見えない巨人があわれなダイシャクシギ号の横っ面を張りたおしたかのようでした。

それからは、なにもかもあっという間のできごとでした。風で息ができず、水がおしよせてきて目が見えず、ものすごい音で耳が聞こえず、どんなふうに船が難破したのかよくわかりません。

おぼえているのは、甲板で巻きあげようとしていた帆が、強風でぼくたちの手から吹き飛ばされ、小さな風船みたいに飛んでいってしまい、もう少しでチーチーもいっしょに飛ばされるところだったことです。それから、ポリネシアがどこかで、だれか下へ行って窓をしめろと金切り声をあげていたのも、ぼんやりおぼえています。

マストに帆をつけていなかったにもかかわらず、船はものすごいいきおいで南へおし流されていきました。黒々とした巨大な波が、悪夢に出てくる化け物のように、ときおり船のわきから大きく空へたちのぼっては、ぼくたちの上へザブンと落ちてきて、ぼくたちはもう少しで海へおしこまれるところでした。あわれなダイシャクシギ号は、おぼれかけたブタのようにあえいで、しずみかけて、にっちもさっちもいかなくなっていたのです。

ぼくは、先生に会いにいこうと、海に吹き飛ばされないように手すりにしがみつきながら、はいつくばって舵のほうへ進んでいました。すると、またものすごい大波がやってきて、ぼくの手をはなさせ、のどまで水をつめこみ、ぼくをコルクみたいに甲板のはしまでおし流しました。ぼくは頭をしたたかドアに打ちつけて、気を失いました。

第四章　難破！

目がさめると、頭がぼんやりしていました。空は青く、海はおだやかです。最初、ぼくは、ダイシャクシギ号の甲板でひなたぼっこをして、居眠りをしてしまったかと思いました。それで、自分が舵をとる番なのにおくれてしまうと思って、立ちあがろうとしましたが、立ちあがれません。両腕がロープで、うしろにあるなにかにしばられています。首をひねってうしろを見ると、それが短く折れたマストだとわかりました。そこでようやく、ぼくは船の上にすわっているのではなく、船の残がいにすわっているだけだと気がつきました。ぞぞっとしてこわくなりました。海のかなたを、北、東、南、西と、目をこらしてさがしても、陸地は見あたらず、船の影もなく、なんにも見えません。ぼくは、海でひとりぼっちになってしまっていたのです！

ようやく少しずつ、痛めた頭で、なにがあったのか思い出しはじめました。まず、嵐がやってきて帆がすべて吹き飛ばされ、それから大波が来て、ぼくをドアに打ちつけたのでした。でも、先生やみんなは、どうしたんでしょう？　今はいつなんでしょう？　あれはきのうのこと？　それともおととい？　それに、どうしてぼくは、船の切れっぱしにすわっているのでしょう？

ポケットに手を入れてみると、小刀があったので、ぼくをしばっていたロープを切りました。ジョーおじさんがかつて話してくれた難破の話を思い出しました。突風で吹き飛ばされないように息子をマストにしばりつけた船長の話です。もちろん、同じことをぼくにしてくれたのは先生にちがいありません。

でも、先生はどこなのでしょう？

先生もほかのみんなもおぼれてしまったのだ、というおそろしい考えが心に浮かびました。海の上のどこにも、ほかの残がいが見えないのですもの。ぼくは立ちあがって、もう一度あたりを見つめました。なにもありません——見わたすかぎり、水と空ばかりです！

やがて遠くのほうに、大波すれすれに飛んでいる鳥の小さな黒い影が見えました。かなり近くまでやってくると、海ツバメだとわかりました。ぼくは話しかけて、なにか教えてもらおうとしましたが、ざんねんなことに海鳥のことばは勉強してきませんでした。ぼくがなにをしたがっているかわかってもらうどころか、こちらに耳をかたむけてもらうことすらできませんでした。

海ツバメは、つばさをパタリとも動かさずに、めんどうくさそうに、ぼくのいかだのまわりを二度ほどまわりました。ぼくは、自分がひどい目にあっているにもかかわらず、この鳥はゆうべ、どこですごしていたのだろうと思わずにはいられませんでした。あんなはげしい嵐を、この鳥は、いや、ほかの生き物も、どうやってたえしのんだのでしょう？　生き物によってずいぶんちがうのだなあと、つくづく思いました。大きくて力が強いことがすべてではないのです。空飛ぶ小さな海ツバメは、ぼくよりもずっと小さくて弱々しいのに、海がどんなことをしても平気なのです。海がどんなにあれようと、そのお返しに、海ツバメは、ただものうげに、生意気に、つばさを一度パタッと動かすだけなのです！　これこそ、腕のいい海の男でしょう。だって、どんなにあれくるう嵐がやってこようと、太陽のかがやくおだやかな海であろうと、この水の荒野が海ツバメの住みかなのですから。

海ツバメは、ぼくのまわりに何度か急降下をしてから（たぶん、エサをさがしていたのでしょう）、やってきた方角へ帰っていってしまいました。ぼくはまた、ひとりぼっちになりました。

ちょっとおなかがすいてきました――のども少しかわいています。朝ごはんを食べずに気分が落ちこんでいるときにはよくあることですが、いろいろとみじめなことを考えだしました。先生もみんなもおぼれてしまったとしたら、ぼくはこれからどうなるのでしょう？　飢え死にするか、ひからびて死んでしまうのでしょう。そのとき、太陽が雲にかくれたので寒くなりました。ぼくは陸地から何百、いや何千キロはなれているのでしょう？　また嵐がやってきて、このちっぽけないかだをこなごなにしたらどうなるのでしょう？

こんなことをずっと考えて、ますます気をめいらせていると、ふいにポリネシアがこう言っていたことを思い出しました。「先生といっしょならだいじょうぶさ。先生はなにがあろうと目的地に着く。それを忘れないことだね」と。

もし先生がいっしょにいてくれたら、気にすることなどなかったでしょうが、こうしてひとりぼっちだったので泣きたくなったのです。でも、海ツバメだってひとりじゃありませんか！「さみしいからって、泣くほどこわがるなんて、なんていうあかちゃんなんだ！」と、ぼくは自分に言い聞かせました。今は少なくとも、自分は安全なところにいる。ドリトル先生だったら、これしきのことでこわがったりはしないはずです。先生が興奮するのは、新発見をしたり、新しい虫かなにかを見つけたりしたときだけです。それに、もしポリネシアの言ったとおりなら、先生がおぼれているはずはないし、結局はなんとかしてうまくいくはずなのです。

ぼくは胸をはって、首まで服のボタンをとめて、えりを立て、せまいいかだの上を行ったり来たりして、あたたまりました。ドリトル先生みたいにしようと思ったのです。泣いたりなんかしないぞ。どんなときでも、おちついているんだ。

どれくらい行ったり来たりしたかわかりません。でも、ほかにやることがなかったので、ずいぶん長いことそうしていました。

とうとう、ぼくはつかれて、横になって休みました。そして、心配事がいろいろあったにもかかわらず、すぐに眠りに落ちたのです。

目がさめると、今度は、雲ひとつない夜空の星がぼくを見つめていました。海はまだ静かでした。ぼくのおかしないかだは、ゆるやかな波を受けて、ゆっくりゆれています。大きな静かな夜をじっと見あげていると、あんなにあった勇気が、すうっとぬけていきました。じんじんと、おなかがすいて、のどがかわいて、痛いくらいでした。

「起きていらっしゃるの？」ひじのところで、銀の鈴を鳴らすような声がしました。

だれかにピンでもつきさされたかのように、ぼくは飛びあがりました。いかだのはしに、美しい金色の尾を星明かりにかすかに光らせて、ムラサキ極楽鳥のミランダがとまっていたのです！

だれかに会えてこんなにうれしかったことは、生まれてこのかたありませんでした。とびついていてだきつこうとして、もう少しで海に落ちるところでした。

「起こすつもりはなかったのよ」と、ミランダは言いました。「いろいろあって、さぞおつかれでしょうし――あら、私《わたくし》をそんなにぎゅうぎゅうだきしめたら死んでしまうわ。私は、ぬいぐるみのアヒルじゃないことよ。」

「ああ、ミランダ、なつかしいなあ。会えてほんとうにうれしいよ。ねえ、先生はどこ？　生きていらっしゃるの？」

「もちろん生きていらっしゃるわ。いつだって生きていらっしゃるに決まっているわ。あちらのほう、西に六十キロ行ったあたりにいらっしゃるわ。」

「そこでなにをしてるの？」

「ダイシャクシギ号の残り半分にすわって、ひげをそっていらっしゃるわ。少なくとも、私がお別れしたときは、ね。」

「ああ、よかった、生きていらして！　で、バンポは？　動物たちは、みんなだいじょうぶ？」

「ええ、みんな、先生といっしょにいるわ。船が嵐でまっぷたつにさけて、気絶しているあなたを先生がマストにしばりつけたのよ。そしたら、あなたを乗せた部分がはなれて流されてしまったの。ほんと、たいへんな嵐だったわねえ！　カモメかアホウドリでもなければ、あんな天気、やりすごせないわ。私はがけの上から三週間も先生をお待ちしていたのですけれど、昨晩は、ほら穴にかくれないと、しっぽの羽根が吹き飛ばされそうでしたわ。私がうかがうと、先生はすぐにイルカといっしょにあなたをさがしに行くようにと、私をおよこしになったの。海ツバメがすすんで、さがすのを手伝ってくれたわ。大勢の海鳥たちが、先生をおむかえしようとして集まってきていたのだけれど、天気がくずれたせいで、きちんとおむかえする手はずがだめになってしまったの。あなたがどこにいるか最初に教えてくれたのは、海ツバメだったわ。」

「でも、どうやって先生のところへ行けるだろう、ミランダ？　オールもないんだ。」

「どうやって先生のところへ行くですって！　なにを言ってるの、今もう先生のところへむかっているのよ。うしろをごらんなさいな。」

ぼくはふりかえりました。海のはしから、ちょうど月がのぼろうとしているところでした。そしてそのときわかったのですが、ぼくのいかだは水のなかを進んでいたのです。あんまりそっと進んでいたので、そのときまで気がつかなかったのです。

「なにが動かしているの？」

「イルカよ」と、ミランダ。

ぼくは、いかだのうしろのほうへ行って、水中をのぞきこみました。水面のすぐ下に、四頭の大きなイルカのすがたがぼんやり見えました。すべすべの背中を月明かりできらめかせながら、鼻先でいかだをおしてくれているのです。

「先生の古いお友だちよ」と、ミランダ。「みんな、ドリトル先生のためだったらなんだってしてくださるわ。もうすぐ、先生とみんなが見えてくるわよ。さっきお別れしたところに、かなり近づいてきたから。ほら、あそこにいらしたわ！　あの黒いすがた、見える？　いいえ、あなたが今見ているところよりもっと右よ。黒人のすがたが空にそびえているのがわからない？　ほら、チーチーがこちらに気がついたわ。しっぽをふっているわよ。見えない？」

見えませんでした。ぼくの目は、ミランダの目ほどするどくはなかったのです。でも、やがて、うす暗いどこかから、バンポが大音声でアフリカのゆかいな歌を歌っているのが聞こえました。それから、音のするほうを、目をごしごしこすりながらよく見てみると、わりと近くで、ぼろぼろにさけた船の残がいが――あわれなダイシャクシギ号の残り半分が――波間にチャプチャプ浮かんでいるのが、おぼろげながらも、ついに見えてきたのです。

夜の静寂《しじま》をひきさいて、おーいという声がひびきわたりました。ぼくはそれに応《こた》えました。静かな夜の海をしばらく呼びつ呼ばれつしているうちに、数分後、ぼくたちのかっこよかった小さな船の残がいはふたたび組み合わさっていっしょになりました。いっしょになって、月も高くなったのでもっとよくわかりましたが、先生のほうの船の片割れのほうがずっと大きいものでした。

それはなかば横だおしになっていて、みんなその上にすわって船荷のビスケットをもぐもぐやっていました。

そのはしの海水近くでは、静かな水面を鏡にして、割れたびんのかけらをかみそりがわりに使って、ドリトル先生が月明かりでひげをそっていらっしゃいました。

第五章　陸だ！

　ぼくが、自分がいた船の半分からみんなのいる半分へとよじのぼると、みんなは大歓迎をしてくれました。バンポがたるからくんだ新鮮な真水をもってきてくれたのは、ありがたかったです。チーチーとポリネシアは、ぼくをかこむようにしてビスケットを食べさせてくれました。

　でも、ぼくをなによりも元気づけてくれたのは――やあ来たね、といったようすの先生の笑顔でした。先生は、ていねいにガラスのかみそりをふくと、また今度使うときのためにしまっていらっしゃいました。それを見て、ぼくは心のなかで、先生を海ツバメとくらべずにいられませんでした。

　たしかに動物たちと会話したり、仲よくしたりして、ふしぎなことをたくさん知っているおかげで、先生にはふつうの人には思いもよらない力があります。しかし、海ツバメのように、先生はいろいろな気分の海を相手に楽しむことができるのです。

　先生が航海のあいだに出会った民族の多くが、先生のことをあらわす像を作ると、魚と鳥と人間がごっちゃになったすがたにしてしまうのもむりはありません。不死身の人間などいるはずはないのだけれど、先生は決して死ぬはずがないとミランダが言った意味がよくわかりました。先生といっしょにいるだけで、ふしぎなことに、安心できて、だいじょうぶだと思えるのです。

先生の服はぐしゃぐしゃにぬれていましたし、シルクハットはぺちゃんこで塩水のしみがついていましたが、恰好《かっこう》をべつにすれば、あんなにぼくをこわがらせた嵐は、先生にとっては、パドルビー河で土手のどろにつっかえてしまったぐらいのめんどうでしかなかったようです。

先生は、こんなにすぐにぼくを見つけてくれてありがとうとミランダにていねいにお礼をおっしゃると、今度は、先頭に立ってクモザル島へ案内してくれないかとミランダにたのみました。次に、イルカたちに、ぼくが乗っていたほうの船の残がいを捨て、大きいほうを、極楽鳥が案内してくれるところへおしてくれとたのみました。

先生が嵐で、かみそりのほかになにをなくしたのかはわかりません――ずっとためてきたお金でこの船を買ったのに、もうなにもかもすっかりなくしてしまったのです。それでも先生は、この世でなにもほしいものはないかのようにほほ笑んでいらっしゃるのです。先生がなくさずにすんだものと言えば――ぼくがわかるかぎり――水の入ったたると、ビスケットのふくろをべつとして――先生の大切なノートだけでした。

何冊ものノートを、長い長い麻ひもでこしのまわりに巻きつけているのを、先生が立ちあがったときに、ぼくは見たのです。なつかしいマシュー・マグがかつて言っていたように、先生は偉大な人でした。信じられない人です。

それから三日間、ぼくたちはゆっくりと、でも確実に、南へ旅をつづけました。たったひとつ、こまったことは、寒さでした。進めば進むほど寒さがきびしくなってくるようでした。先生がおっしゃるには、あの暴風のせいでクモザル島はいつもの航路からはずれて、前にあったところよりもさらに南へ、南極のほうへと流されたらしいとのことです。

三日目の夜、かわいそうなミランダは、ほとんど凍え死にそうになりながら帰ってきて、「夜のうちは霧で見えませんが、朝になったら、かなり近いところに島が見えるでしょう」と先生に告げ、「私は、もっと暖かい気候のところへ大急ぎで帰らなければなりませんけれど、いつものとおり来年の八月には、パドルビーに先生を訪ねにうかがいます」と言いました。

「忘れないでくれよ、ミランダ」と、ドリトル先生は言いました。「ロング・アローがどうなったのか、なにかわかったら知らせてくれたまえ。」

極楽鳥は、そうしますと約束しました。そして、先生が「ほんとうにいろいろありがとう」と何度もお礼を述べると、ミランダは「ごきげんよう」と言って、夜のなかへ消えていきました。

次の朝早く、まだ明るくなる前から、ぼくたちはみな起きていました。こんなにはるばるやってきたのだから、目的のクモザル島を最初に目にする瞬間を待ちかまえようというのです。そして、日の出で東雲《しののめ》がうっすらと白んできたころ、「ヤシの木と、山の頂上が見える！」と最初にさけんだのは、もちろんポリネシアでした。

だんだん明るくなると、みんなにもはっきり見えてきました。それは、まんなかに高い岩山がある長い島でした――あんまり目の前にあるものですから、ぼうしを投げたら岸に届くのではないかと思えるくらいです。

イルカたちが最後のひとおしをすると、ぼくたちのへんてこないかだは、なだらかな海岸に、おだやかにドンと乗りあげました。それから、ちぢこまった脚《あし》をのばせる幸運を天に感謝しつつ、みんな岸へ急いであがりました。浮かぶ島ではあっても、六週間ぶりにふみしめる陸地です。ぼくがえんぴつで地図帳にさわった小さな点であったあのクモザル島を、とうとう自分の足でふみしめることになったのだと思ったとき、ぼくは、ぞくぞくするような感動をおぼえました。

あたりがさらに明るくなってくると、この島のヤシの木や草がしおれていて、ほとんど枯れていることがわかりました。先生は、島の気候が変わって寒くなったからにちがいないとおっしゃいました。木々も草も暑い熱帯の気候のものなのだと先生は教えてくださいました。

イルカたちが、まだご用はありますかとたずねました。先生は、今はもういいとおっしゃい、いかだも要らないとつけくわえました。なにしろ、いかだはすでにばらばらになりはじめていて、もはや浮かばなくなっていたのです。

島を探検する準備をしていると、インディアンの一団が木々のあいだから、ものめずらしそうにぼくたちを見守っていました。先生は、話しかけようと進んでいきましたが、話が通じませんでした。身ぶりで、友だちとしてやってきたのだと伝えようとしましたが、インディアンたちはぼくたちのことが気に入らなかったようです。弓矢や、長くて先に石の矢じりのついた狩り用の槍《やり》を手にしていました。そして、先生にむかって、それ以上一歩でも近づくと、みな殺しにするぞと、やはり身ぶりで言ってきたのです。明らかに、ただちにこの島を立ちされということのようです。とても具合の悪いことになりました。

ようやく、この島をひとめぐり見るだけですぐに帰るとわかってもらえましたが、乗るボートもなしに、どうやって帰るのか、ぼくには想像もつきませんでした。

インディアン同士が話しているうちに、べつのインディアンがやってきました。どうやら、島のほかのところからお呼びがかかったという知らせをもってきたようです。というのも、連中はぼくたちにむかっておどかすように槍をふってから、新しく来たインディアンといっしょにすぐ立ちさってしまったからです。

「なんて無礼なやつらだ。」バンポが言いました。「あんな歓迎の仕方ってあるかい？ご朝食はもうおすみですかぐらい聞けばいいのに。礼儀知らずめ！」

「しっ！　連中は村に引き返したんだよ」と、ポリネシア。「この山のむこうに村があるにちがいない。あたしの忠告を聞いてくださる気があるなら、先生、連中に気づかれないうちに、この海岸をはなれたほうがよさそうですね。とりあえずもっと上へあがって――連中にわからないところへ行きましょう。こっちに危害をくわえるつもりがないとわかれば、むこうも友好的になるかもしれません。正直な、あけっぴろげな顔をしてるから、まともな人たちだと思いますよ。ただ、ものを知らないだけでしょう――きっと白人を見たことがないんですよ。」

そこで、ぼくたちは、こんなひどい歓迎を受けたことに少しがっかりしながらも、島のまんなかにある山へと進んでいったのです。

第六章　ジャビズリ

山のふもとには、うっそうとした森があって、通りぬけるのは少々たいへんそうでした。オウムのポリネシアの忠告にしたがって、今はインディアンに会うのをさけたほうがいいということで、けもの道や小道を通るのはやめました。

でも、ポリネシアとサルのチーチーは道案内がとてもじょうずで、ジャングルで食べ物をさがすのが得意でした。ふたりはぼくたちの食事をさがしてくれて、またたく間に、いろいろなくだものや木の実をどっさり集めてくれました。どれも名前の知らないくだものや木の実ばかりでしたけれど、おいしくいただくことができました。山から流れてくるきれいなおいしい水もあって、飲み物にも不自由しませんでした。

その流れに沿って山をのぼると、やがて木々がまばらになり、岩がごつごつした絶壁へ出ました。ここからは島じゅうを一望することができます。むこうに青い海がひろがって絶景でした。

ほれぼれと見ていると、先生がふいにおっしゃいました。

「しっ！　ジャビズリだ。聞こえないかい？」

ぼくたちは聞き耳をたてました。すると、ぼくたちのまわりの空中のどこかで、まるでメロディーを奏でるような、ハチのようにブンブンいう音がしました。単音ではなく、音があがったりさがったりして、まるで歌声のようでした。

「あんなふうな音を出すのは、ジャビズリしかいない」と、先生は言いました。「どこにいるのかな。音からすれば、すぐ近くだが。たぶん、あたりの木々のあいだを飛んでいるんだろう。ああ、虫とり網があったらなあ！　こしに結わえつけておけばよかった。嵐め。世界一めずらしいカブトムシをつかまえる一世一代のチャンスをのがしてしまうではないか！　あ、ごらん。あそこだ！」

少なくとも八センチはある大きなカブトムシが、とつぜんぼくたちの鼻先を通りました。先生はおそろしく興奮していました。ぼうしを網代わりに、カブトムシめがけてふりまわし、みごとつかまえました。無我夢中で急いでいたものですから、もう少しで絶壁から下の岩場へ落ちそうでしたが、気にもとめません。先生はひざまずき、ジャビズリをぼうしと地面のあいだにしっかりとらえ、有頂天になっていました。ポケットから、ふたがガラスになっている箱をとり出すと、そのなかへ、とてもじょうずにぼうしのはしからカブトムシが歩いて入るようにしむけました。それから立ちあがると、子どものようによろこんで、ガラスのふたごしに新しい宝物をしげしげとながめました。

たしかに、とても美しい昆虫でした。腹はうすい青色をしており、つやつやとした黒い背中には大きな赤い水玉もようがついていました。

「昆虫学者だったら、全財産をなげうってでも、こうしてこいつをつかまえたいと思うもんだ。おや！　このジャビズリは、足になにかつけているぞ――どろじゃなさそうだ。なんだろう。」

先生がそっとカブトムシを箱からとり出し、背中をつまんでもちあげると、虫は空中で六本足をゆっくりと動かしました。ぼくたちはみな先生のまわりにむらがって見つめました。右の前足のまんなかの部分に巻きついているのは、うすい枯れ葉のようでした。強いクモの糸でしっかりと巻きつけられています。

ドリトル先生がその太いずんぐりした指で、クモの糸の結び目をほどいて、巻かれていた葉っぱを開いて、やぶりもせず、しかも大切なカブトムシを傷つけもしなかったのは、おどろきでした。先生は、ジャビズリを箱にもどしてから、葉っぱをしっかり平らにひろげて、調べました。

葉っぱの表面にぎっしりと記号や絵が、虫メガネでもなければ見えないほど小さく描かれているのを見つけたときのぼくたちのおどろきを、想像してみてください。どういう意味なのか、ちんぷんかんぷんの記号もありましたが、ほとんどの絵はかなりはっきりしていて、たいていは人間や山の絵でした。ふしぎな褐色のインクで描かれていました。

夢中になって、なんだろうと思いながら、この葉っぱをみんなが見つめているあいだ、水を打ったような静けさがありました。

「これは血で描かれているな。」とうとう先生は言いました。「血はかわくと、色が変わる。だれかが指をついて、この絵を描いたんだ。インクがないときには、よくやる手だが、体には実によくない。こんなものが、カブトムシの足に結びつけてあるとは！　私にカブトムシのことばが話せて、ジャビズリにどこでこれをもらったのか教えてもらえたらよいのだが。」

「でも、なんでしょう、これ？」と、ぼくはたずねました。「小さな絵や記号がならんでますね。先生は、どういう意味だとお思いになりますか？」

「手紙だよ。絵文字の手紙だ。小さな絵があわさってメッセージになっている。だが、なぜカブトムシに運ばせるんだろう――しかも、世界一めずらしいジャビズリなんかに？　まったくふしぎなことだ！」

それから、先生は絵を見ながら、ぶつぶつつぶやきはじめました。

「どういう意味だろう。山をのぼる人たち。山の穴に歩いて入る人たち。山がたおれて――こいつはじょうずに描かれているな。自分の開いた口を指さす人たち。格子

——たぶん、牢屋《ろうや》の鉄格子だな。いのる人たち。横になる人たち——病気なのかもしれない。そして最後に、ただの山——へんな恰好《かっこう》をした山だ。」

　とつぜん、先生はぼくをきっと見あげると、わかったぞというよろこびを満面にたたえて、すばらしい笑顔になりました。

「ロング・アローだ！」先生はさけびました。「わからんかね、スタビンズ君？　そりゃ、そうじゃないか！　こんなことを思いつくのは博物学者だけだ。カブトムシに手紙をたくすなんてことを——それも、ふつうのカブトムシにではなく、世にもめずらしい、ほかの博物学者がつかまえたがるカブトムシだ。いやはや！　ロング・アローときたら！　ロング・アローからの絵文字の手紙だ。あの男の知っていることばは、絵文字だけだからな。」

「ええ、でも、手紙はだれあてなんですか？」と、ぼくは聞きました。

「たぶん、私あてだろう。ミランダは、何年も前に、いつか私がここに来るつもりだということをロング・アローに伝えている。だが、私あてでないとすると、このカブトムシをつかまえてこれを読んでくれる人ならだれでもよかったのかもしれない。世界へむけての手紙だ。」

「それで、なんて書いてあるんです？　先生の手にわたっても、あんまり役に立たないみたいですけれど。」

「役に立つさ。だって、ほら、そうとわかれば、読めてくる。最初の絵は、山をのぼる人たち――これはロング・アローとその仲間だ。山の穴に歩いて入る人たち――薬草のコケでもさがしに、ほら穴に入ったんだな。山がたおれて――ゆるんでいた岩でも落ちてきて、ほら穴にとじこめられたんだろう。そして、こいつだけが、外の世界へメッセージを伝えられる生き物だったんだ――カブトムシというのは、穴をほって外へ出られるからね。もちろん、カブトムシがつかまえられて、この手紙が読まれるチャンスはうすいが、賭《か》けてみたんだ。たいへん危ない目にあった人は、どんなはかない希望にでも、すがろうとするものだ……。

よろしい。さあ、次の絵をごらん。自分の開いた口を指さす人たち――おなかがすいているんだ。いのる人たち――この手紙を見つけた人に助けにきてくれと求めているんだ。横になる人たち――病気か、飢えているんだ。この手紙は、スタビンズ君、助けを求める最後のさけびなんだよ。」

先生は話し終えると飛びあがるように立ちあがって、ノートをひっつかむと、ページのあいだに手紙をはさみました。その手は、あわてて興奮して、ふるえていました。

「行こう！」先生はさけびました――「山をのぼるんだ――みんなで。一刻もむだにできん。バンポ君、君は水と木の実を運んでくれたまえ。いったいいつからとじこめられてしまっているのかわからんからな。手おくれにならんことをいのろう！」

「でも、どこをさがしたらいいんでしょう?」と、ぼくは聞きました。「ミランダは、この島は百六十キロの長さがあるって言っていましたし、山は、島のまんなか全体にひろがっています。」

「最後の絵を見なかったかね?」先生は地面からぼうしをつかんで頭にぎゅっとかぶせながら言いました。「へんな形をした山だ――タカの頭のようなね。そいつが、ロング・アローのいるところだよ。もしまだ生きていてくれたらね。われわれがまずやるべきことは、高い山頂にのぼって島をぐるりと見まわして、タカの頭の形をした山を見つけることだ――考えてもみたまえ! とうとうゴールデン・アローの息子ロング・アローに会えるチャンスが来たんだ! 行こう! 急ごう! おくれたら、世界最高の博物学者を死なせることになるかもしれんぞ!」

第七章　タカの頭の山

あの日ほどいっしょうけんめいにがんばった日はなかったと、あとになってぼくたちは話したものです。ぼくとしては、もうへとへとで、ついていけないと何度も思いましたが、がむしゃらに――機械みたいに――ついていきました。どんなことになろうと、最初に音をあげるのだけはやめようと心に決めて。

山頂までよじのぼると、たちまち、あの手紙にあった奇妙な山が見えました。ほんとにタカの頭にそっくりの形をしていて、見わたすかぎりは、この島で二番目に高い山でした。

山頂までのぼって、みんな息が切れていましたが、先生はその山を見ると、少しもぼくたちを休ませてくださらず、ちらりと太陽を見て方角をたしかめると、また猛然とかけおりていきました。しげみをつっ切り、小川をバシャバシャと横切り、ありとあらゆる近道をしました。あんなに太っているのに、クロスカントリーの世界一の走者だと思いました。

ぼくたちは、もがきながら、できるかぎり急いで先生のあとをついていきました。「ぼくたち」というのはバンポとぼくのことです。というのも、動物たち――ジップとチーチーとポリネシア――は、まるで追いかけっこを楽しむかのように、ぼくたちよりもずっと前――先生よりも前――を進んでいましたから。

とうとうめざす山のふもとに着き、その山がとても急であることがわかりました。先生はおっしゃいました。

「ここで手分けして、ほら穴をさがそう。今われわれがいるこの場所を、集合場所とする。だれか土か岩でふさがれたほら穴とか、なんらかの穴を見つけた者は、大声でほかの者に知らせるんだ。なにも見つからなければ、約一時間後にここに集合する――みんな、わかったね？」

そこでぼくたちは、てんでんばらばらにちらばりました。

だれもが自分こそ発見してやろうとがんばったのはもちろんのことです。あんなに徹底的に山さがしがなされたことはなかったでしょう。でも、ざんねん！　ふさがったほら穴らしきものはなにも見つかりませんでした。岩が坂の下のほうへ転げ落ちている場所はたくさんあったのですが、その下にほら穴だの通路だのがあるようにはどれも見えなかったのです。

つかれて、がっかりして、三々五々、みんな集合場所に集まってきました。先生は落ちこんでいて、いらいらしているようでしたが、決してあきらめたわけではありませんでした。

「ジップ」と、先生はたずねました。「どこかにインディアンのようなにおいはしないかい？」

「いいえ」と、ジップ。「山腹に割れ目があるところではぜんぶにおいをかいでみましたが、ここでは、おれの鼻は役に立ちません、先生。こまったことに、この島の空気全体が、クモザルのにおいでいっぱいで、ほかのにおいを消してしまっているんです。それに、寒くて空気がかわきすぎていて、ちゃんとにおいがかげません。」

「そうだな。しかも、どんどん寒くなっている。この島はどんどん南下しているようだ。いずれ止まってくれることをねがおう。さもないと、木の実やくだものもとれなくなる。島じゅうのものが枯れてしまう――チーチー、おまえはどうだった？」

「だめです、先生。目につく山頂はどこものぼってみたし、穴や割れ目があるところはぜんぶさがしましたが、人がかくれていそうなところは見つかりませんでした。」

「ポリネシアはどうだ。なにか手がかりになりそうなものはなかったかね？」

「ありません、先生――でも、計画があります。」

「ああ、そりゃあいい！」ドリトル先生は希望をすっかりとりもどしてさけびました。

「なんだね？ 聞かせてくれたまえ。」

「あのカブトムシを、まだお持ちですね。」ポリネシアは言いました。「ビズビズとかなんとかいう、あのへんな虫を？」

「ああ。ここだ。」先生はポケットから、ふたがガラスの箱をとり出して言いました。

「よろしゅうございます。お聞きください」と、ポリネシア。「先生のお考えのとおりなら、つまり、ロング・アローが落石で山のなかにとじこめられたのなら、ロング・アローはきっとそのカブトムシをほら穴のなかで見つけたんでしょう——ひょっとすると、ほかにもいろいろカブトムシがいたかもしれませんね？　まさかビズビズを自分でもちこんだわけじゃないでしょう？　植物をとりにいったのであって、カブトムシを集めていたわけではない。そうですよね？」

「そうだ」と、先生はうなずきました。「たぶんそうだと思う。」

「けっこうです。では、カブトムシの住みか、というか、巣穴がそこに——つまり、ロング・アローとその仲間がとじこめられた山のなかに——あったと考えるのは筋が通っていますね？」

「まったくそのとおりだ。」

「よろしゅうございます。では、やるべきことは、カブトムシを放って——どこに行くか見守るんです。いずれはロング・アローのいる自分の巣穴にもどるでしょう。そこまで追いかけていけば——いや、いずれにせよ、」ポリネシアは、とてもえらそうに、自分の羽をなでつけながら言いました。「この虫けらが地面に鼻をつっこむところまでついていけば、少なくとも山のどのあたりにロング・アローがかくれているかがわかることになります。」

「でも、放したら、飛んでいってしまうかもしれない」と、先生は言いました。「そしたら、ただ、虫を失うだけだ。」

「飛んだっていいじゃないですか。」ポリネシアがふんと鼻を鳴らしました。「オウムだって、ビズビズに負けないぐらい速く飛べると思いますがね。もし飛んだら、あたしが決して見失わないと保証しましょう。地面をはうだけだったら、先生がご自分でついていけばいいわけですしね。」

「すばらしい！」先生はさけびました。「ポリネシア、ほんとうに君は頭がいいな。すぐに放して、どうなるか見てみよう。」

ふたたびぼくたちは先生をかこみ、先生がガラスのふたをそっとあけて、大きなカブトムシを先生の指にのぼらせるのをじっと見守りました。

バンポが童謡を口ずさみました。「てんとう虫《レイディバード》、てんとう虫《レイディバード》、おうちへとんでおゆき《フライ・アウェイ・ホーム》、おうちが火事だ《ユア・ハウス・イズ・オン・ファイア》、そして子どもた《アンド・ユア・チ》……」

「静かにしておくれよ！」ポリネシアが、怒ってぴしゃりと言いました。「からかっちゃだめだよ！　言われなくたっておうちに帰るぐらいの頭はこいつにだってあると思わないのかい。」

「ひょっとしたら外で遊びたい気分かもしれないと思ったものですから。」バンポはへりくだって言いました。「おうちにあきていたりしたら、帰りなさいって言ってあげなきゃいけないでしょ。『ホーム・スイート・ホーム』の歌でも歌ってあげましょうか？」

「いや、そんなことをしたら家に帰らなくなっちまうよ。歌声は休ませといておくれ。歌うんじゃない。ただ、見てなさい。ああ、それから、先生、こいつの足にべつのメッセージをつけておいたらどうでしょう。ロング・アローに、あたしらが必死にさがしているから、がんばれって？」

「そうしよう。」先生は、近くのしげみからかわいた葉っぱをひきちぎり、えんぴつで小さな絵をびっしりかきこみました。

ついに、新しい手紙をきちんとつけたジャビズリは、先生の指から地面へとはい出し、あたりを見まわし、足をのばすと、前足で鼻をこすり、それからのろのろと西へむかいだしました。

山まで歩いてくれるものだと思っていたのですが、山のまわりばかり歩きます。カブトムシが山のまわりを歩くのにどれくらいかかるか知っていますか？　そりゃあもう信じられないくらい長い時間がかかるんです。数時間がたって、ぼくたちは、虫が立ちあがって飛びたってくれることをいのりました。そしたらポリネシアがあとを追跡してくれます。でも、虫は一度も羽をひろげませんでした。

人間がカブトムシと同じぐずぐずとしたペースで歩くのがどんなにつらいかなんてそれまで考えたこともありませんでした。あんなにじりじりしたことはありません。虫のあとからのらくらとついていきながら、葉っぱかなにかの下に入って見失ってはたいへんと鵜《う》の目鷹《たか》の目で見張るうちに、ぼくたちはどんどんいらいらして、おたがいの頭をかみちぎりそうなくらい機嫌を悪くしていました。虫が立ち止まって景色をながめたり、また鼻をこすったりすると、ぼくのうしろでポリネシアが、聞いたこともないようなおぞましい船乗りののしりのことばをはきました。

山をぐるりとひとまわりして、まさに出発したその場所までもどってくると、虫はぴたりと、止まってしまいました。

「ほら」と、バンポが、ポリネシアに言いました。「こうなると、カブトムシの判断力をどう思いますか？　こいつは家に帰ることもできないのですよ。」

「ちぇ、おだまり、このホッテントットめ。」ポリネシアがぴしゃりと言いました。「あんただって、一日じゅう箱のなかにとじこめられていたら、脚《あし》をのばしたくなるだろうが。たぶん家はこの近くなのさ。それで、もどってきたのさ。」

「でもどうして、」と、ぼくは聞きました。「まず山をひとまわりしたの？」

そこで、ふたりと一羽は、はげしい口論になりましたが、そのとちゅうで先生がとつぜんさけびました。

「見なさい、見なさい！」

ふりかえって、先生がジャビズリを指さしているのを見ると、虫はさっきよりもずっと速く、てきぱきと山をのぼりはじめているではありませんか。

「ふう」と、バンポがつかれきってすわりながら言いました。「もしあいつがもっと運動をしたくて山をこえてもどってくるなら、私はここで待っていることにします。チーチーとポリネシアがついていったらいいでしょう。」

たしかに、カブトムシが今のぼっている場所は、サルか鳥でないとのぼれないようなところでした。足がかりもなく、つるりとした岩が、壁のように切り立っていたのです。

でもやがて、ジャビズリがぼくたちの頭上三メートルぐらいのところまで来たとき、ぼくたちは声を合わせてさけんでしまいました。だって、ぼくたちが見ている目の前で、まるで雨が砂に吸いこまれるみたいに、岩のなかに消えてしまったからです。

「消えた」と、ポリネシアがさけびました。「あそこに穴があるにちがいない。」

あっというまに、ポリネシアはバタバタと岩にのぼって、つめでその表面にしがみつきました。

「あった。」ポリネシアは下にむかって大声で言いました。「ついに見つけたよ。巣穴はこの岩のコケのうしろだ——指を二本入れられるぐらいの大きさだ。」

「ああ。」先生がさけびました。「この大きな岩の厚板が山頂からすべりおりてきて、ドアのようにほら穴の口をとじてしまったんだ。かわいそうに！　こんなところで、さぞつらかろうに！　ああ、つるはしやシャベルがここにあったらよかったのだが！」

「つるはしやシャベルじゃあ、どうにもなりませんよ」と、ポリネシア。「この岩の大きさをごらんなさいな。たて、横、三十メートルはあります。軍隊が一週間かかっても、岩に傷をつけられる程度でしょうね。」

「どれくらい厚いのだろう。」先生は大きな石を拾うと、岩にむかって力いっぱい打ちつけました。大きなたいこのような、ドーンという、なかが空洞の音がしました。そのこだまがゆっくりと消えてゆくのを、ぼくたちはみんなじっと聞いていました。

そのとき、ぼくの背筋がこおりました。ドーン！　……ドーン！　……ドーン！と、山のなかから、三度、返事のノックがあったからです。

大地そのものが話をしたかのように、ぼくたちは目をまんまるにして、たがいに顔を見合わせました。そして、そのあとのおごそかな短い静けさを先生がやぶりました。「ありがたい。」先生は、息をひそめたうやうやしい声で言いました。「少なくとも生きている人がいる！」

第五部

第一章　世紀の一瞬

　それからがたいへんでした。この巨大な岩板をどうやってどけるのか、たおすのか、あるいはぶちやぶるのか？　頭上高くそびえたっているその岩を見あげると、ぼくたちのちっぽけな力ではどうすることもできないように思えました。

　でも、山のなかから生きている人の音がしたので、ぼくたちは気をとり直しました。そして、すぐさまこの板のまわりをのぼって、どこかに手がかりとなる入り口か割れ目はないかさがしてみました。チーチーは、岩板の壁をのぼって、山にもたれている上の部分を調べました。ぼくは、弱い場所がかくれてはいないかと、しげみの草をひきぬいたり、おおいかぶさっているシダをどけたりしました。先生は、もっと葉っぱをとってきて、またジャビズリがあらわれたらもっていってもらうための新しい絵文字の手紙を書いていました。ポリネシアは、木の実をひとつかみ運んでは、なかにいる人たちが食べられるように、カブトムシの穴からひとつずつおしこんでいました。

「木の実ってのは、栄養満点だからね」と、ポリネシアは言いました。

でも、最終的な成功へとつながる発見をしたのは、ジップでした。ジップは、ネズミをとるときのように、岩板の下をほり返していたのです。

「先生！」ジップは、鼻先をどろで真っ黒にしてドリトル先生のもとへ走ってきてさけびました。「この岩板は、やわらかい土の上にのっかっているだけです。こんなかんたんにほれるところ、ありませんよ。岩板の裏のほら穴は高いところにあって、この下の土まで手がとどかないんでしょうね。さもなきゃ、とっくに下をほって外に出ていたでしょうから。下の土をほんの少しほり出せば、岩板は少しさがるかもしれません。そしたら、インディアンたちは上からはい出せます。」

先生は、ジップがほっていた場所へ急いで行って、調べました。

「ほんとうだ」と、先生。「この手前の土をとりのぞけば、岩板はかなりまっすぐ立っているから、こちら側へバタンとたおすことさえできるかもしれない。やってみる価値はある。急いでとりかかろう。」

道具はなく、あたりで見つけられるのは、棒や石ころだけでした。ぼくたち全員がしゃがみこんで、まるで一列のアナグマみたいに山のふもとをひっかいたりほったりしているのは、とても奇妙な光景だったことでしょう。

一時間もすると、寒かったにもかかわらず、ひたいから汗が飛びちりました。先生がおっしゃいました。

「板が動く感じがしたら、飛びのいて、下じきにならないようにしたまえ。こんなものにおしつぶされたら、ぺっちゃんこになってしまうぞ。」

やがて、ぎりぎりとこすれる音がしました。

「気をつけろ！」と、ドリトル先生はさけびました。「たおれるぞ！逃げろ！」

ぼくたちは、命からがら、わきへ飛びのきました。大きな岩は、ぼくたちが下にほっておいたみぞに、ゆっくりと三十センチほどすべり落ちました。でも、しばらくのあいだは、がっかりでした。というのも、すべり落ちた岩の上からほら穴が見える気配もなく、さっきと変わりなく絶望的なままだったからです。ところが、上を見あげていると、岩の上のところが少しずつ山からはなれてくるのがわかりました。下でバランスをくずしてやったからです。山から岩がはなれるにつれて、聞きなれないよろこびのことばを発している人間の声が、裏から聞こえてきました。どんどんと速さを増して、岩の上部が前へ、下へと動いてきます。やがて岩は、山全体を足もとからゆるがすような大音響とともに地面にばったりとたおれて、まっぷたつに割れてしまいました。

さて、世界で最もえらいふたりの大博物学者、ゴールデン・アローの息子ロング・アローと、湿原のほとりのパドルビー出身の医学博士ジョン・ドリトルとの初めての出会いをどのように言いあらわしたらよいでしょう？　もう何年も何年も前に起こったことなのに、あのときのことは、まるで手にとるようにはっきりと目に浮かびます。でも、そのことを書こうとすると、あの世紀の瞬間を伝えるには、ことばではもどかしいと感じてしまうのです。

先生は、もちろん冒険でいっぱいの生涯を送りましたが、このインディアンの学者を救出したことをご自身がなしとげた最大の功績とお考えになっていました。ぼくとしては、この出会いがどれほど先生にとって大切かということを知っていましたから、巨大な岩がついにぼくたちの足もとに地ひびきをあげてたおれてきたとき、そのむこうになにがあるんだろうと期待と好奇心で、いても立ってもいられませんでした。

ゆうに六メートルの高さはあるトンネルの暗くて黒い口が見えてきました。その入り口のまんなかに、こしにビーズでかざった布をつけ、髪にワシの羽根をさしている以外ははだかの、筋骨たくましい、身長二メートル十センチのすらりとしたインディアンの大男が立っていました。男らしい二枚目です。もう何日も見てこなかった太陽のまぶしい光をさけて、手をひたいにかざして目を守っていました。

「あの人だよ！」先生が、ぼくのひじのところでささやきました。「あの背の高さと、あごの傷でわかる。」

先生はたおれた岩の上をゆっくりと前へ歩んでいき、片手をインディアンへさしのべました。

すぐに男は目をかくしていた手をおろしました。その目には、射ぬくようなふしぎな光がありました――まるでワシのような――でも、もっとやさしく、もっとおだやかな目です。男は、手以外は像のように動かさないまま、ゆっくりと右手をさしだして、先生の手をにぎりました。

すばらしい瞬間でした。ポリネシアは、物知り顔で、満足そうに、ぼくにうなずきました。バンポは、感きわまって洟《はな》をすすっています。

それから先生は、ロング・アローに話しかけようとしました。でも、もちろん、インディアンは英語を知りませんし、先生はインディアンのことばを知りません。やがて、おどろいたことに、先生は、いろいろな動物のことばをためしはじめたのです。「はじめまして」と、先生は犬のことばで言いました。「お目にかかれてうれしいです」と、馬のみぶりで。「どれくらい長くとじこめられていたのですか？」と、シカのことばで。それでも、インディアンはひとこともわからず、身じろぎせずに立ちつくしたままです。

先生はまた、もっとほかの動物のことばをためしてみました。でも、うまくいきません。

ついに、先生は、ワシのことばを話しました。

「赤い肌の偉大なる人よ」と、ワシが用いるあらあらしいさけびと短いうなり声で、

先生は言いました。「私は生まれてこのかた、あなたが生きているとわかった今日ほど、うれしかったことはない。」

さっと、ロング・アローの石のような顔が、わかったというほほ笑みでかがやきました。そして、ワシのことばで答えが返ってきました。

「強い白人よ。あなたは命の恩人だ。私は命あるかぎり、なんでもあなたの言うことにしたがおう。」

そののちロング・アローは、鳥のことばや動物のことばのうち、習得できたのはワシのことばだけなのだと語りました。ただ、この島にはワシがやってこないので、長いあいだ使っていなかったそうです。

それから、先生は、バンポに合図して、木の実や水をもってこさせました。でも、ロング・アローはそれを食べたり飲んだりせず、お礼に頭をさげてそれを受けとると、まわれ右をして、ほら穴のおくの暗いところへ運んでいきました。ぼくたちは、そのあとをついていきました。

なかには、インディアンの男と女と少年たちが九人、おそろしいほどやせほそって、息もたえだえで、岩の床に寝ていました。

死んだように目をつぶっている人もいます。急いで先生は、みんなのところへ行って、心臓の音を聞きました。みんな生きていましたが、立ちあがれないほど弱っている女性もいました。

　先生がひとこと言うと、チーチーとポリネシアが、もっとくだものや水をもってくるためにジャングルへと急ぎさりました。

　ロング・アローが飢えた仲間に、ぼくたちがもってきた食べ物を手わたしていると、ほら穴の外で物音が聞こえました。ふりかえると、入り口のところにむらがっていたのは、海岸でぼくたちに敵意を見せたインディアンの一団でした。

　一団は、まず用心しながら、暗いほら穴のなかをのぞいています。でも、ロング・アローとほかのインディアンたちがぼくたちといっしょにいることがわかると、笑って、うれしそうに手をたたいて、ものすごいいきおいでなにかしゃべりながら、どっとなかへ入ってきました。

　ロング・アローは、自分といっしょにほら穴にいた九人のインディアンたちは、薬草を集める手伝いに山へ同行してくれた二組の家族なのだと先生に説明しました。じめじめしたほら穴のなかにしか生えないコケの一種――消化不良に効くのです――をさがしているあいだに、巨大な岩板がすべり落ちてきて、とじこめられてしまったそうです。それから二週間、その薬草のコケを食べて、ほら穴のしめった壁からしたたる程度の新鮮な水を飲んで生きてきました。島に住むほかのインディアンたちは、自分たちの親戚《しんせき》が死んでしまったとあきらめて、なげいていたのですが、こうして生きているのを見てとてもおどろき、よろこんでいるわけです。ロング・アローが新しくやってきた人たちにむきなおって、インディアンのことばで、みんなの親戚を見つけて助けてくれたのはこの白人なのだと告げると、みんなはドリトル先生のまわりにむらがって、いっせいに話しかけたり、自分たちの胸を打ったりしました。

ロング・アローは、みんなが海岸で敵意を見せたことを、先生にあやまりたいのだ、と言いました。白人など見たことがなかったし、特に先生がイルカと話しているのを見て悪魔だと思ってこわかったのだそうです。

それからみんなは、外に出て、ぼくたちがたおした、牧場ほど大きい岩を見て、そのまわりをぐるぐるまわり、まんなかに走っている割れ目を指さしながら、どんなふうにしてたおしたんだろうとびっくりしていました。

そののちクモザル島をおとずれた旅人の話では、あの巨大な岩板は今では島のお決まりの観光名所になっているそうです。そして、それを旅行客に説明するインディアンのガイドさんは、どうしてそれがそこにあるのかの説明として、自分たちが作りあげたお話をするそうです。すなわち、友だちのロング・アローが岩にとじこめられているのを知った先生がものすごく怒って、素手で、えいやっと、山をまっぷたつにして、ロング・アローを出してやったというのです。

第二章　「動く土地の人たち」

　そのときから、インディアンたちのぼくたちへの態度ががらりと変わりました。死んだと思っていた親戚を生きかえらせてくれたお礼に村にごちそうを食べにきてくださいとまねいてくれたのです。若木でたんかを作って、病気の女の人を運び出したあと、ぼくたちは山をおりはじめました。

　とちゅうで、インディアンたちはロング・アローにどうやら悲しい知らせを伝えたようです。というのも、それを聞いて、ロング・アローの顔がみるみる深刻になったからです。先生が、どうしたのかとたずねると、ロング・アローは、八十歳だった部族の首長《チーフ》が今朝早く亡くなったと知らされたと告げました。

「それだから」と、ポリネシアがぼくの耳にささやきました。「みんな村へもどったんだね。伝令がやってきてみんなを海岸から連れもどしたの、おぼえているかい？」

「どうして死んだのかね？」先生がたずねました。

「寒さのため」と、ロング・アローが言いました。

たしかに、太陽がしずむと、ぼくたちも寒くてふるえてきました。

「これは深刻な問題だ。」先生はぼくにおっしゃいました。「この島はまだ、こまったことに、南へ流れる潮流につかまったままなんだ。あすは、この問題を考えなければならない。なにも打つ手がないとしたら、インディアンたちはカヌーに乗ってこの島をはなれたほうがいいだろう。とちゅうで遭難するかもしれんが、南極の流氷のなかで凍え死にするよりはましだ。」

やがて、ぼくたちはふたつの峰をつなぐ山の背へのぼり、そこからはるかかなたを見おろすと、村が見えました——草ぶきの小屋の集落があり、はでな色がぬられたトーテムポールが海岸近くにいくつも立っていました。

「なんて芸術的なんだ！」と、先生。「すばらしい村だ。なんという村かね？」

「ポプシペテル」と、ロング・アローは言いました。「部族の名前もポプシペテル。インディアンのことばで『動く土地の人たち』という意味。島にはインディアンの部族、ふたつある。こちら側にポプシペテル族、あちら側にバグ・ジャグデラグ族。」

「どちらの部族が大きいのかな？」

「バグ・ジャグデラグ族のほうがずっと大きい。町は十キロ四方にひろがっている。だが、」

ロング・アローはそのハンサムな顔を少ししかめて暗くしながら言いました。

「私にとっては、百人のバグ・ジャグデラグよりも、ひとりのポプシペテルのほうがいい。」

ぼくたちが人助けをした知らせは、もうひろがっていました。村に近づくと、大勢のインディアンたちが、二度と会えないと思っていた友だちや親戚にあいさつしようと、金切り声をあげておしよせてきたのです。

この善良な人たちもまた、救出してくれたのがこの浜にやってきた見知らぬ白人の旅人だとわかると、先生のまわりにむらがって、握手をしたり、背中をたたいたり、だきしめたりしました。それから、みんなは先生をその力強い肩でもちあげて、山をくだって村まで運んだのです。

そこでぼくたちが受けた歓迎は、さらにすばらしいものでした。せまりくる夜の寒気にもかかわらず、家のなかでふるえあがっていた村人たちは戸をあけはなち、何百人も外へ出てきました。こんな小さな村にこれほどの人がいるとは思いもよりませんでした。みんな、ぼくたちのまわりにむらがり、にこにことうなずいたり、手をふったりしていました。ぼくたちがなにをしたのか、くわしい話をロング・アローが語ると、人々はふしぎな歌うような声をあげましたが、それは感謝のことばだったのだと思います。

次に、できたばかりの草の家に案内されました。なかはきれいで、すてきなにおいがしました。この家をどうぞお使いください と言われたばかりでなく、六人のたくましいインディアンの少年たちがぼくたちの召し使いに指名されました。

村を通っていくときに、表通りのはしに、ほかの家よりもひときわ大きな一軒の家があるのに気がつきました。ロング・アローはそれを指さして、あれがチーフの家だったが、もう空なのだと言いました——死んだチーフのかわりとなる新しいチーフがまだえらばれていないからです。

ぼくたちの新しい家のなかでは、魚やくだもののごちそうが準備されていました。ぼくたちが着いたときには、部族のえらい人たちが、すでに長い食卓についていました。ロング・アローはぼくたちにすわって食べるようにと、まねきました。

ぼくたちはよろこんでそうしました。なにしろ、おなかがぺこぺこだったのです。でも、魚が生のままだったのには、おどろいて、がっかりしました。インディアンたちは、そんなことはちっともおかまいなしのようで、生のまま、おいしそうに魚をほおばっていました。

先生は、たくさんおわびをしながら、ロング・アローに、もしさしつかえなければ、魚を料理したいと申し出ました。

自然科学に精通した偉大なロング・アローともあろう人が、「料理」ということばがなんなのか知らないとわかったときの、ぼくたちのおどろきを想像してみてください！

　ドリトル先生とぼくのあいだにすわっていたポリネシアは、先生のそでをひっぱりました。

「なにがいけないのか教えてあげますよ、先生。」ポリネシアがささやくと、先生はポリネシアのほうへ体をかたむけました。

「この人たちは火を知らないいんですよ！　火のおこしかたを知らないんだ。外をごらんなさい。もう暗いのに、村のどこにも明かりひとつありゃしない。この部族は火を持たないのです。」

第三章　火

それから先生は、ロング・アローに火がどんなものか知っているかたずね、シカ革のテーブルクロスに絵を描いて説明しました。ロング・アローは、そんなものを見たことがあると言いました――火山のてっぺんから出ていた、と。でも、それがどうやってできるのか、自分もポプシペテルの人たちも知らないとのことでした。

「あわれな異教徒だ。」バンポがつぶやきました。「年寄りのチーフが凍え死にしたのもむりはない。」

そのとき、ドアのところでさけび声がしました。ふりかえってみると、あかちゃんをだっこして泣いているインディアンのおかあさんがいました。おかあさんはインディアンたちになにか言っていましたが、ぼくたちにはわかりません。ロング・アローが、あかんぼうが病気なので、おかあさんは先生に治してほしいのだと言いました。

「なんてこったい！」ポリネシアが、ぼくの耳もとでうなりました。「パドルビーと同じだ。食事の最中にでも患者がやってくるんだ。まあ、ここじゃ、食いものは生だから、冷めちまうってこともないけどね。」

先生はあかちゃんを診察して、すぐに、たいへん凍えているとわかりました。

「火だ――火！　それが必要だ。」先生はロング・アローをふりかえりました。「この島には火が必要なんだ。温めてやらないと、この子は肺炎を起こしてしまう。」

「よし。わかった。」と、ロング・アロー。「しかし、どうやって火をつくるか、どこから火をとってくるか。むずかしい。この島の火山は、みな死んでいる。」

そこでぼくたちは、マッチが残っていないかとそれぞれのポケットをさがしましたが、なんとかかき集めたのは、二本半だけでした――どれも塩水で頭がびしょぬれです。

「聞いてくれ、ロング・アロー。」先生はおっしゃいました。「マッチがなくても火をおこす方法はいくらでもある。ひとつは、強力なレンズと太陽光線を使う。だが、その方法は、太陽がしずんだ今となっては使えない。べつの方法は、かたい棒をやわらかい丸太にこすりつけるやりかただ。外はもう真っ暗になったかな？　ざんねんながら、そうだな。となると、あしたまで待つしかない。二種類の木のほかに、古いリスの巣がたきつけとして必要だからね。そいつは、ランプでもないと、この時間に森で見つけられないからな。」

「ああ、白人よ、あなたのたくみさと技術はすばらしい」と、ロング・アローは答えました。「だが、そういうことを言うのは、われわれを誤解しているからだ。火のない部族は暗闇でも見えることを知らないか？　インディアンにランプはない。ランプは要らない。暗い夜でも、光なしで動ける。伝令を送って、一時間以内にリスの巣をあなたに届けよう。」

ロング・アローがぼくたちの少年召し使いのふたりに命令すると、ふたりはすぐさま走ってどこかへ行ってしまいました。そしてたしかに、あっという間に、リスの巣とかたい木とやわらかい木とが、ぼくたちの家の戸口まで運ばれたのです。

月はまだのぼっておらず、家のなかは真っ暗でした。ところが、インディアンたちがまるで昼間のように平気で動きまわっている気配がしましたし、その音が聞こえました。先生は、火をおこす仕事をほとんど手さぐり状態でおこなわなければならず、暗闇に道具をおいてわからなくなると、ロング・アローやインディアンたちに、道具をとってもらわなければなりませんでした。そこでぼくは、ふしぎな発見をしました。暗闇で見なければならないとなると、ぼくにも少しずつ暗闇で目が見えるようになってきたのです。戸をあけておいたり、空が上にあったりすれば、もちろん、ほんとうに真っ暗になどならないのだと初めて気がついたのです。

先生は弓を貸してくれとおっしゃり、弓を受けとると、その糸をゆるめて、糸を輪にしたところにかたい棒をさしこみ、やわらかい丸太にこの棒をぐるぐるまわしながらこすりつけました。やがて、丸太からけむりのにおいがしました。すると先生は、リスの巣の内側の部分を、けむりをたてているところへ入れてゆき、ぼくに息でそこを吹いてくれとたのみました。先生は棒のドリルをどんどん速めました。部屋にはますますけむりがたちこめました。とうとう、まわりの暗闇がふいに明るくなりました。リスの巣が、ぱっと燃えあがったのです。

インディアンたちはおどろいて、ぶつぶつ言ったり、うなったりしていました。最初、みんなはひざまずいて火をあがめだしたのですが、やがて素手で火をもちあげて遊ぼうとしましたので、火のあつかいかたを教えてあげなければなりませんでした。

ぼくたちが魚を棒につきさして火にあぶって料理してみせると、みんな、すっかり心をうばわれて、じっと見ていました。史上初めて、ポプシペテルの村に焼き魚のにおいがただよい、みんなは空気をおいしそうにかいだのでした。

それから、枯れ木をたくさんもってきてもらいました。そして表通りのまんなかに大きなかがり火をたいたのです。この火のまわりに、村じゅうの人たちがその温かさを感じて集まり、笑みを浮かべながらも、ふしぎがっていました。それは印象的な光景でした。航海中のいろいろなできごとのなかでも、とてもよく思い出されます。真っ黒の夜空の下に、ぱちぱちと燃えさかる炎があり、そのまわりを大勢のインディアンがとりかこみ、褐色のほお、白い歯、そしてきらきらする目を火の明かりでほてらせながら、だれもが小学生のように、くすくす笑ったり、おしあったりしながら、火にあたっていたのです。

やがて、先生は、みんなに火のあつかいになれてもらい、屋根にけむりを逃がす穴さえあければ、家のなかに火を入れることもできるのだと教えてあげました。そして、そのとても長い長い一日がようやく終わって、ぼくたちがぐったりと家に帰ったときには、村じゅうのどの家にも火がともっていたのです。

寒さでふるえていた人たちはふたたびほんとうに暖かくなったのをよろこぶあまり、夜どおし起きていたようです。一晩じゅう、村には低いささやき声がいつまでもひびいていました。ポプシペテルの人たちは、白い顔をしたすばらしい客人と、その人がもってきたふしぎなおくりもの——火！——について寝ないで語りあっていたのです。

第四章　なぜ島は浮いているのか？

ポプシペテル流の親切を受けてすぐわかったのは、なにかやりたければ、たいていはないしょでやったほうがいいということでした。先生はあまりに人気者になったので、朝、戸の外に顔を出すやいなや、先生を慕う人たちのむれが外でしんぼう強く待っていて、先生のあとをどこへでもついてくるのです。先生が火をおこすという偉業をなしたあと、この子どもみたいな人たちは先生がいつも魔法を見せてくれると期待して、それを見のがすまいと思っていたのでしょう。

その朝、ぼくたちはやっとのことで、人だかりからのがれて、ロング・アローとゆっくり島の探検に出かけることができました。

島のおく地では、草や木が寒さにやられていただけでなく、動物はもっとひどいありさまでした。どこへ行っても、ふるえている鳥がいて、みな鳥肌を立てて、夏の国へ飛びたとうと集まっていました。死んで地面にたおれている鳥もたくさんいました。岸へ行ってみると、たくさんのオカガニがもっといい住みかをさがそうとして海に出ようとしていました。南東の方角には、氷山がたくさん浮いていました――おそろしい南極に近づいてしまったというしるしです。

海をながめていると、お友だちのイルカが波間をジャンプしているのが見えました。先生が呼びかけると、イルカたちは海岸にやってきました。

先生は、南極大陸からどれくらいはなれているかと、イルカたちにおたずねになりました。

百六十キロほどですとイルカは答え、どうしてお知りになりたかったのですかとたずねました。

「なぜなら、私たちがいるこの島は、潮流に乗ってたえず南へ流されているからだよ。これは本来なら熱帯にある島で、きわめて蒸し暑い気候や日射病といったものとなじんできた。もし南下が止まらなければ、やがて島じゅうのものが寒さで死に絶えてしまうんだ。」

「なるほど」と、イルカたちは言いました。「では、暖かい気候のところへもどせばよろしいんですね？」

「そうだが、どうすればいい？　オールでこぎもどすわけにもいくまい。」

「ええ、でもクジラなら、おしていけますよ。たくさん連れてくれれば。」

「そりゃいい考えだ！　クジラとは名案だ！」と、先生は言いました。「何頭か連れてきてもらえるかな？」

「もちろんです」と、イルカたち。「さっき、あの氷山のあいだで遊びまわっているクジラのむれとすれちがったばかりです。来てくれるように、たのんでみましょう。それでも足りなければ、もっとさがしてきましょう。多いほうがいいですものね。」

「ありがとう。ところで、君たちは、この島がどうして浮かぶのか知っているかい？少なくとも半分は石でできていると思うのだが。それが浮くなんてふしぎじゃないかね？」

「変わっていますが、説明はかんたんです。この島は、もともと南アメリカの山のある一部で、外に出っぱっていたところでした。何千年も前の氷河期に、それが大陸から折れてはなれて、海に落ちるとき、たまたま空洞になっている内部に空気がいっぱい入ったのです。実は海上には島の半分も見えておらず、大部分は海面下にあるのです。島の下のまんなかに、巨大な岩でできた空気室があって、山の内側までひろがっているのです。それで浮かんでいるのですよ。」

「なんて奇妙な自然現象《しぜんげんぞう》でしょう！」バンポは、〝現象《げんしょう》〟をまちがえて〝げんぞう〟なんて言っていました。

「まったくだ。これはノートをとっておかなければならん」と、先生はおっしゃって、いつものノートをとり出しました。

イルカたちは、氷山のほうへ飛ぶように泳いでいきました。しばらくすると、海が大きくうねってあわだち、クジラの大群が全速力でこちらへやってきました。ほんとうに巨大な生き物です。しかも、二百頭はいたと思います。

「連れてきましたよ。」イルカたちが、水から顔をつき出して言いました。

「ありがたい！　では、クジラ君たちに説明してやってくれないかね。この島にいる生き物すべてにかかわる深刻な事態なのだ、と。そして、この島のはじまで行って、鼻をおし当てて、南ブラジルの海岸までおしもどしてくれないだろうか、と。」

イルカたちは、どうやら、先生のたのみをクジラにうまく話して、承知してもらえたようです。まもなく、クジラたちが波をけたてて、島の南のはしへむかったからです。

それから、ぼくたちは海岸に寝そべって待っていました。

一時間ほどすると、先生は立ちあがって、棒きれを海に投げました。しばらく、棒きれはぷかぷかと浮かんでいましたが、やがて、ゆっくりと海岸沿いに流れだしました。

「やったぞ！」と、先生。「見たかね？　島は、とうとう北へ動きだした。ありがたい！」

棒きれは、だんだんと速く遠ざかりました。そして、水平線上に浮かんでいた氷山は小さく、かすかになっていきました。

先生は、懐中時計をとり出して、棒をさらに何本も海に投げながら、すばやく計算をしました。

「うむ！　時速十四・五ノット〔時速約二十七キロ〕だ」と、先生はつぶやきました。

「かなり速いぞ。五日もあれば、ブラジル近くまでもどれそうだ。これで一件落着――いやあ、ほっとしたよ。もう暖かく感じてきたぞ。さあ、なにか食べにいこうじゃないか。」

第五章　戦争だ！

村に帰るとちゅうで、先生は、ロング・アローと自然研究について話しはじめました。ところが、もっぱら植物についてのふたりのたいへんおもしろい話がようやくはじまったところに、インディアンが知らせを持ってかけつけました。

男が息せき切ってわけのわからないことを言っているのを、ロング・アローはまじめな顔で聞いてから、先生をふりかえって、ワシのことばで言いました。

「偉大なる白人よ。ポプシペテルに悪が降りかかった。島の南側に住む、盗人《ぬすっと》のごときバグ・ジャグデラグ族が、いくさをしかけてきた。今までもずっとわれわれの熟した穀物のたくわえをうらやましそうに見ていた。たった今、われわれを攻撃しに、こちらへむかっている。」

「たしかに悪い知らせだ」と、先生はおっしゃいました。「だが、おだやかに考えようじゃないか。ひょっとしたら、食べ物がなくてこまっているだけなのかもしれない。収穫期の前に食料が霜でだめになったのだろう。こちらより、むこうのほうが南に近くて寒いからね？」

「バグ・ジャグデラグ族のどんなやつも許してはいけない。」ロング・アローは首をふりました。「なまけ者で無能な部族だ。自分で働かずに人から食べ物をうばう。むこうのほうが大勢だから勝てると思っている。でなければ、勇敢なポプシペテル族にいくさなどしかけない。」

村に着くと、たいへんなさわぎになっていました。どこもかしこも、弓をそろえたり、槍《やり》を研いだり、いくさの斧《おの》をみがいたり、何百という矢を作ったりする人でいっぱいでした。女たちは、村のまわりにぐるりと高い竹がきを作りました。スパイや伝令が行ったり来たりして、敵の動きを伝えます。村のまわりの高い木や丘には、山の南方をうかがう見張りが立ちました。

ロング・アローは、ひどくずんぐりしたインディアンを連れてきて、先生に、ポプシペテル族のいくさ隊長ビッグ・ティース〔「大きな歯」という意味〕だと紹介しました。

先生は自ら進んで敵に会いに行って、戦わずに、平和に話しあいで解決しようと言いました。というのも、戦争など、おろかしい、むだなことでしかないからです。でも、ロング・アローもビッグ・ティースも首をふり、そんなことはむりだと言いました。この前のいくさのとき、平和の話しあいに送った使者を、敵は斧で殺してしまったからです。

先生が、どうやって村を攻撃から守るのかとビッグ・ティースにたずねていると、見張りをしていた人が警戒のさけびをあげました。

「来たぞ！　バグ・ジャグデラグ族が何千人も山をかけおりてくる！」

「しかたない」と、先生はおっしゃいました。「かたづけてしまうしかないな。戦争などばかげているが、村が攻撃されるなら、村を守るのに手を貸さねばなるまい。」

そして、地面から棍棒《こんぼう》を拾いあげると、岩をたたいて、その重さをたしかめました。

「こいつはかなり便利な道具のようだ。」それから、竹がきのところへ歩いていって、そこで待ちかまえている戦士たちのあいだに入りました。

ぼくたちは、なにかしら武器をとり、勇ましいポプシペテル族を助ける準備をしました。ぼくは、矢がいっぱい入った矢筒と弓を借りました。ジップは、いつものがんじょうな歯でじゅうぶんだと言いました。チーチーは、石の入ったふくろを持って、敵の頭に投げつけるためにヤシの木にのぼりました。バンポは先生のあとから、片手に若木、もういっぽうの手に門柱を持って、竹がきのところへ行進しました。

敵が接近して、そのすがたが見えたとき、ぼくたちはみなおどろいて息をのみました。山腹がすっかり、何千何万もの敵でおおわれているのです。この村にいるぼくたちの小さな軍隊など、ほんとにひとにぎりにしか見えません。

「冗談じゃない！」ポリネシアがつぶやきました。「こっちのちっぽけな陣営じゃ、あの大群にとてもたちうちできない。これじゃだめだ。助けを呼びに行ってくるよ。」

ポリネシアがどこへ行くのか、どんな助けを呼ぼうとしているのか、ぼくにはちっともわかりませんでした。ただ、ふっといなくなってしまいました。でも、ポリネシアの言うことを聞いていたジップは、竹がきの格子のあいだから鼻をつきだし、敵をよく見てから言いました。

「たぶん黒オウムのところへ行くんだな。間に合うといいけれど。岩場を降りてくるあのいやな悪党どもをごらんよ——何百万といるよ！　このいくさは、たいへんなことになるぞ。」

ジップの言うとおりでした。十五分もしないうちに、村はすっかり、どなりちらすバグ・ジャグデラグ族の大勢の暴徒にとりかこまれていたのです。

この航海記のなかでも、このときほど、いろいろなことがあまりにあわただしく次々と起こったときは、あまりなかったように思います。「おそろしき三人組」——のちにポプシペテルの歴史において、ロング・アローとバンポと先生の三人のことは、そう呼ばれることになったのですが——この三人がいなかったら、いくさはあっという間に終わって、島全体がひきょうなバグ・ジャグデラグ族のものになっていたことはたしかです。でも、このインディアンとアフリカ人とイギリス人は、それぞれが一個連隊分の働きをして、協力しあって、この村を、敵にとって足をふみいれるのは危険な場所に変えたのです。

村のまわりに急いで建てた竹がきは、がんじょうではありませんでした。敵がおしよせてくると、さっそくあちこちがこわされました。先生とロング・アローとバンポは、こわれた場所へかけつけ、すばらしい接近戦をくりひろげて敵を追いだしましたが、またすぐにべつのところがこわされたという声が聞こえてくるので、三人は急いでそこへかけつけて、また同じことをくり返しました。

ポプシペテル族もりっぱな戦士でしたが、国籍も肌の色もちがうこの三人が力を合わせて巨大な棍棒をふりまわして戦うようすは、だれが見てもほれぼれするような勇ましさでした。

何週間もしてから、ある夜、ぼくがインディアンのキャンプファイアを通りがかったとき、こんな歌が聞こえてきました。それは、そののち、ポプシペテルの民謡となっています。

おそろしき三人組の歌

聞け、おそろしき三人組の歌を。

海辺で戦いし、いくさの歌を。
山の岩やがけをかけおりて続々、
地バチのごとく来たり、バグ・ジャグデラグ族。

村をかこみ、塀をやぶる、怒りの炎《ほむら》。
ああ、悲しきかな、われらが村！
だが、天は、あわれと涙ぐみ、
助けに送った、おそろしき三人組。

ひとりは黒く、夜のごとし。
ひとりは赤く、大山のごとし。
主たる男は白人で、ハチのようにまんまる。
三人ならべば、泣く子もだまる。

肩をならべて三人、棒をふりまわしながら、
けったり、かんだり、悪魔さながら。
三人暴れて、ふりまわすげんこ。

一度に六人の敵をぺしゃんこ。
ああ、赤強し、黒すごし。
バグ・ジャグデラグは、ふるえて逃げごし。
だが、「白人に気をつけろ！」と、敵は声をあらげる。
「あいつは何人もつかんでは空にぽんぽん投げあげる！」
夜聞いて、こわがらぬ悪童はなし、
赤と黒と白、三人組のお話。
そして、いつまでも歌いつがれていくさ、
おそろしき三人組が戦いし、いくさ。

第六章　ポリネシア将軍

でも、ざんねん！　どんなに強くとも、三人だけでは、数かぎりない大軍を相手にいつまでももちこたえられるはずがありません。竹がきが特に大きくやぶられて、最も白熱した小ぜりあいが展開されていたとき、ロング・アローの広い胸に矢がささって、その巨体がたおれてしまいました。

それから三十分、バンポと先生はともに戦いました。どうやってあんなにがんばれたのか、ぼくにはわかりません。一瞬たりとて息をつく間も、腕を休める間もなかったのですから。

あの静かでやさしく、おだやかな小さな先生！　その先生が、一キロ先からだって聞こえるバシッという音をたててパンチをくりだし、ありとあらゆる方向になぐりかかっているところを、もしみなさんが目にしたとしても、まさかそれが先生だとは思えなかったことでしょう。

バンポはと言えば、ぎょろりとした目玉でにらみつけ、歯をくいしばって、こわい顔をしていたため、まるで悪魔みたいでした。ぶんぶんとふりまわされる門柱の近くによりつく者はだれもいませんでした。ところが、とうとう敵の投げた石が、ねらいあやまたず、バンポのひたいのどまんなかに命中しました。こうして、三人組のうち、ふたりまでがたおされたのです。おそろしき三人組の最後の男であるドリトル先生は、たったひとりで戦うことになってしまいました。

ジップとぼくは、先生のそばへかけつけ、たおれたふたりの代わりをしましたが、ぼくたちはあまりにも軽く、あまりにも小さかったので、たいしてお役にはたてませんでした。そしてまた、竹がきが大きくやぶられ、そこからバグ・ジャグデラグ族が洪水のようになだれこんできました。

「カヌーへ急げ！　海へ行け！」ポプシペテル族がさけびました。「命がおしくば、逃げろ！　もうだめだ！　いくさは負けだ！」

しかし、先生とぼくには、逃げるチャンスはありませんでした。おしよせる敵におしつぶされ、たおされてしまったのです。そして、一度たおれると、もう立ちあがることはできませんでした。まちがいなく、ふみ殺されると思いました。

ところが、そのとき、いくさの音や、どなり声よりも大きな、これまで人間の耳をおそったこともないようなおそろしい音が聞こえてきました。それは、何百万また何百万という、怒ったオウムの大群があげる金切り声でした。

ポリネシアが、間一髪でぼくたちを助けるために連れてきた黒オウムの軍隊は、西の空全体を真っ暗にしていました。あとになって、どれぐらいの鳥がいたのかとポリネシアにたずねたところ、正確にはわからないが、六千万から七千万羽はまちがいなくいただろうとのことでした。信じられないほどの短時間で、南アメリカの本土から連れてきたのです。

オウムが怒って金切り声をあげるのを聞いたことがあれば、どんなにこわい音かわかるでしょう。また、オウムにかまれたことがあれば、どんなに痛いかもわかるでしょう。

黒オウムたち（くちばしが紅色で、つばさと尾に赤い筋が一本入っている以外は、全身、石炭のように真っ黒でした）は、ポリネシアの号令に応じて、村に流れこんで盗みを働こうとしているバグ・ジャグデラグ族に攻撃をかけました。

黒オウムの戦法は変わっていました。こういう具合です。ひとりのバグ・ジャグデラグの頭に三、四羽がとまり、つめでしっかりと髪の毛をつかみ、それから体を横へたおして、まるできっぷに穴をあけるみたいに、耳をチョキチョキ切ったのです。それだけです。耳以外のどこも、かみませんでした。そうして、戦いはぼくたちの勝利となったのです。

バグ・ジャグデラグ族は聞くもあわれな悲鳴をあげて、呪われた村から大急ぎで、たがいにのしかかるようにして、われ先に、逃げていきました。頭からオウムをひきはがそうとしても、むだでした。なぜなら、ひとつの頭にいつも、さらに四羽のオウムがとまろうとして、いらいらと待ちかまえていたからです。

敵のなかには運がよくて、ひとかみか、ふたかみされただけで、竹がきの外へ逃げだした人もいます。オウムは外までは追っていきませんでした。でも、たいていの人は、オウムがはなれるまでには、耳がまるで郵便切手のふちのぎざぎざみたいになっていました。この仕打ちは、やられたときは痛いのですが、外見が変わるだけで、あとあとまで痛むものではありませんでした。そして、のちに、これがバグ・ジャグデラグ族の部族のしるしとなったのです。この部族のおしゃれな若いご婦人は、耳にぎざぎざのない男と歩いたりしないものです――なにしろ、その耳は偉大ないくさに参加したという証《あかし》なのですから。こうして（学者にはあまり知られていないことですが）この部族は、ほかのインディアンたちから「ぎざぎざ耳のバグ・ジャグデラグ族」と呼ばれるようになったのです。

村から敵がいなくなるやいなや、先生はその注意をけが人にむけました。戦いが長くはげしかったにもかかわらず、大けがをした人はおどろくほど少なく、気の毒なロング・アローが一番大けがでした。しかし、先生が傷口を洗って、ベッドにねかせると、ロング・アローは目をあけて、もうよくなった気がすると言いました。

バンポは、びっくりしてこしをぬかしただけのことでした。

手当てが一段落すると、先生はポリネシアに声をかけ、黒オウムが敵を敵国までまっすぐ追いはらい、一晩じゅう、しっかり見張るようにしてくれとたのみました。

ポリネシアは短く号令をかけました。すると、何百万ものオウムがまるで一羽の鳥であるかのように赤いくちばしを開くと、いっせいにあのけたたましい鬨《とき》の声をたてたのでした。

バグ・ジャグデラグ族は、ぐずぐずしてはおりませんでした。もうかまれるのはごめんだと、あわてふためいて、やってきた山のむこうへ逃げていきました。いっぽう、ポリネシアと、勝利した軍隊は、大きなおそろしい黒雲のようになって、あとをついていき、目を光らせたのです。

先生は、戦いの最中に地面にはたき落とされたシルクハットを拾いあげると、ていねいにほこりをはらって、かぶりました。そして、山にむかってこぶしをふりまわして言いました。

「あすは、和平条約を結ぶのだ――それも、バグ・ジャグデラグ族の町で結ぶことにしよう。」

そのことばにつづいて、先生をあがめるポプシペテル族が勝どきの声をあげました。いくさは終わったのです。

第七章　オウム和平条約

翌日、ぼくたちは島のずっとはしまで出かけていきました。海路をとったので、カヌーで二十五時間もかかってしまいましたが、着いたあとは、バグ・ジャグデラグの町に必要以上ぐずぐずすることはありませんでした。

このいくさのときほど、本気で怒っている先生をぼくは生まれてこのかた見たことがありませんでした。先生の怒りは、いったん火がつくと、なかなかおさまりませんでした。自分で畑をたがやすのがめんどうだから穀物をうばってやろうというそれだけの理由で、友人であるポプシペテル族を攻撃したひきょうな部族のことを、先生は島の沿岸を進んでいるあいだじゅう、ずっとののしっていました。バグ・ジャグデラグの町に着いたときも、まだ怒っていました。

ロング・アローはまだ傷がいえず、動けなかったので、来ませんでした。しかし、先生は――ことばを学ぶのが得意なだけあって――もうインディアンのことばが話せるようになっていました。それに、カヌーをこぐために連れてきた六人のポプシペテル人のなかには、ぼくたちが少し英語を教えた少年がいました。この子と先生のおかげで、なんとか話を通じさせることができたのです。

石の町バグ・ジャグデラグのまわりの山々には、山を真っ黒に染めるほどおびただしい数のおそろしいオウムたちが攻撃の合図を待ってひかえていたものですから、バグ・ジャグデラグの人々はとてもしんみょうにしていました。

カヌーを降りると、ぼくたちは表通りをぬけて、首長《チーフ》の住む宮殿へ行きました。怒った先生が、小さなまんまるのからだで、あごを空につきあげて、ふんぞりかえってぼくたちの先頭に立って歩いていくと、道の両側にならんでいた人々がいっせいに地面にはいつくばっておじぎをしたものですから、バンポとぼくは満足の笑みを浮かべずにはいられませんでした。

宮殿の入り口へあがる階段の前には、チーフと部族のえらい人たちが待ちかまえていて、先生におずおずとほほ笑みながら、人がよさそうに握手の手をさしのべて、あいさつしました。先生はそれを一切無視して、その人たちの前を通りすぎて宮殿の階段をあがりました。そこで、ぐるりとふりかえるとすぐさま、しっかりした声で人々に演説をはじめたのです。

あんな演説をぼくは聞いたことがありませんでした。町の人々もそうだったと思います。まず、先生は、人々をののしりました――ひきょう者、なまけ者、どろぼう、ならず者、役立たず、弱い者いじめなどと言って、人々をしかったのです。それから先生は、オウムたちに命じて人々を海のなかに追い落とさせようか、まだ真剣に考えていると言いました。そうすれば、この楽しい島から、役立たずの人たちの死がいもすっかりなくなってきれいになるから、と言うのです。

これを聞くと、お情けを求める大きななげき声がわき起こり、チーフはもとより、みながひざまずき、どんな和平の条件にもしたがいますから、おゆるしくださいとうったえました。

すると先生は、書記——というのは、絵文字が書ける人ということです——を呼んで、バグ・ジャグデラグの宮殿の石の壁に、先生が言うとおりの和平の条件を書き記させました。これは「オウム和平条約」として今も知られており、たいがいの和平条約とはちがって、今日までしっかりと守られています。

それは、絵文字にするとかなり長い条約でした。宮殿の正面の半分が絵文字でおおわれ、書記はペンキ五十缶を使って、へとへとになって、ようやく書き終わりました。その主な内容は、もう戦争はしないということ。そして、ふたつの部族は、飢饉《ききん》や、そのほかのこまったことがあるときには、たがいに助けあうことをおごそかに約束するという内容でした。

バグ・ジャグデラグ族は、たいへんおどろきました。先生の怒った顔から、少なくとも二百人ぐらいは首をちょん切られ、残りは一生どれいにされるのではないかと思っていたからです。

でも、先生がほんとうはやさしいのだとわかったとき、先生に対する大きなおそれは、はかりしれない尊敬の気持ちへと変わりました。先生が長い演説を終えて、カヌーへもどろうとして、きびきびと階段をおりていくと、チーフたち何人かがその足もとにひれふして、さけびました。

「どうぞ、おとどまりください。偉大なるおかた、バグ・ジャグデラグのありとあらゆる財宝をさしあげます。山にある金や海底の真珠もさしあげます。ただ、どうぞここにとどまって、その万能のお知恵で、わが民に繁栄と平和をもたらしてください。」

先生は、手をあげて静粛を求めました。

「バグ・ジャグデラグ族が、正しいおこないによって、正直な部族であることを示さないかぎり、そのもてなしを受けようとする者などひとりもいないだろう。和平条約をきちんと守れば、おのずから、よき政治と繁栄が生まれよう――さらば！」

それから、先生はむきを変えて、バンポと、ポプシペテルの人たちと、ぼくをしたがえて、急ぎ足でカヌーに乗りこんだのでした。

第八章　ぐらぐら岩

しかし、バグ・ジャグデラグ族の反省は、ほんとうに心からのものでした。先生は部族の心を――先生自身、思ってもみなかったほど――強くゆりうごかしたのです。実際、宮殿の階段から先生がなさった演説のほうが、先生のどんな偉業よりも、クモザル島のインディアンには、すばらしいものに思えたのでしょう。偉業のほうは、結局、口から口に伝えられているうちに、いつも話がふくらんで、おおげさになってしまうものでしたから。

カヌーがならぶ海岸まで来たとき、病気の少女が先生のもとへ運ばれてきました。その子はほんのちょっとした病気にかかっているだけでしたので、先生はさっと治療してやりました。このことが先生の人気をさらに大きくしました。カヌーへ乗りこんだときには、まわりにつめかけた人たちは、ほんとうにどっと泣きだしていたのです。（あとになってわかったことですが）先生が海をわたって、生まれ故郷の、見知らぬ外国へ永遠に帰ってしまうと思ったようです。

ぼくたちがカヌーをおし出しているときに、チーフ以下の何人かが、ポプシペテルの人たちに話しかけました。なにを言ったのかはわかりませんが、バグ・ジャグデラグ族が大勢乗ったカヌーが何艘《なんそう》か、うやうやしく少しはなれながら、ポプシペテルまでずっとおともをしてくれました。

先生は、反対側の岸をまわって帰ることにしました。そうすれば、島をぐるりとひとめぐりできるからです。

出発してまもなく、まだ島の南側にいるときに、海岸の切り立ったところの海がわきたって、石けんのように白くあわだっているのが見えてきました。近よって見ると、それは、あいかわらず鼻を島におしつけて、いっしょうけんめい北へおしてくれているお友だちのクジラのせいだとわかりました。ぼくたちは、戦争に気をとられて、クジラのことをすっかり忘れていたのです。

でも、オールをこぐ手を休めて、クジラの強いしっぽが海面をはたいたり、かきまわしたりするのを見ていると、ふと、ずいぶん長いこと寒さを感じていないことに気づきました。島が運ばれて、ぼくたちからどんどん遠ざかってしまうといけないので、舟の速度をあげながら、ぼくたちは海岸沿いに北へ進んでいきました。あちこちの海辺の木々はすでに青々としてきて、元気そうになっていました。クモザル島は、ふるさとの気候へもどりつつあったのです。

ポプシペテルへの道のなかばあたりで、ぼくたちは上陸して、二、三日、島の中央部を探検しました。こぎ手のインディアンたちが、山へ案内してくれました。このあたりの山は、高くけわしく、海へつき出しています。そこでは、「ささやきの岩」と呼ばれるものを見せてもらいました。

とても奇妙で印象的なながめでした。山のなかにある巨大な洗面器か円形競技場といった感じで、中央に高い岩の台があり、その上に象牙《ぞうげ》のいすが載っています。まわりはぐるりと山にかこまれていて、それが階段のように、あるいは劇場の座席のように、かなりの高さまでせりあがっています――ただ一か所、切れ目があって、そこから海が見えるのです。まるで巨人の集会所かコンサートホールのようで、中央の岩の台は、演技をするための舞台か演説をするための演台といった感じです。

どうして「ささやきの岩」というのか、案内の人たちにたずねると、こう言われました。

「なかへ入ってごらんなさい。そうしたら、わかりますよ。」

巨大なおわん形のくぼみは、深さも、はばも、ものすごくありました。岩を伝っておりていくと、案内の人たちが教えてくれました――たとえ、たがいにはなれていても、ほんの少しささやきさえすれば、この劇場にいるだれにでも聞こえるのですよ、と。先生によれば、これは、高い岩の壁のあいだを行ったり来たりするこだまのせいだそうです。

ポプシペテル族がクモザル島全体を支配していた大むかし、ここで王さまの即位式がおこなわれたのだと案内人は教えてくれました。台の上の象牙のいすに王さまがすわって、頭に冠を戴《いただ》いたのです。この劇場はかなり大きいので、島じゅうの人たちがすわって儀式を見ることができました。

それから、島で一番高い火山の火口のはしにちょこんとのっかって、ひっかかっている大きな岩も見せてもらいました。ずっと遠い南方にありましたが、とてもはっきりと見えました。手でおしたら落ちてしまいそうなぐらい、ぐらぐらして見えました。ポプシペテル族の最もえらい王さまがあらわれて、この象牙のいすで戴冠《たいかん》すると、このぐらぐら岩が火口に落ちて、まっすぐ地球の中心まで落下していくという伝説があるのだそうです。

先生は、近づいてよく見てみたいとおっしゃいました。

火口まで来ると（そこまでのぼるのに半日かかりました）、その岩は信じられないほど大きいことがわかりました――大聖堂ほどの大きさです。下をのぞいてみると、底なしのような黒い穴があいています。先生の説明では、活《い》きた火山は、山頂のこうした穴から火を噴きだすものだが、浮かぶ島の火山の穴は冷えていて、「死火山」というのだそうです。

「スタビンズ君。」先生は、ぼくたちの頭上にそびえている岩を見あげながらおっしゃいました。「あの巨岩が落ちたら、どうなるかわかるかね？」

「いいえ。どうなるんですか？」

「島の中央の下部に空気室があると教えてくれたイルカの話をおぼえているね？」

「はい。」

「うむ。この岩はかなり重いから、火山のなかに落ちたら、その空気室に上から穴をあけることになる。そうなると、空気が逃げて、浮かぶ島は、もはや浮かばなくなる。しずんでしまう。」

「そしたら、島じゅうの人がおぼれ死んでしまいますよね？」と、バンポ。

「いやいや、そうとはかぎらん。しずむ場所の海が深いか浅いかによってちがってくる。たとえば、三十メートルしずんだだけで海底につくなら、島の大部分はまだ水面に出ているだろう？」

「ええ、そうですね。とにかく、あの浮遊物体がその平衡《へいきん》を失わないといいですね。」バンポは言いましたが、またむずかしいことばを使おうとして、〝平衡《へいこう》〟ということばの読みかたをまちがえていました。「あの石は地球の中心で止まったりしないで、もっと落ちて地球の中心を通りこして反対側にぽっかり出てきたりするんじゃないでしょうか。」

現地の人たちがしょうかいしてくれたふしぎな場所はもっとたくさんあったのですが、今それをお話ししているひまはありません。

また海岸のほうへおりていくと、まだバグ・ジャグデラグ族がぴたりとあとをついてきて、こちらを見守っていました。ぼくたちが海にこぎだすと、連中も舟に乗って、ぼくたちよりも先にポプシペテルの村のほうへ進みだしました。ぼくたちより軽く、速いカヌーに乗っていたので、ぼくたちより何時間も前に村へ――もし村を目指しているなら――着きそうでした。

先生はロング・アローの容態を心配しはじめていたので、ぼくたちは交代でカヌーをこいで、夜どおし、月明かりのなか、止まらずに進みました。

ポプシペテルの村に着いたのは、ちょうど夜が明けるころでした。

おどろいたことに、夜どおし起きていたのはぼくたちだけではなく、村じゅうの人もそうでした。亡くなった首長《チーフ》の家のまわりに大勢の人がたむろしていました。カヌーを海辺にひきあげていると、部族の長老たちが大勢、家の表玄関から出てきました。

どうしたのですかとたずねると、新しいチーフの選挙が一晩じゅうおこなわれていたとのことでした。バンポは新チーフの名をたずねましたが、それはまだ公表されていないようでした。お昼に発表になるそうです。

ロング・アローを訪ねて、調子がよいのを確認すると、ぼくたちはすぐに村はずれの自分たちの家へ帰りました。そこで朝食をとり、横になって、よく休みました。ほんとうに休む必要があったのです。なにしろ、この島に足をふみいれて以来、休む間もなく働いてきたのですから。つかれた頭をまくらにつけて数分もしないうちに、みんなぐっすり眠っていました。

第九章　選挙

音楽の調べで、目がさめました。ぎらつく真昼の太陽の光が戸口からさしこんでいます。外では楽隊らしき人たちが演奏をしています。

起きあがって、外をのぞくと、ぼくたちの家をポプシペテルの村じゅうの人がとりかこんでいるのでした。先生にあこがれるインディアンがいつも戸口のところで、ものめずらしそうに待ちかまえているのには、もうなれていましたが、これはまったくようすがちがっていました。ものすごい数の人たちはみな晴れ着を着ていたのです。色あざやかなビーズや、けばけばしい羽根かざり、はでな色のこし布が、にぎやかな色合いをそえていました。だれもが笑顔でいっぱいで、歌ったり楽器を鳴らしたりしています。楽器はたいてい色をぬった木の笛か、動物の皮で作ったたいこでした。

ポリネシアが、ぼくたちが寝ているあいだにバグ・ジャグデラグからもどってきていて、門柱にとまって見物していました。ぼくたちは、このお祭りさわぎはなにかとポリネシアにたずねました。

「選挙の結果がたった今、公表されたのさ。」ポリネシアは教えてくれました。「新チーフの名前がお昼に発表になったんだよ。」

「それで、新チーフはだれかね？」と、先生。

「あなたです」と、ポリネシアは静かに言いました。

「私だって！」先生は息をのみました。「なんだってまた！」

「そうです」と、ポリネシア。「先生がえらばれたんです。しかも、みんなは、先生の名前を変えてくれましたよ。ドリトル――きちんと発音すればドゥー・リトル、つまり『ほとんどなにもしない』――などという名前は、あれほどのことをなしとげた人にはふさわしくないということで、今やあなたはジョン・シンカロット〔たくさん考える人ジョン〕となりました。いかがです？」

「でも、チーフになんてなりたくない、よ。」先生はいらついた声でおっしゃいました。

「これをおことわりになるのは、ひとすじなわではいきませんよ」と、ポリネシア。

「あのおんぼろカヌーで海に逃げださないかぎり。だって、先生はポプシペテルのチーフにえらばれただけじゃない。王さまになったんです――このクモザル島全体の王さまに。先生をチーフにしたがっていたバグ・ジャグデラグ族は、先生より前にスパイや伝令を送りこんでいて、ゆうべの選挙で先生がポプシペテル族のチーフにえらばれたと知って、ひどくがっかりしたんです。ですが、先生をすっかり失うよりは、自分たちの独立をあきらめ、ポプシペテル族といっしょになって、先生を島全体の王さまにしようと考えたんです。というわけで、先生は王さまです。」

「いやはや！」先生はうなりました。「そんなに熱くならんでくれりゃいいのに！　こりゃ、こまったな。王さまなんかなりたくないんだが！」

「先生、ぼくが思うには、よろこんで、ごじまんに思われてもよろしいのではないでしょうか。」ぼくは口をはさみました。「ぼくだったら、王さまになってみたいと思いますけれど。」

「王さまというのは、ひびきはよいが、」先生は、なさけなさそうにブーツをはきながらおっしゃいました。「問題は、責任を引き受けておいて、好きなときにその責任をほうりだすわけにはいかないということだ。私には自分の仕事がある。この島に上陸してからというもの、一分たりとて、やりたい自然研究がやれていない。いつだって、だれかほかの人のためにがんばってきた。それなのに今度は、ずっとそうやって人のためにがんばってくれという！　いったんポプシペテルの王となったら、博物学者としての私はおしまいだよ。いそがしくて、自然研究どころではなくなってしまう。そうなったら、私は――私は――ただの王さまだ。」

「王さまはえらいですよ！」バンポは言いました。「私の父は王さまで、百二十人の妻がいます。」

「なおさらこまるよ。百二十倍こまる。私にはやることがあるんだ。王さまにはなりたくない。」

「ごらんなさい。」ポリネシアが言いました。「先生がえらばれたことを告げに、えらい人たちがきましたよ。急いで、靴ひもを結んでください。」

家の玄関の前にいた人たちがさっと左右にわかれて、長い道ができました。その道のむこうから、おえらがたがこちらへやってきます。先頭の男は、しわだらけですがハンサムな顔の、老いたインディアンで、手に木製の王冠を持っています——木できていても、ほんとうに美しい、りっぱな王冠でした。みごとな彫刻がほどこされ、色をぬられて、二本のきれいな青い羽根が前にとびだしています。老人のうしろからは、八人のたくましいインディアンたちが、長い二本の棒の上に王座を載せたみこしを運んでいます。

先生が、えり《カラー》と蝶《ちょう》ネクタイをつけながら玄関口に出ると、老人は片ひざをつき、頭をほとんど地面につけるようにして先生に話しかけました。

「おお、偉大なるおかたよ。ポプシペテル族一同よりのごあいさつを申しあげます。あなたのおこないは信じがたいほどりっぱであり、あなたのお心はやさしく、お知恵は海よりも深い。われらのチーフが亡くなりました。一族はふさわしい指導者を求めております。われらが旧敵バグ・ジャグデラグ族は、あなたのお力により、われらが兄弟となり、よき友となりました。兄弟らもあなたのほほ笑みという日の光をあびたいとねがっております。ゆえにごらんください。ここにお持ちしたのは、ポプシペテル族の聖なる王冠。この島と島民がひとりの君主のもとに治められていた古代このかた、この王冠を戴《いただ》いた王はおりませんでした。

ああ、王にふさわしいおかたよ、この島のふたつの部族のひとつとなった声により、あなたをささやきの岩へとお連れ申し、そこで、あらゆる敬意と尊厳とをもって、あなたにわれらが王――浮かぶ島の王――として戴冠《たいかん》していただくのがわれらのつとめです。」

善良なインディアンたちは、ドリトル先生がまさかことわったりするかもしれないなどとは夢にも考えていなかったようです。お気の毒な先生のほうは、見たこともないくらい、とりみだしていました。あんなに大あわてする先生を見たのは、実際、あのときだけだったと思います。

「どうしよう！」

先生は、どこか逃げるところはないかというように、はげしくあたりを見まわしました。

「どうしたらいいんだ？　えりの《カラー》ボタンをどこへやったか、だれか知らないかね？　ボタンなしに、どうやってえりがつけられるというんだ？　今日は、まったく、なんてついていないんだ？　きっと私は――たぶんベッドの下に転げこんでいるんじゃないかな、バンポ君？　一日かそこいら考える時間をくれてもよさそうなものじゃないかね。それを、眠っている者を起こして、まだ顔も洗っていないうちから、王さまになれなんて話、聞いたことがあるかね？　だれか見つけてくれたかな？　ひょっとしたら、君がふんづけているんじゃないか、バンポ君、足をどかしてみてくれないか？」

「ああ、ボタンなんてどうでもいいですよ」と、ポリネシア。「えりなし《カラー》で、戴冠式に出なきゃなりませんね。どうせ、だれにもわかりゃしませんよ。」

「私は戴冠などしない！」先生はさけびました。「しないですむならばな。ひとつ演説でもすれば、みな納得してくれるんじゃないかな。」

先生は玄関前のインディアンたちをふりかえりました。

「友よ」と、先生。「みなさんがくださろうとする名誉は私にふさわしくありません。王さまの政治など、私はなにひとつ知らないのです。必ずやみなさんの勇敢な仲間のうちに、指導者となるにふさわしい人が大勢いるはずです。このような礼儀、信頼にはお礼を言いますが、どうか、私にはとてもなしえないような、そのような重大なつとめを私に負わせないでください。」

年寄りのインディアンは、自分のうしろにいる人たちのために、先生のことばをもっと大きな声でくり返しました。みなは、ぼんやりと首をふるだけで、少しも動きません。年寄りのインディアンは、先生をふりかえりました。

「あなたはえらばれた人です。あなた以外の人ではだめなのです。」

先生のこまった顔にふっと希望の光がともりました。

「ロング・アローに会いに行こう。」先生は、ぼくにささやきました。「たぶん、このこまった事態からなんとか助けだしてくれるだろう。」

おえらいさんたちに、ちょっと失礼と言って、先生はみんなを玄関のところに立たせたまま、ロング・アローの家の方角へ急ぎました。ぼくもあとをついていきました。

われらの大きな友は、家の外の葉っぱのベッドに横になっていました。お祭りのようすが見えるからと、そこへベッドをうつしたのです。

「ロング・アローよ。」先生は、だれにも盗み聞きされないようにワシのことばでそそくさと言いました。「たいへんこまったことになって、助けてほしいのだ。あの人たちは私を王にしようとしている。そんなことになったら、私がやろうとしている大切な仕事ができなくなってしまう。だって、王ほど不自由な人はいないだろう？　どうか、あの人たちを説得して、よかれと思って言ってくれるのはありがたいが、そんなことはよろしくないと言ってほしいのだ。」

ロング・アローはひじで体をささえて、身を起こしました。

「おお、やさしき人よ。」

（この言いかたが、先生に話しかけるときのお決まりの呼びかけになったようです。）

「あなたの最初のおねがいを、私がかなえてさしあげられないのはとてもざんねんだ。悲しいかな、私にはどうすることもできない。あの人たちは、あなたを王にすると決めたのだから、私が割って入ろうとしても、私を追い出して、あなたに王冠を載せるだろう。あなたは王さまになるしかない。たとえ、しばらくのあいだだとしても。政治のやりかたを工夫して、あなたが自然の研究に時間を割けるようにしよう。そのあとで、王の責務からあなたを解放する手だてを見つけよう。でも今は、王になるよりほかかない。この部族はいちずだから、なんとしても思ったとおりにする。ほかに方法はない。」

先生は悲しそうにベッドに背をむけて、まわれ右をしました。そこには、ふたたびあの老人が立っていて、しわくちゃの手にまだ王冠を持っており、すぐそばには王座のみこしが待ちかまえていました。深い敬意をはらいながら、みこしのかつぎ手たちは、どうぞおすわりくださいと、先生がそこへ入るようにという仕草をしたのです。

先生はもう一度、あわてたように、こまりきってあたりを見まわして、逃げる手だてをさがしました。一瞬、走って逃げだすのではないかとさえ思えたほどです。でも、まわりにいる人たちはあまりにも大勢でぎゅうぎゅうづめでしたから、とてもそこを突破することはできません。笛やたいこの楽隊がふいに荘厳な行進曲を演奏しはじめました。先生はもう一度うったえるようにロング・アローをふりかえって、最後の助けを求めましたが、大きなインディアンはただ首をふって、ほかのインディアンたちと同じように、王座を指さしました。

とうとう、ほとんど泣きそうになりながら、ドリトル先生はゆっくりと王座にあがってすわりました。かつぎ手たちの大きな肩の上にみこしがもちあげられると、先生がまだ口のなかでぼそぼそつぶやいているのが聞こえました。

「うんざりだ！　王さまなんてなりたくないのに！」

「さらば！」と、ロング・アローがベッドから声をかけました。「陛下の王座に、幸運がもたらされますよう！」

「おいでになるぞ！　おいでになるぞ！」と、人々はささやきました。「急げ！　急げ！　ささやきの岩へ！」

そして、行列の準備がととのって村を出発するころ、人々は山へと急ぎはじめました。戴冠式がおこなわれるあの巨大な劇場で、よい席に着こうというのです。

第十章　ジョン王の戴冠式

長い人生で、ぼくはりっぱなことや、すばらしいことをたくさん見てきましたが、ジョン王が戴冠したときの「ささやきの岩」の光景ほど心動かされたものはありません。

バンポとチーチーとポリネシアとジップとぼくが、とうとうあの大きなおわん形の、目のくらむような高いがけの上に到着して、なかをのぞきこむと、それはまるで赤銅色の顔がならんだはてしない海をながめるようでした。劇場のどの席にも島じゅうの老若男女がぎっしりとすわって——病床のロング・アローまでもかつぎこまれて——みな、見物にやってきていたのでした。

ところが、「ささやきの岩」は、おごそかな静けさにつつまれ、物音ひとつ、ピンの落ちる音ひとつしませんでした。背筋がぞくぞくして身ぶるいしてしまいそうなくらい、しんと静まりかえっていました。あとで、バンポは、この世にあんなにたくさんの人がいるとは知らなかったので、息がつまって口がきけなかったと言っていました。

下のほうに見える王座のそばに、あざやかに色ぬられた真新しいトーテムポールが立っていました。どのインディアンの家族にもトーテムポールがあって、家の戸口の前にかざるのです。トーテムポールというのは、表札や名刺のようなもので、その家族の手がらや家がらがほりつけてあります。今ここにあるトーテムポールは、ドリトル先生――今日よりシンカロット王家と呼ばれることになるわけですが――のものであり、ほかのどれよりも大きく、美しくかざられていました。先生の動物についての博識を示すべく、動物ばかりが描かれていました。その動物も、よい特質をあらわすとインディアンがみなすものがえらばれていました。たとえば、シカは速さ、牡牛《おうし》は忍耐、魚は慎重さをあらわすといった具合です。トーテムポールのてっぺんには、その家族が最もほこりとするシンボルや動物がおかれるものですが、シンカロット家のトーテムポールでは、有名なオウム和平条約を記念して、巨大なオウムでした。

象牙《ぞうげ》の王座は香油でみがきあげられ、強い日ざしを浴びて白く光っていました。その足もとには、満開の花をつけた木の枝がどっさりまいてありました。どんどんと気候がよくなって、暖かい陽気になったせいで、島の谷間にも花がさきほこっていたのです。

やがて、先生が乗ったみこしがゆっくりと、まわり階段をあがってきました。ついに一番上の平たい頂《いただ》きまであがると、みこしが止まり、先生が花のじゅうたんの上へ降りました。しーんと静まりかえっていたので、先生がふんだ小枝が折れる音も遠くまではっきり聞こえました。

先生は、例の老人につきそわれて、王座にあがり、こしをかけました。はるかに高いところから見おろすと、先生の小さくてまるい体は、なんて豆つぶみたいに見えたことでしょう！　王座は足の長い王さま用だったらしく、先生がすわると足が地面に届かず、王座を載せた台から十五センチ上のところでぶらぶらしていました。

やがて、老人がこちらをふりかえり、人々をあおぎ見ながら、静かでおちついた声で話しはじめました。その一語一語が「ささやきの岩」のすみずみまではっきり聞こえました。

まず老人は、大むかしにこの象牙のいすで戴冠《たいかん》した偉大なるポプシペテル族の王さまの名前をすべて暗唱しました。ポプシペテル族の偉大さ、その勝利、その苦難を語り、それから、先生のほうへ手をふって、これから王となるこの人物がこれまでになしとげたことを語りはじめました。その偉業は、これまでの王の偉業より、はるかにすばらしいものでした。

先生がこの部族のためになさったことを老人が話しはじめると、人々はきっと口を結んだまま、王座にむかって右手をふりはじめました。このため、大きな劇場全体がとてもふしぎな光景となりました。広大な面積のものが動いているのに、物音ひとつ

しないのです。

ついに老人は演説を終え、王座を載せた台にのぼって、とても敬意をこめて、先生のぺしゃんこのシルクハットをとり、それを地面におこうとしたのですが、先生はそれを急いでとりあげて、ひざの上におきました。それから老人は、神聖な王冠をささげ持って、ドリトル先生の頭上におきました。大きさがあまり合っていませんでした。(小さな頭の王さま用だったのです。)日光にかがやく海からさっと風が吹いてくると、吹き飛ばされそうになりましたが、とてもりっぱな冠でした。

老人は、もう一度人々をふりかえって言いました。

「ポプシペテルの人々よ、えらばれし王を見よ! みな満足か?」すると、ついに、人々の声が発せられました。

「ジ、ョ、ン! ジ、ョ、ン!」みなはさけびました。「ジ、ョ、ン、王、ば、ん、ざ、い!」

その音は、まるで百発の大砲がとどろいたかのように、おごそかな静けさをやぶりました。ささやいても何キロも先まで音がひびくその劇場では、まるで顔をなぐられたような衝撃に感じられました。山々に何度もこだまするそのさけびは、島全体にひびきわたって、谷底でガラガラと鳴り、遠くの海底のほら穴までドーンと鳴りひびいて、いつまでも弱まらないように思えました。

とつぜん老人が、上を——島で一番高い山を——指さしました。ぼくはふりかえって、ぐらぐら岩がゆっくりと見えなくなっていく――火山のなかへ消えていく――のを、ちょうど肩ごしに見ることができました。

「見たか、浮かぶ島の人々よ！」老人はさけびました。「岩が落ち、伝説がまことになった。王のなかの王が今日、戴冠したのだ！」

先生も岩が落ちるのをごらんになり、今度は海のほうを、どうなるかというふうに見守って立っていらっしゃいました。

「空気室のことを考えていらっしゃるんだ。」バンポがぼくの耳もとで言いました。「このあたりの海があまり深くないことをいのろう。」

ちょうど一分たったとき（一分かかるだけの深さを落ちたというわけです）、遠くのほうでガリガリ、ドスンという、こもったような音がして――そしてそのすぐあとで、シューッと空気がもれる大きな音がしました。先生は、心配で顔をこわばらせて、青い海面をじっとみつめながら、また王座にすわりました。

やがて、足もとの島がゆっくりとさがっていくのが感じられました。海水が海辺から島のなかへ入ってきます――岸がしずんでいくのです、三十センチ、一メートル、三メートル、六メートル、十五メートル、三十メートル。そして、ありがたいことに、チョウチョがバラにとまるかのように、そっととまりました！　クモザル島は、大西洋の海底の砂に着地したのであり、島はふたたび地面とつながったのです。

もちろん、海辺近くにあった家はかなり水没してしまいました。ポプシペテルの村そのものがすっかり消えてしまったのですが、だいじょうぶです。だれもおぼれませんでした。だって、島じゅうの人たちは山の高いところでジョン王の戴冠式を見物していたのですから。

インディアンたちはそのとき、なにが起こっているのかわかりませんでしたが、もちろん足もとで地面がしずむ感じはしていました。先生は、のちに、何百万もの人の口からいっせいに発せられたあのすごいさけび声の衝撃で、ぐらぐら岩が転げ落ちたのだろうとおっしゃいました。

でも、ポプシペテルの村の歴史では、ジョン王が王座にすわると、そのたいへんな重々しさで、島全体が王へ敬意をはらうようにしずみ、二度と動かなくなったのだという話が伝えられ、今日にいたるまでかたく信じられているのです。

第六部

第一章　新ポプシペテル

ジョン・シンカロットが王位についてたった二日で、王や王の生活についてのぼくの考えはすっかり変わってしまいました。王なんて、王座にすわって、一日に何度か人々のおじぎを受ければいいんだと思っていました。ところが、今わかったのは、王の仕事をきちんとするつもりなら、世界一いそがしくなるということです。

朝早くに起きた瞬間から、夜おそく寝る時間まで、一週間に七日——一日の休みもなく——ドリトル先生はいそがしくて、いそがしくて、もう大いそがしでした。

まず、新しい町を建設しなければなりませんでした。ポプシペテルの村が消えてしまったので、新ポプシペテルの町をつくらなければならなかったのです。慎重に町の場所えらびをして、大きな河口のある、とても美しいところにしました。島の海岸がここで美しく大きな湾をなしていて、この港なら、たとえ嵐がやってきても、カヌーや船は、被害にあうおそれもなく、おだやかに錨《いかり》をおろすことができました。

この町をつくるにあたって、先生はインディアンたちにたくさんの新しい知識をあたえました。町の下水がどのようなものかを教え、毎日どうやってごみを集めて燃やすかを示しました。山の上のほうで流れをダムでせきとめて、大きな湖を造りました。これが町の水源となります。どれもこれも人々の知らないことばかりでした。それまでに人々がかかっていた病気の多くは、きちんとした排水と、純粋な飲み水とによって防がれました。

火を使わない民族には、もちろん金属もありません。火がなければ、鉄や鋼をきたえられませんからね。ドリトル先生が最初にやったことは、山をさがして、鉄と銅の鉱山を見つけることでした。それから、ほり出した金属をどうやってとかして、ナイフやくわや水道管などいろいろなものにするのかということを人々に教えたのです。

先生は、むかしならではの宮殿のはなやかさや壮大さといったものをなくしてしまおうと大いにつとめました。先生は、バンポやぼくに話したとおり、どうせ王になるなら、徹底的に民主的な――つまり、人民と仲よくして、いばらない――王になるつもりだったのです。ですから、新ポプシペテルの町の見とり図をえがいて見せたとき、宮殿などどこにもありませんでした。王の住む場所といったら、裏通りの小さな小屋でしかありませんでした。

でも、そんなことをインディアンたちが許すはずがありません。王さまというものは、どうどうと、王さまらしい態度で統治するものだと思っていましたから、見たこともないような豪華な宮殿を先生のために建てるべきだと言って聞きませんでした。それ以外のことではなにもかもすっかり先生の好きにさせてくれましたが、王さまらしい儀式や装いをやめようとすると、インディアンたちはどうしても許してくれませんでした。それゆえ、宮殿では、一千人もの召し使いを、夜も昼も、かしずかせていなければなりませんでした。王のカヌーは、みがきあげたマホガニー製で、内側には螺鈿《らでん》細工がほどこされた、長さ二十メートルのりっぱなボートであり、島で最強の百人の男たちがこぐのです。宮殿の庭は、たても横も一・五キロにわたってひろがり、百六十人の庭師がやとわれました。

服装もりっぱで品があって、着ていておちつかないものばかり着なければなりませんでした。ご愛用のぺしゃんこのシルクハットは押し入れにしまわれて、こっそりながめるだけになってしまいました。どんなときにも礼装をしなければなりません。ときどき先生が、ほんのちょっとのあいだ自然研究をする遠足にぬけだすときも、むかしの服を着ることはできず、頭に王冠を載せたままチョウチョを追い、赤いマントを風にたなびかせねばならなかったのです。

先生がおこなわなければならないことははてしなくあり、先生が決めなければならない問題は——土地の境界線をめぐる言いあらそいに決着をつけることから、靴を投げつけあう夫婦げんかをやめさせることにいたるまで——ありとあらゆることでした。

宮殿の東側が裁判所になっていて、そこでジョン王は毎朝九時から十一時まで次々に判決を下すのでした。

それから、午後は学校で教えます。先生が教えたのは、必ずしもふつうの学校で教えるようなことばかりではありません。子どもだけでなく、大人も教えてもらいにやってきました。インディアンたちは、かなり小さな白人の子どもでも知っているようなことをなにも知らないのです。もっとも、白人の大人が思いもよらないことをたくさん知っているというのもたしかですが。

バンポとぼくは、できるかぎり教えるお手伝いをしました――かんたんな算数のような、やさしいものは教えられましたから。でも、天文学、農業科学、育児学、そのほかたくさんの科目は先生がご自身で教えるよりほかありませんでした。インディアンたちはとても熱心に、むれをなして勉強をしにやってきましたから、青空教室でさえ（校舎を建てることはむりでした）、一度に五、六千人ずつに切って、大きな拡声器かラッパを使って声を届かせなければなりませんでした。

一日の残りは、道を造り、水車小屋を建て、病人を診て、無数の用事をこなしました。

あんなに王さまになるのをいやがっていたのに、ドリトル先生は、いったんはじめると、とてもいい王さまになりました。しょっちゅう戦争に出かけたり、ロマンティックなことをやらかしたりする歴代の多くの王さまほど威厳はないかもしれませんが、ぼくが大きくなって外国の政治についていろいろ見聞きしてからよく思うのは、ジョン・シンカロット王の治世下にあったポプシペテルこそ、たぶん世界史のなかで最もよく治められた国だということです。

ぼくたちが島に上陸して六か月半後に、先生の誕生日がやってきました。人々はこの日を国民の祭日と決め、大ごちそうや、おどりや、花火や、演説や、お祭りさわぎでお祝いしました。

その日が暮れようとするころ、ふたつの部族のおえらいさんたちが行列を作って、三メートルの高さの黒檀《こくたん》でできた、とても豪華に彩色された板をかかげて町をねり歩きました。ポプシペテルの歴代の王さまにはそれぞれ自分の業績を絵文字で記録したものがあり、これは、それと同じように、ジョン・シンカロット王の業績をきざんだ絵物語でした。

たいへんなおごそかな儀式とともに、その板は新しい宮殿の扉の上にはめられました。それからみんな集まって、見物しました。ジョン王の人生の六つの大事件を記念して、六つの絵がならび、その下に説明の詩が書かれていました。宮廷の詩人が作ったもので、これがその翻訳です。

1（この島に上陸なされしこと）
イルカひく、舟にて来たる、神の使者。ヤシの木も、頭《こうべ》をたれて、むかえたり。

2（カブトムシにお会いなされしこと）
月さえて、けものと話す、山の中。ジャビズリの、悲しみ伝える、ひそかな絵。

3（失われし家族をお救いのこと）
御心《みこころ》は、あわれみあふれ、おやさしく、そのみ手は、力あふれて、たくましく。見よ、山を、イモさながらに、まっぷたつ！　死せる者、山より出《い》でて、日をおがむ！

4（火をおこされしこと）
寒さゆえ、ほろびかける、わが国に、み手をひとふり、火をあたえたり。見よ！　空を。いなずま光り、日はしずみ、生まれた火こそ、ありがたや。民が炎にむらがれば、王は、さまようこの島を、熱き海へとおしもどし、ぶじに錨をつながれぬ。

5（人々に勝利をもたらされしこと）
ただ一度、やさしき王が、お怒りに。シンカロットの民おそう、にっくき敵に、呪いあれ！

6 （王となりしこと）

鳥歌い、海は浜辺とたわむれる。インディアンらは、うれし泣き。たたえよ、王となりし日を。建設者にして、いやし人。教師、国王、偉大なおかた。ばんざい、王よ、平和もたらす御心よ、いついつまでも健やかに。

第二章　おうちに帰ろう

宮殿では、バンポとぼくに美しいひとつづきの部屋があてがわれていて、そこにぼくたちはポリネシアとジップとチーチーといっしょに住んでいました。公式には、バンポが内務大臣で、ぼくが大蔵大臣でした。ロング・アローにも持ち場がありましたが、このときは海外旅行中で、留守でした。

ある晩の夕食後、先生が生まれたばかりのあかちゃんを診察しに、町へお出かけになっているあいだ、ぼくたちはバンポの応接室の大テーブルのまわりに集まっていました。毎日夕方にはそうやって、次の日の計画やいろいろな国家の問題を話すのです。一種の閣議のようなものでした。

しかし、その晩は、ぼくたちはイギリスのことを話していました。それから食べ物のこと。インディアンの食べ物には少しあきてきたのです。なにしろ、インディアンたちはだれも火を使った料理の仕方を知らないのです。宮廷の料理長を訓練したときは、とてもがっかりしました。だれもかれも、よい食べ物をだめにしてばかりいます。

ぼくたちがあまりにもおなかがすいてしまうと、料理人たちがみな寝静まってから、先生はぼくたちを連れて、そっと宮廷の地下室へおりて行って、消えかけた暖炉の火でこっそりホットケーキを焼いてくださいました。先生は、最高に腕のいいコックさんなのです。でも、台所をものすごく汚してしまいます。もちろん、見つからないように、とても気をつけなければなりませんでした。

というわけで、その晩、ぼくたちは閣議で食事を議題としていて、ぼくがちょうどバンポに、モンテヴェルデのベッド屋さんの家で食べたおいしい料理のことを思い出させたところでした。

「今、私がほしいのは」と、バンポは言いました。「大きなカップに入ったココアです。上にホイップクリームをのっけてね。オックスフォードでは最高のココアが飲めたんです。この島にココアの木がないのは、ほんとにざんねん。牛もいないから、クリームもない。」

「いつ先生は、ここをお発《た》ちになるつもりだろうか」と、ジップがたずねました。

「そのことで、ついきのう、先生に話したばかりだよ」と、ポリネシアが言いました。「でも、きちんとしたお返事はいただけなかった。そのことは、お話しになりたくないごようすだった。」

会話がふっととだえました。

「あたしが思うにはね、」やがて、ポリネシアがつづけました。「先生は、ふるさとに帰るということを考えることすら、おやめになっちまったんだよ。」

「なんだって！」バンポがさけびました。「まさか！」

「しぃ！」と、ポリネシア。「あれはなんの音？」

ぼくたちは聞き耳をたてました。宮殿の遠くのろうかで、見張りがさけんでいます。

「王さまのおなりだ！　道をあけろ！　王さまだ！」

「ようやく――おもどりだよ。」ポリネシアがささやきました。「いつものとおり、おそいねぇ。かわいそうに。働きづめだ！　チーチー、戸だなからパイプとタバコの葉をとってきて、先生のいすの上に部屋着をかけておきな。」

　部屋に入ってきた先生は、真剣な顔つきで、なにかを考えているようすでした。めんどうくさそうに王冠をとると、ドアのうしろのぼうしかけにひっかけました。それから、王のマントを部屋着に着がえて、深いためいきをつきながらテーブルのはしの先生のいすにどしんとすわりこむと、パイプに葉をつめはじめました。

「それであかちゃんは、いかがでした？」ポリネシアが静かにたずねました。

「あかちゃん？」先生がつぶやきました――まだ心ここにあらずといったごようすです。「ああ、そうだった。あかちゃんは、ずっとよくなったよ。ありがとう。二本目の歯が生えてきた。」

それから、先生はまただまりこくって、パイプのけむりを通して天井をぼうっと見つめています。ぼくたちは、じっとして、テーブルにすわったまま待ちました。

「ねえ、先生。」ぼくが、とうとう切りだしました。「先生がおもどりになるちょうど前、ぼくたち、先生はいつイギリスにお帰りになるのかなあって話していたんです。あしたで、この島にきてからちょうど七か月になります。」

先生は、かなり決まり悪そうに、いすから身を乗り出しました。

「いや、実は」と、しばらくしてからおっしゃいます。「まさにそのことを、今晩、君たちに話そうと思っていたところだったんだ。でも――そのう――事情をすっかり理解してもらうのは少々むずかしいが、今、私がたずさわっている仕事をやめるのはむりだと思う……おぼえているかな、最初に王になってくれとたのまれたとき、私が『いったん引き受けてしまったら、その責任をほうりだせない』と言ったことを？ここの人たちは、あらゆることで私をたよりにするようになった。私たちが知っていることをあまりに知らなかったからね。だから、みんなの人生をかなり変えてしまったことになる。だが、人の人生を変えるというのは、なかなかたいへんなことだ。変えたことがはたしてよかったのか悪かったのか、見守ってやらねばならん。」

先生はしばらく考えてから――もっと静かな、悲しげな声でつづけました。

「私は旅をつづけ、自然の研究をつづけたい。パドルビーにもどりたいのは、君たちと同じだ。今は三月だ。芝生にはクロッカスがさきはじめている。しかし、おそれていたことがほんとうになってしまった。この人たちをおきざりにして、逃げだしたらどうなるか、私には知らんぷりはできないよ。きっとむかしどおりの生きかたにもどってしまうだろう。戦争だの、迷信だの、悪魔崇拝だのといったことに逆もどりだ。そして、教えてやった新しいことは、まちがった使われかたをして、人々の生活は以前よりもずっと悪くなってしまうかもしれない……。

みんなは私が大好きで、私を信用してくれている。いろいろこまったことがあると、私に助けを求めに来る。信用してくれている人たちにひどいことはしたくないものだ……それに、私もみんなが大好きなんだ。いわば、みんな、私の子どもたちだ。自分の子どもなんてもったことはないが、みんながどんなふうに大きくなるのか、とても知りたい。私の言っていることがわかるかな？　みんながまだよちよち歩きをしているのに、どうして逃げだしたりできるだろう？　……できやしない。よくよく考えぬいて、一番いい決断をしなければならんと思う。そして、王冠を戴《いただ》いたときにはじめた仕事をやりぬかなければならない。ざんねんだが――ここにとどまらなければならない。」

「永遠に――死ぬまで？」バンポが低い声でたずねました。

先生はしばらく顔をしかめたまま、なにもおっしゃいませんでした。

「わからん。」とうとう、そうおっしゃいました。「とにかく今は、ここを去るわけにはいかん。それは、よろしくない。」

もの悲しげな沈黙がつづいたところ、ふいにドアにノックがありました。

じっとこらえるようなため息をつきながら、先生は立ちあがり、また王冠を頭に載せ、マントを着ました。

「お入り。」ふたたびいすにすわると、先生は、そう声をかけました。

ドアがあくと、いつも夜番をしている百四十三人の召し使いのうちのひとりが、戸口に立っておじぎをしました。

「おお、やさしき人よ。陛下にご謁見をねがう旅人が宮殿の門にまいっております。」

「またあかんぼうが生まれたね。一シリングかけてもいいよ。」ポリネシアがつぶやきました。

「旅人の名前を聞いたかね？」と、先生がたずねました。

「はい、陛下」と、召し使い。「ゴールデン・アローの息子、ロング・アローでございます。」

第三章　インディアンの科学

「ロング・アローだって！」先生はさけびました。「すばらしい！　お通ししろ――すぐ、ここへ通しなさい。」

「こいつはいい。」先生は、召し使いがいなくなると、ぼくたちをふりかえって言いました。「ロング・アローに会えなくて、ずいぶんさみしい思いをしていたんだ。いっしょにいると、ほんとにうれしい人だからね――あまりおしゃべりではないが。えっと。あの男がブラジルへ出発してからもう五か月にもなるな。ぶじに帰ってきてくれて、ほんとによかった。あのカヌーでまったくむちゃをやらかすもんだよ――腕はいいにしても。冗談じゃないね、四メートルに満たないカヌーで、大海原を百六十キロもわたっていくなんて。私はごめんだ。」

またノックがしました。先生の「お入り」ということばに応じてドアがパッとあくと、戸口には、ぼくたちの大きな友だちが、たくましい赤銅色の顔に笑みを浮かべて立っていました。そのうしろには、インディアン式のヤシの葉で編んだふろしきの荷物をいくつかかかえた男がふたり立っていました。あいさつがすむと、ロング・アローはその荷物をおろすように命じました。

「ごらんあれ、おお、やさしき人よ。」ロング・アローは言いました。「約束どおり、アンデス山中のほら穴にかくしておいた植物のコレクションをお持ちした。この宝は、わが生涯の仕事の結晶だ。」

包みがあけられました。なかには、もっと小さな箱や包みがたくさん入っていました。それらは、テーブルの上にていねいにならべられました。草、花、くだもの、葉っぱ、根っこ、木の実、豆、みつ、ゴム、樹皮、種、ハチ、それから何種類かの虫――と、ずいぶんいろいろ入っていましたが、見たところ、あまりぱっとしませんでした。

ぼくは、植物の研究〔植物学〕は少しもおもしろくないと思っていました。動物学とくらべたら、たいくつな学問だと思っていたのです。でも、ロング・アローが、そこにならべたさまざまなものを手にとって、それがなにかを説明しはじめると、だんだん興味がわいてきました。説明がすっかり終わるころには、ぼくは、ロング・アローがもってきてくれた植物界のふしぎにすっかり心をうばわれていました。

「これは私が『笑い豆』と呼んでいるものだ。」アローは、大きな種がいくつか入った小ぶくろをもちあげて言いました。

「どうなるのですか？」バンポがたずねました。

「楽しくなる。」インディアンは言いました。

バンポは、ロング・アローがうしろをむいているすきに、その豆を三つつかんで、飲みこんでしまいました。

「なんと！」と、インディアンは、バンポがやったことを知ると、言いました。「この豆の力をためしたければ、ひとつの豆の四分の一だけを食べるべきだった。笑い死にしなければいいが。」

豆の効果はてきめんでした。まずバンポは、ニカァと笑いました。それから、クスクス笑いだしました。しまいに、ゲラゲラと大笑いをいつまでもするものですから、となりの部屋に運んで寝かさねばなりませんでした。あとで先生がおっしゃったのですが、もし体ががんじょうでなかったら笑い死にしていたところだったそうです。バンポは、夜どおし眠りながら、うれしそうにヒーヒーとのどを鳴らしていましたし、翌朝起きたときでさえ、まだクックックッと笑いながら、ベッドから転げ出てきたのです。

さて、バンポをとなりの部屋に運んでから応接室にもどると、今度は赤い根っこを見せてもらいました。砂糖と塩で味つけしてスープにして飲むと、ものすごい速さでおどりだして止まらないのだそうです。ためしてみますかとロング・アローは言いましたが、ぼくたちは遠慮しました。バンポのようすを目の当たりにしたものですから、もう実験はけっこうだと思ったのです。

ロング・アローは、ほんとにいろいろとふしぎで役に立つものを集めてきていました。つる植物からとった油は、一晩で毛を生やします。カボチャほど大きいオレンジは、ペルーの山の家庭菜園でアローが育てたそうです。黒いはちみつ（それを作ったハチと、ハチが食べる花の種もありました）は、ひとさじなめると、ぐっすり眠れて、翌朝すっきり目ざめるそうです。歌声がきれいになる木の実。止血用海草。ヘビにかまれたときの毒ぬきのコケ。船酔い止めの地衣植物。

先生はもちろん、たいへん興味をいだきました。テーブルの上のものを、ひとつひとつ見てまわり、ノートに表を作って、ロング・アローが言うとおり、その名前と特徴を書き記し、くわしく写しているうちに、夜がしらじらと明けてきました。

「ここにあるものはね、スタビンズ君、」終わったときに先生はおっしゃいました。「腕のいい薬剤師の手にわたれば、世界の医学と化学を変えられるほどのものだ。このはちみつの眠り薬さえあれば、われわれが今まで使ってこなければならなかったひどい薬など半分は不要になる。ロング・アローは、自らの薬物学を発見したんだ。ミランダの言ったとおりだ。ロング・アローは偉大な博物学者だ。その名前は、植物学の権威リンネ博士とならび称されるべきだ。いつか、これらのものをみなイギリスへもち帰ろう――でも、いつのことか？」

先生は悲しげにつけくわえました。「そう、それが問題だ。いつのことか？」

第四章　大海ヘビ

それっきりぼくたちは、もう家に帰ることについて先生に聞くことはしないようにしました。クモザル島での生活は、ひと月、またひと月と、いそがしく、ゆかいにすぎてゆきました。冬になってクリスマスのお祝いがあって、またいつのまにか夏になりました。

時がたつにつれ、先生はますます、大家族のように大切にしている国民のめんどうを見るのに大いそがしになってしまい、自然研究のために割ける時間はどんどん減っていきました。パドルビーのおうちとお庭のことをよく思い出して、むかしの計画や野望のことを考えていらっしゃることはわかっていました。なにしろ、ときどきイギリスのことやむかしの生活のことを思い出す機会があると、先生のお顔は考え深げになって、少しさびしそうになるからです。でも、先生はなにもおっしゃいませんでした。そして、あの事件が起こらなければ——そして、オウムのポリネシアがいなかったら——先生はきっと一生をクモザル島でおすごしになったことでしょう。

われらがポリネシアは、インディアンにすっかりうんざりしていて、それをかくそうともしませんでした。

ある日、海岸を散歩しているとき、ポリネシアはぼくに言いました。

「有名なジョン・ドリトル博士が、貴重な人生を、このあぶらぎった島の人たちに仕えてすごすなんて考えてもみてよ！　まったく、なげかわしいことったらないわ！」

その朝はずっと、先生はポプシペテルの新しい劇場建設の監督をなさっていました――もうオペラハウスもあれば、コンサートホールもできていたのです。そのようすを見ていたポリネシアは、とうとうへそを曲げて不機嫌になってしまったものですから、ぼくがポリネシアを散歩に連れ出したのでした。

砂浜にすわって、ぼくはたずねました。

「ほんとに先生は、もうパドルビーに帰らないと思う？」

「さあね」と、ポリネシア。「おうちに残してきた動物のことを思い出せば、すぐに帰ると思ってたんだけど。去年の八月に、おうちは心配ないなんてミランダが知らせちまって、その希望もなくなったよ。何か月ものあいだ、あたしゃ、計画をひねりだそうと考えているんだけどね。先生にまた自然研究のことを考えさせるなにかを思いつけたらいいんだけど――つまり、先生がほんとに、わくわくしちまうような、どでかいことをさ――そしたら、なんとかなると思うのよ。どうすりゃいいもんかね？」

ポリネシアは、うんざりしたように首をすくめました。

「どうすりゃいい？　今、先生の考えていることといったら、道を舗装して、インディアンのあかんぼうに、二かける一は二って教えることばっかりなんだから！」

それは、明るくて暑い日で、空は青く、大地は黄色く、まさにポプシペテル日和でした。ぼくは眠たくなって、おかあさんとおとうさんのことを思いながら海を見ていました。こんなに長いこと家に帰らないで、心配しているかしらと考えました。となりでは、ポリネシアが低い声で、ぶつぶつと文句をつづけていました。そのことばと、ゆったりとよせては返す波の音とがまざりあいました。ぼくを眠りにさそったのは、いつも同じ調子のポリネシアの低い声のみならず、暖かく、かぐわしい空気のせいもあるでしょう。よくわかりませんが、とにかく、ぼくは夢を見ていました――また島が動いていて……前のように浮いているのではなく、とつぜん、がくんと、なにかものすごい力が島をもちあげて、おろしたような感じです。

それからどれぐらい寝ていたのかわかりません。鼻をコンコンとつつかれて目がさめました。

「トミー！　トミーったら！」（ポリネシアの声です。）「起きてよ！　まったく、なんて子だろうね、地震があっても知らずに、眠りつづけているよ！　トミー、聞いて。いいこと思いついたよ。起きてったら！」

「どうしたの？」ぼくは、あくびをしながら身を起こしました。

「しぃ！ ごらん！」ポリネシアは、海を指してささやきました。

まだ半分夢見心地で、ぼくは寝ぼけまなこで、前をじっと見ました。浜辺から三十メートルもはなれていない浅瀬に、うすピンク色の巨大な貝が見えました。丸屋根のような形をして、虹《にじ》のようにきれいな曲線をえがいて高くそそりたっていました。水にひたった下のぐるりには、波が打ちよせて、やさしく白くくだけています。へんてこな夢に出てきそうな感じです。

「なあに、あれ？」ぼくがたずねると、ポリネシアはささやきました。

「あれは、何百年ものあいだ船乗りたちが〝大海ヘビ〟と呼んできたものさ。あたしも、海面から出たり入ったりしているのを、ずっと遠くの船の甲板から何度か見たことがある。でも、こうして近くでじっとしているのをよく見てみれば、長いあいだ大海ヘビと呼ばれていたものは、フィジットが話していた大きなガラス海カタツムリにほかならないという気がするね。まずまちがいないよ。もしこいつが、七つの海でたった一匹になっちまったという、その貝じゃなかったら、あたしをハゲワシ呼ばわりしてくれてかまわない。トミー、こりゃついているよ。あいつがまた深海の『深い穴』へもどっちまわないうちに先生をここに連れてきて、このお宝をよくよく調べてもらおうじゃないか。そうすりゃ、まちがいない、このいまいましい島からおさらばできるかもしれないよ。あんたはここにいて、あいつを見張っていておくれ。あたしは先生をさがしてくる。動いたり声を出したりしちゃだめだよ――大きく息をするのもだめだ。あいつをこわがらせちまうかもしれない。ひどくおどおどした生き物なんでね、カタツムリってのは。とにかく見張っていておくれ。すぐにもどってくるからさ。」

ポリネシアは砂浜の上をじりじりと後ずさりをして、しげみに身をかくすと、そこから町の方角へ飛んでいきました。ぼくは砂浜にひとり残って、この信じられない怪物が浅瀬でもがくようにしているのを夢中でながめていました。

ほとんど動きません。ときどき顔を水からあげて、すごく長い首と二本の角を見せました。カタツムリが進むときのように体をもちあげようとしても、すぐにつかれたみたいに、ぺしゃんとなってしまいます。体の下のところでもけがしたのではないかと思える動きでした。でも、体の下は水面より下でしたから見えません。

ポリネシアが先生を連れてもどってきたとき、ぼくはまだ夢中でこの巨大な生き物を見つめていました。ふたりはとても静かにそっとやってきたので、ふたりがぼくのそばの砂浜にしゃがむまで、やってきているのに気がつきませんでした。

そのカタツムリを一目見るや、先生のようすが一変しました。目がよろこびでかがやいたのです。この島に最初に上陸してカブトムシのジャビズリをつかまえたとき以来、こんなにわくわくして楽しそうな先生は見たことがありません。

「あいつだ！」と、先生はささやきました。「ガラス海カタツムリだ――まちがいない。ポリネシア、海岸を少し先のほうまで行って、イルカを見つけてきてくれないか。たぶん、カタツムリがここでなにをしているのか教えてくれるだろう。こんな浅瀬にいるなんてめずらしいからね。それからスタビンズ君、君は港へ行って、小さなカヌーをもってきてくれ。だが、この湾へこぎ入れるときには気をつけてくれ。カタツムリをこわがらせて、深海に逃がしたら、もう二度とお目にかかれないだろうからね。」

「それから、インディアンたちに言うんじゃないよ。」

ぼくが行こうとすると、ポリネシアがささやき声でつけくわえました。

「ないしょにしておかないと、五分もしないうちに、このあたりは野次馬だらけになっちまう。静かな湾で見つけたのは、ほんと、ラッキーだよ。」

港に着くと、ぼくはならんでいたたくさんのカヌーのうち小さくて軽いのをえらび、それが要る理由をだれにも言わずに乗りこんで、海岸沿いにこぎだしました。

ぼくが帰ってくるまえにカタツムリがいなくなっているんじゃないかと、とても心配でした。ですから、岩だらけの岬をまわりこんで湾が見えてきたとき、まだそこにいるとわかったときのぼくのうれしさはおわかりいただけるでしょう。

ポリネシアは、自分の用事をすませて、イルカを二頭連れて、ぼくより先にもどっていました。イルカたちはひそひそと先生と話をしていました。ぼくは浜辺にカヌーをあげると、近よって耳をかたむけました。先生はこうおっしゃっていました。

「私が知りたいのは、どうしてカタツムリがこんなところにいるのかということだ。いつもは『深い穴』にいると思っていたが。それに、海面にあがってくるときは、必ず沖合のはずだが。」

「え、ご存じなかったんですか？　聞いていらっしゃらないのですか？」イルカたちは答えました。「先生が島をおしずめになったとき、『深い穴』をかくしてしまったんです。だって、穴の入り口の真上に島はしずんだんですからね。ちょうど、ふたみたいに。そのときなかにいた魚たちは、ずっと出ようとがんばっていました。大カタツムリは一番びんぼうくじをひきましてね、静かな海底散歩に出ようと穴を出たところで、しっぽを島にはさまれたんですよ。そこで、六か月間、自由になろうともがきつづけていました。とうとう、島全体を少しもちあげてしっぽをとり出さなければならなかったんですね。一時間ほど前、地震みたいなもの、感じませんでしたか？」

「感じた」と、先生は答えました。「建設中の劇場が一部、こわれたよ。」

「あれは、カタツムリが穴から出てくるために、島をもちあげたせいです。ほかの魚たちは、カタツムリがふたをもちあげているすきに、ここぞとばかりに、逃げました。あいつがあんなに大きくて強かったのはありがたいことですよ。でも、そんな重たいものをもちあげたせいで、あいつはしっぽの筋肉を痛めてしまって、今かなりひどくはれているんです。どこか静かなところで休もうとしているんですが、このやわらかな砂浜がいいと、入りこんできたんですね。」

「いやはや!」と、先生。「そりゃ、悪いことをした。島がしずむぞと、みんなに知らせてやるべきだったな。だが、実を言うと、私たちにもわかっていなかったんだ。たまたま、ああなってしまったんでな。かわいそうに、ひどく痛んでいるんだろうか?」

「わかりません」と、イルカたち。「ぼくたちは、あいつのことばをしゃべりませんからね。でも、ここに来るとちゅう、まわりを泳いで見てきましたが、あまり重傷ではないと思います。」

「君たちは貝のことばがしゃべれないのかね?」先生がたずねました。

「ひとこともだめです。ものすごくむずかしいことばですから。」

「話せる魚を見つけてくることはできると思うかね?」

「どうでしょうか」と、イルカたち。「やってみますが。」

「そうしてもらえたら、たいへんありがたい。このカタツムリには、いろいろ重要なことをたずねたいし――それに、できるだけのことをして、しっぽを治してやりたいものだ。けがをしたのは、もとはと言えば、私のせいだからね。」

「ここでお待ちいただければ、できるかぎりのことをしてみましょう。」イルカたちは答えました。

第五章　貝のなぞがついに解ける

こうしてドリトル先生は、イギリスを最初に征服した王クヌートのように、王冠を戴《いただ》いたまま、砂浜にすわって待っていました。ゆうに一時間というもの、イルカたちはあちらへ行ったり、こちらへ行ったりして、深海からいろいろな海の生物を連れてきては、役に立つか、ためしました。

イルカたちは、いろんなふしぎな生き物を連れてきてくれました。しかし、貝のほかに、貝のことばを話すものはあまりいそうもありませんでした。それでも、イルカたちが連れてきた、かなり年寄りのウニ（体じゅうに長いひげを生やした、へんなボールみたいな、小さな生き物）が、純粋の貝語はできないが、若いころはヒトデの話が――会話に不自由しない程度に――わかったと言ってくれました。大よろこびをするほどのことではありませんが、少し希望が見えてきました。ウニをぼくたちのところに残して、イルカたちはヒトデをさがしにふたたび出かけていきました。

ヒトデはこのあたりではめずらしくないので、すぐに一匹つかまりました。そして、ウニを通訳として使いながら、イルカたちはヒトデに質問したのです。このヒトデはちょっと間がぬけていましたが、いっしょうけんめい役に立とうとしてくれました。少ししんぼう強く質問をつづけると、うれしいことに、ヒトデはそれなりにちゃんと貝語が話せることがわかりました。

かなり元気づけられて、先生とぼくはカヌーに乗りこみました。イルカとウニとヒトデも泳いでついてきてくれます。そっとカヌーをこぎだして、ぼくたちは大カタツムリのそびえたつ殻のすぐ下までやってきました。

それから、聞いたこともないようなおもしろい会話がはじまりました。まずヒトデが貝語でカタツムリになにかたずねます。カタツムリがどんな答えをするにせよ、ヒトデはその内容をヒトデ語でウニに伝え、ウニはそれをウニ語でイルカに伝え、イルカはイルカ語で先生に伝えるのです。

こうしてぼくたちは、かなりの情報を得ました。たいていは動物王国の古代史についてのものです。ただし、ヒトデの頭がよくなかったのと、いろいろな言語に通訳しなければならなかったのとで、カタツムリの長いことばの細かなところはだいぶわからなくなってしまいました。

カタツムリが話しているあいだ、先生とぼくはその殻に耳を当ててみて、そうすればカタツムリの声がはっきりと聞こえるとわかりました。それは、フィジットが説明したとおり、深い音で、鐘のように鳴っていました。もちろん、なにを言っているのかひとことともわかりませんが、先生は、あんなに長いあいだねがっていた言語を学ぶ機会を目の当たりにして、かなり興奮していました。やがて、カタツムリが使った短い表現をほかの魚たちに何度も何度もくり返させることで、先生はことばを理解しはじめました。すでに魚語をひとつふたつ知っていたので、それがずいぶん役に立ったのです。こうしてしばらく練習したのちに、先生はカヌーから身を乗り出して、水面に顔をつけて、カタツムリに直接話しかけようとなさいました。

それはなかなかたいへんな、むずかしいことでしたので、何時間たってもうまくいきませんでした。でもやがて、先生のニコッとした表情で、少しずつうまくいっているのだとわかりました。

太陽が西にかたむいて、冷たい夕方のそよ風が竹やぶをそっと鳴らしはじめたころ、先生はとうとう顔をあげて、ぼくにおっしゃいました。

「スタビンズ君、カタツムリに砂浜のかわいたところにきてもらって、しっぽをみさせてもらうことにしたよ。君は町へもどって、今日は劇場の建設を中止するように職人たちに言ってくれないか？　それから宮殿へ行って、私の診察かばんをとってきてくれ。謁見室の王座の下においたと思うから。」

「それから、いいかい、」ぼくが行こうとすると、ポリネシアがささやきました。「だれにも言っちゃだめだよ。だれかに聞かれても、口はとじておくんだ。歯が痛いふりかなにかしな。」

ぼくが診察かばんを持って浜辺へもどってくると、カタツムリは砂浜にあがりきっていて、高くそびえていました。こんなふうにカタツムリの全身をすっかり見てみると、なぜ大むかしに迷信深い船乗りたちが大海ヘビと呼んだのか、よくわかりました。たしかに巨大です。でも、それなりに上品な美しい生き物です。ドリトル先生は、しっぽのはれを調べていました。

先生は、ぼくが持ってきたかばんから大きなぬり薬のびんをとり出すと、それをぬりながら、はれたところをさすりはじめました。それから、かばんのなかにあった包帯をぜんぶとり出して、包帯のはしとはしをつなぎあわせましたが、それでも巨大なしっぽの半分も巻けませんでした。先生は、「どうにかして、はれたところにしっかり包帯を巻かなければならない」とおっしゃって、もう一度ぼくを宮殿へ走らせました。ぼくは、宮殿の戸だなから、ありったけのシーツをとってきて、それをポリネシアとぼくで包帯の形に切ってやりました。そしてとうとう、ものすごく大汗をかいたあげく、ようやく、先生がよしとおっしゃるような包帯ができました。

カタツムリは、手当てをしてもらって、とてもうれしいようすでした。そして、先生が手当てを終えられると、のんびりとのびをしました。そうすると、背中の透明の殻から体がのび出て、すけた殻をとおして、むこう側にあるヤシの木が見えました。

「今晩は、だれかがずっとつきそったほうがいいな」と、先生がおっしゃいました。

「バンポ君を当直としよう。一日じゅう寝ていたからね——東屋《あずまや》で。ガラス海カタツムリは、かなりひどいねんざをしている。眠れないとしたら、だれかつきそいがいたほうが安心するだろう。でも、だいじょうぶだ。二、三日もしたら治る。私がこんなにひどくいそがしくなければ、私がつきそうところなんだが。できたらそうしたい。まだまだ話したいことが山ほどあるからなあ。」

「でも、先生、」と、ポリネシアは、ぼくたちが町へ帰るしたくをしているときに言いました。「先生はお休みをとるべきですよ。どんな王さまだって、ときには休みをとります——例外なしに。たとえば、チャールズ王は——もちろん、ずっとむかしの王さまですが——でも、あの王さまは——ほんと、いつだって休みばかりとっていましたからね。だから模範的な王さまだというわけじゃありませんが、それでも、ひどく人気がありました。だれもが王さまを大好きで——ハンプトンコートの池の金の鯉《こい》だって王さまのファンでした。たったひとつだけ、あたしがいやだなと思うのは、キング・チャールズ・スパニエル犬と呼ばれる、ばかな、よくかみつく小犬を作ったことですね。チャールズ王については、いろんな話がされているけど、あの犬だけは最悪です。でも、こんなことはどうでもいいですね。さっきも申しましたが、王さまだって、ほかの人と同じように休みをとらなきゃいけません。なのに、先生は、王さまになってから一度もとっていらっしゃらないでしょう？」

「うん、そのとおりだ。」

「じゃあ、こうなさい」と、ポリネシアは言いました。「宮殿にもどったらすぐに、健康上の理由で一週間出かけるとおふれを出すんです。そして、召し使いは連れずに出かけるんです、いいですか――ふつうの人みたいに。王さまがそういうふうに出かけるのを、〝おしのびのご旅行〟って言うんです。みんなやっています――王さまは、そうでもしなきゃ楽しめない。そしたら、そのお休みの一週間を、先生はカタツムリとこの浜辺でくつろいでゆったりすごせばいい。どうですか？」

「それはいい」と、先生。「とても魅力的だ。しかし、建設中の新しい劇場がある。私が教えてやらないと、梁《はり》をどう張ったらいいか、大工のだれも知っちゃいない。それに、あかんぼうもいる。この島の母親たちは、おそろしく無知なんだ。」

「ああ、劇場なんてどうでもいいでしょ――それに、あかんぼうも。」ポリネシアはぴしゃりと言いました。「劇場なんて、一週間先延ばしにすりゃいいじゃないですか。あかんぼうなんて、せいぜいおなかが痛くなるくらいですよ。先生がここに来る前、あかんぼうはどうしていたと思っているんですか、まったく！　休みをとりなさい……先生には必要です。」

第六章　最後の閣議

ポリネシアのうむを言わせぬ話しぶりから、この休みをとるということは最初からポリネシアの計画のうちに入っていたのだと、ぼくは思いました。

先生は返事をなさいませんでした。ぼくたちはだまって町のほうへ歩みを進めていましたが、それでも、ポリネシアのことばが先生の心を動かしたのがわかりました。

夕食後、先生は、どこへ行くともおっしゃらずに、宮殿からいなくなってしまいました——そんなことを先生は今までしたことなどありませんでした。もちろん、ぼくたちは、先生がどこへお出かけになったのかわかっていました。カタツムリと夜をすごすために海辺にもどったのです。そうにちがいないとぼくたちが思ったわけは、先生は夜番についてバンポになにもおっしゃらなかったからでもあります。

その夜、すべてのドアがしまって閣議がはじまると、ポリネシアが閣僚全員に呼びかけました。

「よろしいか、諸君。なんとかして先生に、休みをとってもらうようにしむけなければばならないよ。みんなが、このいまいましい島に骨をうずめるつもりでなければね。」

「でも、先生が休みをとったからって、どうなるっていうんだい？」バンポがたずねました。

ポリネシアはじれったそうに、内務大臣にくってかかりました。

「わからないの？　先生がまた自然研究にどっぷり一週間没頭してごらんなさいな――海洋研究とか、海底を見たがっていた先生の夢とか、そういったことに頭が切りかわれば――このやっかいな場所からおさらばしようって気にもなろうってなもんでしょ。ところが、王さまとしてここでいつまでも働きづめじゃ、政治のこと以外なにひとつ考えるひまなんかないでしょ？」

「うん、そのとおりだ。先生はあまりに律儀《りつぎ》すぎるんだ。」バンポは、またむずかしいことばを使って、〝律儀《りちぎ》〟を言いまちがえました。

「それに」と、ポリネシアはつづけました。「先生がここからはなれられるとしたら、こっそり逃げだすよりほかないよ。おしのびで休暇の旅行をなさっているあいだに出発するしかないのさ――つまり、あたしら以外のだれも、先生がどこにいてなにをしているのか知らないうちにね。海をわたっていけるほど大きな船を造ったとしたら、インディアンたちはみんな、それを見るだろうし、造っている最中にその話を聞きつけちまう。そしたら、なぜ船を造るのかと聞いてきて、じゃまをする。先生がいなくならないように、なんだってするだろう。いや、先生が逃げだすつもりだと知ったら、きっと先生をくさりでつなぐよ。」

「うん、そうだと思う。」ぼくも同意しました。「でも、船かなにかなければ、こっそりもなにも、逃げだすことはできないんじゃないの？」

「さあて、そこでだ」と、ポリネシア。「うまく先生に休みをとっていただけたら、次にすべきことは、あの海カタツムリに、あたしらを殻のなかに入れて、パドルビー河の河口まで運んでくれるように約束させることさ。カタツムリがうんと言ってくれさえすれば、ドリトル先生はこの誘惑にたえきれず、出発なさるよ。とりわけ、とちゅうで海底見物もできるし、ロング・アローのあの新しい植物や薬をイギリスのお医者たちのもとへ持って帰れるんだからね。」

「すごいなあ！」と、ぼくはさけびました。「カタツムリが、パドルビーまで海底を連れていってくれるっていうこと？」

「あたりきしゃりきよ」と、ポリネシア。「そんなちょいとした旅は、やつには大したことじゃない。海底をはっていってくれりゃ、先生はずっとそのようすを見られるんだ。まったくもってわかりやすい話さね。まあ、ドリトル先生はちゃんと出発なさるさ、このお休みをとってもらうことさえできたらね。――それから、カタツムリがあたしらを乗っけてくれさえしたらね。」

「ああ、そうしてくれたらなあ！」ジップがため息をつきました。「このひどい熱帯には、もううんざりだよ――ぼうっとして、なんにもしたくなくなるもんな。しかも、ここには、ネズミ一匹いやしない。もちろん、いたとしても、追いまわす元気もないけどね。ああ、またパドルビーの町とお庭を見たいもんだなあ！　おれたちが帰ったら、ダブダブは大よろこびするぞ！」

「来月の末で、」と、ぼくは言いました。「ぼくたちがイギリスを出てからまる二年になるよ。王さま橋で錨《いかり》をあげて、あちこちぶつかりながら河へ出ていったあのときから。」

「どろの河岸につっかえたっけね。」チーチーが夢見るように、なつかしそうに言いました。

「波止場からみんなが手をふってくれたの、おぼえてる？」ぼくはたずねました。

「うん。そしてきっと、町じゃ、おれたちのこと、どうしてるかなあって話してるだろうよ」と、ジップ。「生きているのか、死んでるのかって。」

「やめたまえ」と、バンポ。「感傷《かんきず》で泣きたくなってくるじゃないか。」〝かんきず〟ですって。〝かんしょう〟ですよね。

第七章　先生の決断

さて、次の朝、カタツムリと夜どおしお話をなさったあとで、先生が休みをとることにしたとぼくたちに告げたとき、ぼくたちがどんなに大よろこびしたかおわかりでしょう。ただちに、陛下は七日間の休養のため、田舎へお出かけになるが、留守中、宮殿のもよおしと政務は通常どおりである、という布告が発表されました。

ポリネシアはいたくご満悦でした。すぐに出発の手はずを静かにととのえ――ぼくたちがどこへ行くのか、なにをもっていくのか、いつ出発するのか、宮殿のどの門から出ていくのか、だれにも絶対わからないようにいつも気をつけていました。

たくらみにかけてはぬけ目のないポリネシアは、なにひとつ忘れてはいませんでした。仲間であるぼくたちでさえ、ポリネシアがどんなことを考えて準備をしているのか見当もつきませんでした。ポリネシアは、ぼくに先生のノートをぜんぶもっていくことを忘れてはならないと告げました。ロング・アローにだけは、ぼくたちがどこに行こうとしているかという秘密を打ち明けたところ、アローは、海辺までいっしょに行って大カタツムリを見たいと言いました。そこでポリネシアは、ロング・アローにあの植物のコレクションをもってきてほしいとたのみました。バンポには、先生のシルクハットをコートの下にそっとかくしてもってくるようにと言いました。ポリネシアは、夜番についていたほとんどすべての召し使いたちにあれこれ町への用事を言いつけて追いはらって、ぼくたちが出発するのをできるだけ見られないようにしました。

そしてついに、たいていの人が寝しずまった真夜中こそ出発の時だと定めたのです。

お休み用の一週間の食料をもっていかなければなりませんでした。ですから、ほかの荷物と合わせてたくさんの荷物をかかえて、夜十二時の鐘が鳴ったとき、ぼくたちは宮殿の西の扉をあけて、そっと月明かりの庭へおり立ったのです。

「おしのび、おしのび。ぬき足、さし足、おしのび足」と、バンポは背後の重たい扉をそっとしめながらささやきました。

だれにも出発を見られませんでした。

クジャク広場から低いバラ園につづく石段の下で、なんとなく、ぼくは立ち止まって、壮大な宮殿をふりかえりました。ぼくたち以外の白人が来たこともない、このふしぎな遠い異国で、ぼくたちが建てた宮殿です。どういうわけか、今晩ここを去ったら、もうこれっきり、ここには帰ってこないのだと実感したのです。ぼくたちがいなくなったら、このすばらしい宮殿にはどんな王さまや大臣たちが住むのでしょう？

空気は暑く、ユリの池でおとなしいフラミンゴたちがそっと水をかいているほかは、なにもかもしーんとしていました。とつぜん、夜警の灯《あか》りのきらきらする光が、イトスギの垣根の角をまわったところにあらわれました。ポリネシアは、ぼくの靴下をひっぱって、押し殺したいらいら声で、見つからないように急げと命じました。

海辺に着くと、カタツムリはもうすっかり元気になっていて、しっぽを動かしても痛みを感じなくなっていました。

イルカたちは（生まれつき、ものを知りたがる生き物ですが）、なにかおもしろいことが起こるのではないかと、まだ沖合でたむろしていました。策士のポリネシアは、先生がカタツムリの容態を診ているあいだに、イルカたちに合図して、ちょっとしたおしゃべりをするためにわきへひっぱりこみました。

「ねえ、君たち」と、ポリネシアは低い声で言いました。「ドリトル先生がこれまでどれほど動物につくしてきたか知っているね。一生をささげてきたと言ってもいいぐらいさ。さて、今度は君たちが恩返しをするチャンスだよ。いいかい。先生は、不本意にもこの島の王にさせられた。わかるわね？　そして、引き受けて王となった以上、先生はそれをやめられないと思っていらっしゃる。自分がいないとインディアンたちは暮らしてはいけないとかなんとか考えていらっしゃるわけだが、そんなことがばかげていることは君たちにもわかるだろ。よろしい。

さて、ここが要点だよ。このカタツムリ君が、先生とあたしたちと――それから、ちょっとした荷物――なあに、たいしたことはない、ほんの三十か四十個だけさ――それを殻のなかに入れてイギリスまで運んでくれる気になってくれたら、先生は行こうとおっしゃると思うんだ。だって、先生は海底散歩がしたくてしたくてたまらないんだからね。しかもこれが、この島から逃げるただひとつのチャンスなの。さて、先生が帰国してきちんとした仕事をなさるということは、世界じゅうの動物にとって大きな意味がある非常に大切なことよ。だから、君たちからたのんでもらいたいの。カタツムリにあたしたちをその殻のなかに入れて、パドルビー河まで連れていっておくれと、カタツムリにたのんでおくれとヒトデにたのんでおくれと、ウニにたのんでほしいの。わかる？」

「なるほど、なるほど」と、イルカたちは言いました。「よろこんで、先生を説得するのに全力をそそごう。なにしろ、あなたの言うとおり、動物たちにとってとても大切なあの偉大な先生が、こんなところで時間をむだにしているのは、まったくなげかわしいからね。」

「それから、君たちがやろうとしていることを、先生に言わないでおくれ。」

イルカたちが出ていこうとするとき、ポリネシアが言いました。

「あたしたちが仕組んだことだなんて思われたら、ためらったりなさるかもしれない。

カタツムリのほうから進んで、あたしたちを連れていきましょうと申し出るようにさせておくれ。いいかい？」

ドリトル先生は、目の前の仕事以外はなにも目に入らず、浅瀬にひざまでつかりながら、カタツムリが治療したしっぽを動かしてもだいじょうぶかどうかためす手伝いをしていました。バンポとロング・アローは、チーチーとジップといっしょに、海辺を少し行ったところのヤシの木の下でくつろいでいました。ポリネシアとぼくは、このとき、みんなのところへもどってきました。

三十分がたっていました。

イルカがどれほどうまくやったのかわかりませんが、とつぜん先生はカタツムリのそばをはなれて、ぼくたちのほうへ息せき切ってバシャバシャと水をかきわけながらやってきました。

「どう思うかね？」先生はさけびました。

「今、カタツムリ君と話をしていたら、まったくむこうのほうから、殻のなかに私たちを入れてイギリスまで連れ帰ってくれると言うんだよ。今や『深い穴』がふさがったから、どうせ新しい住みかをさがして、発見の旅に出かけなきゃならないところだそうだ。もし私たちに来るつもりがあるなら、とちゅうで、パドルビー河で私たちを降ろしてくれるのは大した寄り道じゃないそうだ。いやはや、なんていう好運だ！

ぜひ行きたい。ブラジルからヨーロッパまでずっと海底を調べながら行くんだ！　そんなこと、だれもやったことがないぞ。なんというすばらしい旅だろう！　ああ、王などにならなければよかった！　生涯の夢をみすみすのがすことになるのか。」

先生はぼくたちに背をむけて、ふたたび海辺のまんなかまで砂浜を歩いて、カタツムリを物ほしそうに、あこがれるようにながめました。さびしい月明かりの海辺に、頭に王冠を載せて立つ先生のすがたは、きらきらとかがやく海を前にくっきり黒く照らし出され、言いようもなく悲しそうで、さびしそうに見えました。

ぼくのすぐわきの暗がりから、ポリネシアが立ちあがって、静かに先生のそばへ行きました。

「ねえ、先生。」ポリネシアは、言うことをきかない子どもに話しかけるかのように、やわらかな、うむを言わせぬ声でこう言いました。

「この王さまの仕事ってのは、先生が一生をかけてなさる仕事でないことはご存じですよね。ここに住んでいる人たちは、先生がいなくても、ちゃんとやっていけます——もちろん、先生がいるときほど、ちゃんとはできませんよ。でも、いなくなっても、先生が義務をはたさなかったなんて、だれにも言えないはずです。先生を王さまにしたこの島の人たちがいけなかったんです。

カタツムリ君の申し出を受け入れたらどうですか。なにもかもやめて、出発なさったら？　これから先生がなさるお仕事、イギリスに持って帰る情報のほうが、ここでなさっている仕事よりもはるかに重要でしょう。」

「忠告はありがたいが、」と、先生は悲しそうにポリネシアにむきなおって言いました。「それはできない。人々は、むかしのような不衛生なやりかたにもどってしまう。悪い水、料理しない魚、下水もなし、腸チフス、その他もろもろ……だめだ。みなの健康としあわせを考えてやらなければ。私はそもそも人間の医者だった。結局そこへもどってきたんだ。みなをおいていけない。もっとあとでなにかが起こるかもしれないが、今は、みなを見捨てられない。」

「そこが先生のまちがっているところですよ」と、ポリネシア。「今こそ、出発の時なんです。あとになったって、なにも起こりゃしませんよ。長くいればいるほど、立ちさりがたくなります。今、お行きなさい。今晩、発《た》つんです。」

「え、さよならも言わないで、こっそり出ていけっていうのかい！　おいおい、ポリネシア、なんてことを言うんだ！」

「さよならなんて、あの連中が先生に言わせてくれるとでも思いますか！」

とうとうポリネシアはいらいらして鼻を鳴らしました。

「いいですか、先生。今晩、宮殿にもどって、さよならだのなんだのさわぎたてたら、あそこから出られるはずはないんです。今――この瞬間――行くしかないんですよ。」

ポリネシアの言ったとおりであることが、先生にもよくよくわかったのでしょう。しばらくだまったまま、考えていらっしゃいました。

「でも、ノートがある。」やがて、先生が口を開きました。「あれをとってこなくては。」

「ここにあります、先生」と、ぼくは声をあげました。「ノートぜんぶ。」

また、先生は考えこみました。

「それにロング・アローのコレクション」と、先生。「あれを持っていかないことには。」

「ここにある。おお、やさしき人よ。」ヤシの木陰からインディアンの深い声がしました。

「だが、食料は？」先生はたずねました。「旅の食料は？」

「休暇用に一週間分あります」と、ポリネシア。「それだけあれば、じゅうぶんです。」

三度、先生はだまりこくって考えました。

「それに、私のぼうしがある。」とうとう先生はそわそわして言いました。「それで決まりだ。宮殿にもどらなくちゃ。ぼうしなしでは出発できん。こんな王冠をかぶってパドルビーに行くわけにはいかんものな？」

「ここにあります、先生」と、バンポが、コートの下から、古くてぺしゃんこになったご愛用のぼうしをとり出しました。ポリネシアは、ほんとになんでもよく気がつきます。

それでも、先生はまだなにか言いわけを考えだそうとしていました。

「おお、やさしき人よ」と、ロング・アローが言いました。「なぜ悪運をさそう？　あなたをまねく手にじゃまはない。あなたの未来の仕事が、海のむこうの故郷から、あなたをまねいている。私が人類のために集めた知識も、あなたとともに行く――ここでよりもずっと役だてることのできる国へ。東の空にかがやける夜明けが見える。朝は近い。家来たちが起きてくる前に行け。計画がばれる前に行け。今行かねば、あなたは一生をポプシペテルのとらわれの王としてむだにする。」

偉大なる決断とは、しばしば、一瞬でなされるものです。今や白んできた空を背後に、先生のすがたがとつぜんこわばるのが見えました。ゆっくりと、先生は、頭から王冠をとりあげて、砂の上におきました。

そして、こうおっしゃったとき、その声は、涙にむせんでいました。

「みんなは、これをここに見つけるだろう。私をさがしにきたときに。そして、私が行ってしまったと知るのだ……わが子どもたち、わがあわれな子どもたちよ！　私がどうしていなくなったのか理解してもらえるときが来るのだろうか……理解して……許してくれるときが。」

先生はバンポから愛用のぼうしを受けとり、それからロング・アローにむきなおると、だまってそののばされた手をとりました。

「それでよい。おお、やさしき人よ」と、インディアンは言いました。「ゴールデン・アローの息子ロング・アローほど、あなたのいないのを悲しむ者はいない。――さようなら、常に幸運に恵まれますよう！」

先生が泣いたのを見たのは、あとにも先にもそのときだけでした。ぼくたちにひとことも声をかけずに、先生はふりかえると、海辺を歩いて浅瀬へと入っていきました。カタツムリは背中を曲げて、肩と殻のはしとのあいだに、すきまができるようにしました。先生はよじのぼって、なかへ入りました。ぼくたちも、荷物を運びあげたあとで、あとにつづきました。シューと吸いこむ音とともに、すきまはぴったりととじました。

それから、巨大な動物は、東の方角をむくと、すうっと前へ進みはじめ、坂をくだって、深い海へおりていきました。

暗くうず巻く緑の波が頭上をすっかりおおいつくすと同時に、大きな朝日がぽっかり海のはしから顔を出しました。透明の真珠層の貝の壁を通して、ぼくたちのまわりの水の世界がとつぜん明るくなって、とてもふしぎな色とりどりの光景が見えました。海底で見る夜明けです。

このあと、家路への航海のお話は、かんたんにしておきましょう。

ぼくたちの新しい船室はとても快適でした。ひろびろとした殻のなかで、カタツムリの大きな背中にすわってくつろぐのは、とても気持ちのよいものでした。ちょっとじめっとして冷たい感じがするのになれてさえしまえば、ソファーよりもよいくらいでした。出発してまもなく、カタツムリは、ぼくたちに靴をぬいでくれないかとたのんできました。あちらの景色からこちらの景色と、ぼくたちが興奮してあちこち走りまわると、靴の裏のびょうが当たって痛いというのです。

動きは不快ではなく、とてもスムーズで、おだやかでした。じつのところ、外の景色が移りかわらなければ、動いていることがぜんぜんわからないくらい、すうっと動いていくのです。

ぼくはどういうわけか、海底は真っ平らだと思いこんでいたのですが、陸地と同じようにでこぼこしていることがわかりました。山頂があちこちにつき出している大きな山脈をのぼり、背の高い海草の密集した森をぬけ、砂のどろがひろがるばかりでなにもない広大な砂漠のような場所を進みました。あまりにも広大なので、まる一日進んでも、目の前にあるのは、あいもかわらずぼんやりした地平線だけでした。コケにおおわれて豊かな緑の牧草地のようになっているところなどは、なだらかな起伏のある田舎の風景のようで、見ていると、ほっとしました。だからつい、この海底の牧草地で草を食《は》む羊をさがしたくなるくらいでした。また、どこか深い谷にとつぜん落ちるようにすべりこむと、貝のなかで、ぼくたちは豆のように転がるはめになりました。海底の低いところでは、もう何年も前にしずんでぼろぼろになった難破船のすがたも見かけました。そうしたところを通りすぎるときは、ぼくたちは教会で像を見る子どものようにひそひそ声で話したものです。

この深く暗い海底には、お化けのような魚がいて、ほら穴やくぼみで静かに食事をしていたのに、ぼくたちが近づくと急にびくりとして、矢のような速さで暗闇のなかへ消えてしまいます。もっと大胆なやつは、この世のものとも思われぬ色と形をしていて、ずいずいと近づいてきて、殻ごしにぼくたちをのぞきこみます。

「われわれが水族館《みずぞくかん》の魚だと思っているんじゃないでしょうか。魚になるのはいやですね。」バンポはまた、ことばをまちがえて言いました。

あたりの景色は次々に変わって、わくわくしました。先生はひっきりなしにメモをしたりスケッチをしたりしていました。まもなく、残っていた白いノートはすべて書きつくされてしまいました。ぼくたちはポケットに、まだ少しメモできる紙切れが残っていないかさがしました。一回使ったノートをもう一度使って、行間に書きこんだり、表紙の表と裏にも書いたりさえしました。

一番こまったのは、手もとを見る明かりが足りなかったことです。海底はかなり暗いのです。三日目に、発光ウナギのむれと行きあいました。大きめの海ホタルのよう

でした。そこで、先生はしばらくついてくるようにカタツムリからおねがいしてくれとたのみました。ウナギたちはいっしょに泳いでくれました。明かりは強くありませんでしたが、とても助かりました。

ぼくたちの巨大なカタツムリ君が、どうやってあの広大で暗い世界のなかで道がわかるのかは、皆目見当がつきませんでした。ドリトル先生は、カタツムリに、どうやってパドルビー河までの道がわかるのかとたずねました。そして、カタツムリの答えを聞いて、先生はあまりに興奮してしまい、紙がないので、大切なぼうしの裏地をやぶって、そこに書きつけたほどでした。

もちろん夜になると、なにも見えなくなります。その暗黒の数時間、カタツムリは、はうのではなく泳いでいました。そうすると、あの長いしっぽをふるだけで、ものすごい速さで進めるのです。おかげで、たった五日半で海底の旅を終えることができました。

旅行中一度もかえることのできなかったぼくたちの室内の空気は、こもって息苦しいものでした。最初の二日間はみんな頭痛がしていましたが、そのあとは、なれてきて、気にならなくなりました。

六日目の昼すぎに、長いなだらかな坂をのぼっていることに気がつきました。あがるにつれて、明るくなってきます。とうとう、カタツムリは水からすっかりあがって、長い灰色の砂浜の上でぴたりと止まりました。

ふりかえると、海面が風に吹かれて、さざ波をたてています。左には、ちょうど引き潮の河口が見えます。正面には、低く平らな地面が霧のなかへのびていて、霧のせいで先はあまりよく見えません。野ガモが二羽、首を長くのばして、つばさをバタバタさせながら通りすぎ、海のほうへ、影のように消えていきました。

太陽のぎらつく暑いポプシペテルとは、まるきりちがう光景でした。

例のシューと吸いこむ音をたてて、カタツムリは、ぼくたちが外へはいだせるすきまを作ってくれました。じめじめした地面におりたつと、細かな秋の霧雨がそぼ降っていました。

「ここが陽気なイギリスですか？」バンポが、霧のなかで目をこらして言いました。

「どこってわけじゃないみたいですけど。ひょっとして、カタツムリ君、道をまちがえてしまったのではないでしょうか？」

「いやいや」と、ポリネシアが、羽から雨をふり落としながら、ため息をつきました。

「ここがイギリスさ――このひどい天気でわかるだろ。」

「ああ、でも、みんな」と、ジップが、深呼吸して空気をかぎながら言いました。「においうよ。なつかしき、すばらしいにおいだ！　ちょっと失礼。ネズミを見つけたもんでね。」

「しっ！　聞いて！」チーチーが、寒さで歯をがたがたいわせながら言いました。「パドルビー教会が四時を告げているよ。さあ、手分けして荷物を持って、行こうよ。湿原をこえて歩いて家に帰るとなると、まだまだ先は長いからね。」

「ダブダブが、台所で、あったかい火をおこしてくれているといいね」と、ぼくは言いました。

「おこしてくれているさ。」先生が、たくさんある荷物のなかから愛用の診察かばんをもちあげながらおっしゃいました。「こんなに東風が吹いちゃ、うちの動物たちを温かくするのに火をおこさないわけはないよ。さあ、行こう。霧で道に迷わないように、河岸に沿って行こう。イギリスのひどい天気も、なかなかけっこうなもんじゃないか――台所の火を楽しみにできるわけだからね……今、四時だ！　さあ、おいで。ちょうどお茶の時間に間に合うよ。」

訳者あとがき

本書は、『ドリトル先生アフリカへ行く』に続く、シリーズの第二巻である。

この『航海記』はシリーズのなかでも特に有名で、いろいろな少年少女文学全集などにもこの巻だけが入っていたりするが、必ずしも全訳でないものが多い。本書は、〝原作〟どおりの完訳である。

〝原作〟と引用符をつけた理由は、一九二二年に執筆された〝原作〟に人種差別の表現が含まれることが問題になり、問題とされた箇所を削った改訂版が、作者没後の一九八八年にアメリカの出版社から出たからである。たとえば〝原作〟ではバンポ王子がはでなリボンのついた麦わらぼうしをかぶり、赤色のネクタイにおしゃれなフロックコートを着て、緑色の傘をさして裸足《はだし》という劇的な登場をしていたのが差別的とされ、一九八八年版ではその描写がばっさり削除され、「おしゃれな服を着て」のみに変えられている。これによってバンポの面白さも同時に消えてしまっており、作品のよさが損なわれていると判断し、本書は変えられる前の〝原作〟どおりの訳とした。

そうした表現をただ言葉狩りのように削除するだけで、果たして問題の解決になるのかという疑念もある。本シリーズに含まれる黒人に対する人種差別問題については角川文庫『ドリトル先生アフリカへ行く』の「訳者あとがき」を、〝インディアン〟〝ホッテントット〟については本書の「編集部より読者のみなさまへ」を参照されたい。

訳すに当たっては、原文をどこもゆるがせにせずに丁寧に訳した。例として、旧訳との違いをいくつか挙げておこう。

井《い》伏《ぶせ》鱒《ます》二《じ》訳では、ベン・ブッチャーという男がやってきて自己紹介する場面で、「じぶんは、『じょうぶなたらい』と人から呼ばれ、そのとおり新聞にも、りっぱな水夫だと書かれたと」言ったとなっているが、ここは「男は『しょーしょ』なるものを出して」とした。原語の stiffikit とは certificate のロンドン訛《なまり》であり、paper は新聞ではなく書類の意味である。

ポリネシアの「ベン・ブッチャーは、密航者で悪人です。いいですか、第一、あの男のひじのきずが、気持が悪い」（井伏訳）という台詞《せりふ》の後半は、「あいつは見るからに、どうも気に食わない」とした。cut of one's jib とは「身なり、外見」の意味だ。

また、キケロの格言「類は友を呼ぶ」（*pares cum paribus facillimē congregantur*）のラテン語を踏まえたジョークをバンポが言うのが訳されてこなかったが（As Cicero said, parrots cum parishioners facilime congregation）、日本語のジョークとして訳出した。

そのほか、トミー・スタビンズが初めて先生の家に入るとき、井伏訳では「さあ、おはいり。靴なんか、ぬがなくてもよろしい」となっていたが、これは原文どおり「お入り！　靴のどろを足ふきマットで落としたりしなくていいから。どろんこのまま入っちゃいなさい」とした。この井伏訳は、ドナルド・キーンが太宰治《だざいおさむ》の『斜陽』に出てくる「白足袋」を「白手袋」と訳した例に見られる「同化」(domestication)の手法だが、靴のまま家の中に入る西洋文化は今やよく知られている。

靴をぬがない代わりに、戸口の外に置いてある足ふきマットで丁寧に靴の裏をこするのが礼儀であることはあまり知られていないかもしれない。慣れていない日本人は足ふきマットの上をただ歩いて通りすぎてしまいがちだが、それはマナー違反だ。ドリトル先生がスタビンズ家を訪れたとき、「大きなブーツを、それはそれはていねいに足ふきマットでごしごしとこすって」いたのは、先生がとても礼儀正しいことを示している。

アヒルのダブダブがロウソクを持ってきてくれて、家のなかが明るくなったあと、井伏訳では、「子ブタが……ぞうきんで足をふいている」とあったが、これも足ふきマットのことだ。イギリス人（イギリスブタ？）は戸口でぞうきんなどを使ったりしないのだ。

イギリス人が靴をぬぐのは、ベッドに入るときや、おふろに入るときだ。モンテヴェルデの町でベッド屋さんのベッドに寝たとき、先生はブーツだけをぬいでいる。つまり、いつも着ている黒い礼服の上着さえぬがないで寝たというわけである。

イギリス紳士は、昔は、昼間はモーニング、夜は燕尾服《えんびふく》を着ていた。どちらの礼服も、上着のうしろがツバメのしっぽのように長くなっている。これが先生のお決まりの服だ。物語の始めで、びしょびしょになったトミーが先生の家で服を借りたとき、トミーがしっぽのような長いところをふんでばかりいたのもそうした事情による。

『航海記』は、夕方のお茶（ティー）の時間に王さま橋に明かりがともるところから始まって、ちょうどお茶の時間に間にあってイギリスに帰ってくる話だ。「お茶（ティー）」を「おやつ」と訳すと、三時のおやつをイメージしてしまうが、ティー（アフタヌーン・ティー）とは、午後四時か五時ぐらいにとる軽食を指す。紅茶を飲みながら、クリームやジャムをこってりぬったスコーンなどの焼き菓子や、キュウリやハムや卵などのサンドイッチを食べるのであり、日本のおやつとは違う。

チーチーがへんてこな女の人のかっこうをして先生の家に帰ってくるのも、午後のお茶が終わった夕方だ。お茶のあとダブダブとトミー・スタビンズがゆっくり話をしていたわけだから、たぶん六時近かったのだろう。だから、そのあと、わりとすぐに「おやすみなさい」になる。

また、ルークの裁判のあと、先生は昼食をとっていなかったと思い出して、「お昼とおやつ《ティー》をいっしょにした食事にしよう――クレソンとハムのサンドイッチってのも、たまにはいいじゃないか」と言う。井伏訳ではこの文はすっかり省略されていたが、クレソンは、ウォータークレスとかミズガラシとも呼ばれる春野菜で、日本でもすぐ手に入るが、ちょっとからくて大人向きの味だ。二時から始まった裁判のあと、町はずれにある家まで帰ってくると、ちょうど「お茶の時間」というわけだ。

四時頃にとる軽食としてのお茶《ティー》のイメージが明確になっていないと、本書の最後の「四時だ！　さあ、おいで。ちょうどお茶の時間に間に合うよ」に籠《こ》められた思いがわかりづらくなってしまうだろう。

伝統的なイギリス料理にはいろいろなものがある。裁判長が夕食に食べたベイクト・ポテトもそのひとつだ。今では日本でもなじみの料理だが、自分で作るなら以下の手順でどうぞ――大きめのジャガイモを皮ごと洗って、表面にフォークで数か所穴をあけ、ラップにくるんで電子レンジで七分ほどチンしてから、ホイルに包んで二五〇℃のオーブンで一〇分焼けばできあがり。バターをたっぷりつけて食す。

また、先生の好物（98ページ）のなかでも、糖みつパイ（トリークル・タルト）は、ハリー・ポッターも大好きなイギリスのお菓子だ。レシピを紹介しておこう。

①パイ生地（ショート・クラスト・ペイストリー）を作る。薄力粉一〇〇グラムと塩少々に、小さな角切りにしたバター五〇グラムを加えてサラサラになるよう指先で手早く混ぜ、そこへ水三〇ccと溶き卵を少しずつ混ぜ、練らずに固めの生地にしてラップで包んで冷蔵庫に一時間以上ねかせる。
②ゴールデン・シロップまたははちみつ一〇〇グラムをなべで温め、そこへブラウンシュガー三分の二カップ、レモン半個のしぼり汁と、けずったレモンの皮を混ぜ、泡立てた卵を混ぜ、さらに生パン粉六〇グラムを加えて混ぜる。
③バターをぬったパイ皿にうすくのばした①のパイ生地を敷き、そこへ②を入れる。
④余ったパイ生地で細い帯を作り、③の上に格子状に並べ、溶いた卵黄をぬる。
⑤一九〇℃のオーブンで三〇分ほど焼いて、できあがり。ホイップクリームやカスタードクリームまたはアイスクリームをのせて召し上がれ。

これを食べれば、あなたもドリトル先生やハリー・ポッターの気分になれるかも？

二〇二〇年二月

河合祥一郎

編集部より読者のみなさまへ

動物のことばが話せるお医者さんのゆかいな冒険をえがいた「ドリトル先生」シリーズは、１９２０年にアメリカで出版されて以来、世界じゅうの子どもから大人にまで愛されてきた名作です。シリーズはぜんぶで十四巻あり、その二巻めを新たに読みやすく訳したのが、この『新訳　ドリトル先生航海記』です。

編集部では、作者のロフティングさんがこの物語にこめたメッセージは、「人も動物も区別なく、みんななかよしでいるのが一番」であると考えています。

ですから、みなさんが物語をさいごまで読んでくださったら、「どんな人にも、どんな動物にも、やさしくしよう」という気持ちをもっていただけるのではないか、と考え、この作品を出版することに決めました。

ただ、「ドリトル先生」シリーズは古い作品です。そのため、今の私たちから見ると、時代おくれと感じられる部分もふくまれています。まず、動物や植物についての知識が古いところがあります。そして、差別的ともとれる表現が少しまじっています。

たとえば人種差別というのは、肌の色のちがいなどを理由に、人が人を区別して見下すことを言います。肌の色がちがうといったことだけで、人が人をばかにしてよいはずがありません。どんな人もみな同じように心をもった、大切でかけがえのない存在だからです。

ですが、ロフティングさんの生きていたころの西洋社会には、人種差別的な考え方が強く残っていました。そのためこの作品にも、今では「アメリカ先住民への差別的な呼び方」と言う人も少なくない〝インディアン〟という言葉や、コイ族の人に対する「どもる人」という差別的な意味合いの呼び方〝ホッテントット〟という言葉も使われています。また、〝インディアン〟や黒人のひとたちの文明が必要以上におくれているかのように表現されており、今の私たちからは、人種差別ともとれるお話がえがかれています。

ロフティングさんは、戦場でケガをした馬が「治療できないから」と、次々ところされていく様子に心を痛めて、動物と話せるお医者さんドリトル先生のアイデアを思いついたと言われます。たいへん思いやりのある、心やさしい人だったのです。

でも、どんな人でも、それぞれの時代の考え方に影響を受け、しばられずにはいられないものなのです。そのため、ざんねんながら、今の時代の私たちから見ると、差別的ともとれるくだりがこの作品にはふくまれているのです。

今回、本を出版するにあたり、そうした部分をけずることも考えました。しかし、それをしてしまいますと、お話のつながりがおかしくなり、ロフティングさんのメッセージがつたわりにくくなる可能性があります。本当はロフティングさんに書きなおしてもらえばよいのでしょうが、かれはすでに亡くなっています。

そこでこの本では、ロフティングさんの書いた元のままの内容をのせています。先に書いたように、ロフティングさんは差別するつもりではなく、「人も動物も区別なく、みんななかよしでいるのが一番」とつたえたかったのだ、と編集部では考えるからです。ですから、みなさんにもロフティングさんのメッセージを誤解しないでもらえたら、と思います。

そして、古い時代には、今の私たちから見るとおかしな考え方があり、どんな心やさしい人でもそれにしばられることがあったこと、また、そうしたおかしな考え方を人間が努力して変えてきたという歴史があることを、みなさんに知ってもらえたら、なおうれしく思います。

本書は、二〇一一年七月に小社より刊行された角川つばさ文庫（児童向け）を一般向けに加筆修正したうえ、新たに文庫化したものです。

本文挿絵／ももろ

新訳《しんやく》
ドリトル先《せん》生《せい》航《こう》海《かい》記《き》
ヒュー・ロフティング　河合《かわい》祥一郎《しよういちろう》＝訳

令和2年 2月25日　初版発行
令和6年 12月10日　8版発行

発行者●山下直久

発行●株式会社KADOKAWA
〒102-8177　東京都千代田区富士見2-13-3
電話　0570-002-301（ナビダイヤル）

角川文庫 22053

印刷所●株式会社KADOKAWA
製本所●株式会社KADOKAWA

表紙画●和田三造

●お問い合わせ
https://www.kadokawa.co.jp/（「お問い合わせ」へお進みください）
※内容によっては、お答えできない場合があります。
※サポートは日本国内のみとさせていただきます。
※Japanese text only

ISBN 978-4-04-108790-9　C0197

◆◇◇

角川文庫発刊に際して

角川源義

第二次世界大戦の敗北は、軍事力の敗北であった以上に、私たちの若い文化力の敗退であった。私たちの文化が戦争に対して如何に無力であり、単なるあだ花に過ぎなかったかを、私たちは身を以て体験し痛感した。西洋近代文化の摂取にとって、明治以後八十年の歳月は決して短かすぎたとは言えない。にもかかわらず、近代文化の伝統を確立し、自由な批判と柔軟な良識に富む文化層として自らを形成することに私たちは失敗して来た。そしてこれは、各層への文化の普及滲透を任務とする出版人の責任でもあった。

一九四五年以来、私たちは再び振出しに戻り、第一歩から踏み出すことを余儀なくされた。これは大きな不幸ではあるが、反面、これまでの混沌・未熟・歪曲の中にあった我が国の文化に秩序と確たる基礎を齎らすためには絶好の機会でもある。角川書店は、このような祖国の文化的危機にあたり、微力をも顧みず再建の礎石たるべき抱負と決意とをもって出発したが、ここに創立以来の念願を果すべく角川文庫を発刊する。これまで刊行されたあらゆる全集叢書文庫類の長所と短所とを検討し、古今東西の不朽の典籍を、良心的編集のもとに、廉価に、そして書架にふさわしい美本として、多くのひとびとに提供しようとする。しかし私たちは徒らに百科全書的な知識のジレッタントを作ることを目的とせず、あくまで祖国の文化に秩序と再建への道を示し、この文庫を角川書店の栄ある事業として、今後永久に継続発展せしめ、学芸と教養との殿堂として大成せんことを期したい。多くの読書子の愛情ある忠言と支持とによって、この希望と抱負とを完遂せしめられんことを願う。

一九四九年五月三日

3巻の『新訳 ドリトル先生の郵便局』は…

さて、今度は先生が、西アフリカの国で人助けのために郵便局を作っちゃいます！ しかも、世界でいちばん速い郵便屋さんたちが手紙を運ぶのです!! 先生の郵便屋さんって、いったいだれだと思いますか？

やがて、世界じゅうの動物たちが文字を学んで、手紙を書くようになります。先生は世界じゅうに郵便を運ぶ方法を発見するのです！

ところが次々とおかしな事件が起こります。大切な真珠が入った郵便小包が盗まれたり、戦争が起こったり、先生が牢屋に入れられたり……!? ドリトル先生、大ピンチ!! ハラハラドキドキのストーリーで目がはなせません！

そして、秘密の湖から謎の手紙がとどきます。手紙を送ったその動物とは……？

ますます面白くパワーアップして、動物たちが大活躍する『ドリトル先生の郵便局』を、ぜひお楽しみに！

新訳 ドリトル先生の郵便局（角川文庫）
ヒュー・ロフティング
訳／河合祥一郎
イラスト／ももろ